中国书籍文学馆·小说林

在都市里晃荡

陈武 著

中国书籍出版社

图书在版编目（CIP）数据

在都市里晃荡 / 陈武著 . — 北京：中国书籍出版社，2015.3
ISBN 978-7-5068-4780-3

Ⅰ.①在… Ⅱ.①陈… Ⅲ.①短篇小说—小说集—中国—当代
Ⅳ.① I247.7

中国版本图书馆 CIP 数据核字（2015）第 046780 号

在都市里晃荡

陈武 著

图书策划	武 斌 崔付建	
责任编辑	张 娟 成晓春	
责任印制	孙马飞 马 芝	
出版发行	中国书籍出版社	
地　　址	北京市丰台区三路居路 97 号（邮编：100073）	
电　　话	（010）52257143（总编室）（010）52257140（发行部）	
电子邮箱	chinabp@vip.sina.com	
经　　销	全国新华书店	
印　　刷	北京富达印务有限公司	
开　　本	650 毫米 × 940 毫米　1/16	
字　　数	255 千字	
印　　张	18.5	
版　　次	2015 年 4 月第 1 版　2015 年 4 月第 1 次印刷	
书　　号	ISBN 978-7-5068-4780-3	
定　　价	35.00 元	

版权所有　翻印必究

序

李敬泽

"中国书籍文学馆",这听上去像一个场所,在我的想象中,这个场所向所有爱书、爱文学的人开放,不管是白天还是夜晚,人们都可以在这里无所顾忌地读书——"文革"时有一论断叫做"读书无用论",说的是,上学读书皆于人生无益,有那工夫不如做工种地闹革命,这当然是坑死人的谬论。但说到读文学书,我也是主张"读书无用"的,读一本小说、一本诗,肯定是无法经世致用,若先存了一个要有用的心思,那不如不读,免得耽误了自己工夫,还把人家好好的小说、诗给读歪了。怀无用之心,方能读出文学之真趣,文学并不应许任何可以落实的利益,它所能予人的,不过是此心的宽敞、丰富。

实则,"中国书籍文学馆"并非一个场所,它是一套中国当代文学、当代小说的大型丛书。按照规划,这套丛书将主要收录当代名家和一批不那么著名,但颇具实力的作家的长篇小说、中短篇小说集和散文集等。"中国书籍文学馆"收入这批名家和实力作家的作品，就好比一座厅堂架起四梁八柱，这套丛书因此有了规模气象。

现在要说的是"中国书籍文学馆"这批实力派作家，这些人我大多熟悉，有的还是多年朋友。从前他们是各不相干的人，现在，"中国书籍文学馆"把他们放在一起，看到这个名单我忽然觉得，放在一起是有道理的，而且这道理中也显出了编者的眼光和见识。

当代文学，特别是纯文学的传播生态，大抵集中在两端：一端是赫赫有名的名家，十几人而已；另一端则是"新锐"青年。评论界和媒体对这两端都有热情，很舍得言辞和篇幅。而两端之间就颇为寂寞，一批作家不青年了，离庞然大物也还有距离，他们写了很多年，还在继续写下去，处在最难将息的文学中年，他们未能充分地进入公众视野。

但此中确有高手。如果一个作家在青年时期未能引起注意，那么原因大抵有这么几条：

一、他确实没有才华。

二、他的才华需要较长时间凝聚成形，他真正重要的作品尚待写出。

三、他的才华还没有被充分领会。

四、他的运气不佳，或者，由于种种原因，他的写作生涯不够专注不够持续，以至于我们未能看见他、记住他。

也许还能列出几条，仅就这几条而言，除了第一条令人无话可说之外，其他三条都使我们有足够的理由对这些作家深怀期待。实际上，中国当代文学的丰富性、可能性和创造契机，相当程度上就沉着地蕴藏在这些作家的笔下。

这里的每一位作者都是值得关注、值得期待的。"中国书籍文学馆"收录展示这样一批作家，正体现了这套丛书的特色——它可能真的构成一个场所,在这个场所中,我们不仅鉴赏当代文学中那些最为引人注目的成果,而且,我们还怀着发现的惊喜,去寻访当代文学中那相对安静的区域,那里或许是曲径幽处,或许是别有洞天,或许是,众里寻他千百度,蓦然回首,那人却在,灯火阑珊处……

目 录

尹树的寻找 / 001

一桩命案发生之后 / 017

冰　棒 / 040

你听到照片的声音 / 052

读书人陈杰明的基本行状 / 065

阳谋、阴谋都是谋 / 081

沙河口小鸡店 / 094

我爱上班 / 108

饭　友 / 124

二六式女车 / 139

女孩麦娟 / 153

穿　香 / 170

我在树上，我想事 / 185

花生地 / 201

小街口 / 215

夏天的爱情 / 224

小福的心事 / 238

在都市里晃荡 / 254

从笼子里逃走 / 271

编后记 / 283

尹树的寻找

张娥事先一点也没有想到，她一句近乎玩笑的话，惹恼了尹树。张娥从幼儿园下班回家，看到尹树正在厨房择豆角，就去帮他——他们在吵架、打架之前，一切都很好，还说了一句笑话。这个笑话有点暧昧，也有点那个。那个就是有点挑逗的意思。可以看出来，张娥的心情不错，说开心也不为过。可是，尹树没有搭理她。尹树只顾埋头择豆角了。当尹树打了一个嗝，嘴里散出一股臭味的时候，张娥就用手在下巴下扇扇风。张娥这个动作非常优美，也有点小资。张娥摇着白白嫩嫩的小手说，好臭啊。张娥的话有点半真半假，也有点没话找话。总之，以后发生的一切，都怪张娥有着不错的心情。

尹树仍然没有答她的话。尹树今天在单位不痛快。他正想跟张娥说说自己的不痛快，张娥就说他臭嘴了。张娥说话一向是谨慎的。她是幼儿园老师，跟谁说话都像哄幼儿园的小朋友，软声细语，甜甜蜜蜜，因而张娥在亲朋好友和左邻右舍间，颇受好评。就连尹树，也从内心里觉得，张娥是个贤妻良母式的好老婆。可是今天，尹树心里有事，他到厨房择豆角，也是想掩饰什么的。对于张娥的话，他虽然不是特别反感，也并不感到受用。如果张娥说到这里就停止，也不会发生以后的事。可张娥并没有这样，在豆角快择完的时候，张娥说，尹树你去刷刷牙，你不知道你嘴有多臭！尹树看张娥一眼，还是没有吭声。尹树就到厨房外的沙发上坐下来，看了几分钟电视，然后把牙刷了。刷完牙的尹树，感到嘴里确实爽了一些，他就继续把电视看下去。尹树看电视，很有些功夫，不论是电视剧，还是广告片，他都能坐在那儿纹丝不动，都会专心致志地一直看到"再见"。

尹树我让你刷牙你刷了没有？张娥的话从厨房里冲出来，还夹杂着油烟味。

尹树觉得张娥真烦，烦死人了，比单位里的许大马棒还讨厌。单位里的许大马棒是这台戏的舞台监督，连排的时候，老跟尹树过不去，不是说尹树上台慢了半拍，就说尹树的台词没感情。尹树在戏里不过一个小龙套，六场戏一共出场三次，台词加在一起才八句。尹树知道自己的戏出不了彩，没用心去演，但也不至于像许大马棒那样说他应付差事啊。许大马棒眼睛老盯着他，无非还是当初那点事。当初，许大马棒要把女儿小娅嫁给尹树，尹树当然不答应。倒不是小娅有什么问题，是许大马棒的名声在团里太臭。还有一层原因就是小娅也在团里。尹树觉得自己这辈子没出息，做了话剧演员，他可不想再找一个演员做老婆了（虽然小娅看起来还不讨厌）。许大马棒就是因为这个和尹树结了疙瘩。许大马棒在团里一直做副团长，分管服装和道具，平时没机会难为尹树，可当了舞台监督，就不一样了。尹树想找小娅谈谈。小娅在戏里是女二号，演一个活泼的第三者。但尹树又觉得，许大马棒对自己那样子，小娅应该是看到的，谈了又怎么样？谈了又有什么结果？弄不好适得其反。何况，小娅那没心没肺的样子，再扯起以前的话题，不是没事找事？尹树是个敏感的人，也很脆弱，他可不想再折腾了。说实话，他不是那种扛得住折腾的人。朋友们都知道，他很适合过一种安静的小日子。

尹树，你干什么啊？张娥站在他身边了。张娥一只手搭在他肩上，另一只手在小围裙上蹭蹭。张娥的小肚子差不多要贴到尹树脸上了。要是在从前，尹树会用脸贴贴张娥的小肚子。张娥的小肚子圆润、结实，又有弹性，很适合性感这个词。此刻，张娥的小肚子就似是而非若有若无地碰着尹树的脸了。但是尹树一点感觉都没有。只闻到她身上的油烟味。当然，尹树也隐约知道她那点意思。

尹树说我不干什么。尹树的话温温吞吞的，和张娥的话以及张娥的身体语言一点也不合拍。这么一来，张娥就有了一点小情绪，张娥甚至还有点恼怒。但张娥还是忍了忍。张娥说你不干什么你怎么那样啊？尹树说我哪样啊？张娥声音明显就加重了一点，说，你自己心里有数！尹树说我有什么数啊？我哪样啊？你一到家就没完没了！张娥说好像怪我呀？谁没完没了啊？尹树说还有谁？尹树又嘟哝一句，碎嘴婆！声音虽小，张娥还是听到了。张娥说，你说什么啊？你说谁是碎嘴婆？我叫你刷牙还错啦？你嘴里臭烘烘的……尹树打断她，谁嘴里臭啦？我刷过牙了你还没完没了，你烦不烦？张娥说你怎么那样啊？你发什么火啊，叫你刷牙你不刷就算了，还说刷过了，你说谎一点都不打草稿，你怎么那样啊？张娥说着用手去推他。尹树也去推她，由于尹树是坐在沙发上的，尹树的手推在张娥的小肚子上，把张娥推疼了。张娥说你打我啊！尹树说谁打你啊？尹树站起来要走，张娥拦着他说你还说没打！尹树说我当然没打！尹树一把拨拉过张娥，往书房里去了。张娥没留神尹树能使那么大劲，一下跌坐在沙发上。张娥胳膊被拨拉疼了。张娥看着尹树走进书房，听到砰的一声，书房门关上了。张娥眼泪就下来了。张娥不知道尹树凭什么要发那么大火。张娥委屈死了。张娥在下班之前，和几个年轻的同事聊天，她们什么都聊，聊着聊着就聊到各自的男人，她们说话毫无遮拦，最后连被窝里的私话都拿出来说了。几个女人的话，让张娥心里热热烘烘的。张娥老早就想着晚上要和尹树疯狂一把，没想到尹树那么没有人味不近人情不讲道理。张娥抹着泪，左一把，右一把，就像自来水，怎么也抹不完。张娥心里的委屈很快就变成了一腔怨恨。

张娥离开家，出门了。

尹树在书房里听到张娥的关门声。这时候，他还不知道张娥要干什么去。他在书房里发了一阵呆，张娥还没有回来。尹树心里开始有点慌。尹树到厨房去做饭了。尹树烧了半锅稀饭，炒了一个西红柿鸡蛋，又把择好的豆角炒了腊肉，还煲了个汤。这都是张娥爱吃的菜。

尹树坐在客厅里等张娥，快八点了。尹树想，张娥还饿着肚子，最多八点半，她就能回来。可是到了九点半，张娥还没有回来。到了十点半，尹树有点急了。尹树对自己说，如果到十一点，张娥还不回来，他就打电话到她妈家。如果她不在她妈家，他就打电话到她姐姐家。如果不在她姐姐家，他就打电话到她哥哥家。张娥肯定在这三家的其中一家。这是因为，在这座城市里，她只有这三个亲戚。时间很快就到十一点。尹树又对自己说，再等十分钟吧。十分钟里，尹树朝门上望了好几眼，朝窗户上望了好几眼。从窗户上他望见了外面黑乎乎的天，从门上，他望见的还是门。尹树在十一点半时，把电话打到了张娥姐姐家。张娥和她姐姐张平年龄相仿，感情最好，两家相距也最近。从理论上讲，张娥到她姐姐家的可能性最大。接电话的果然就是张平。尹树叫张平大姐，尹树婉转地问张娥在没在她家。张平口气是那种脆生生的硬。她说，张娥怎么啦？这么晚了她上我家来干什么？尹树你没有欺负我妹妹吧？尹树嗫嚅着，说，没……没，那她可能去大哥家了。对方说，那我怎么知道，这么晚了，你要抓紧找啊。尹树放下电话，他略微点放心。听张平的口气，张娥就在张平家。但是为了确保起见，他又把电话打到张娥的大哥张放家。张放家电话忙音。他等一会再打，还是忙音。等他把电话打通的时候，接电话的是张娥的大嫂王婷婷。王婷婷劈口就怒斥他，你还知道找啊，张娥哪儿不好？打老婆算什么东西！跟你说噢，张娥不在我家！王婷婷说完就挂了电话。至此，事情已经明了，亲戚们都知道尹树打了张娥。同时也说明，张娥很安全地在某一个亲戚家，或者在张平家，或者在张放家。但是在张平家的可能性还是最大。尹树考虑着明天一早，他就到张平家，向张娥认个错，把张娥领回家。尹树觉得，自己确实错了，在单位不痛快，不应该把不痛快带到家里啊。

天一亮，尹树早早起床，赶在七点就到张平家了。张平家住在老城区，是独门独院的平房。尹树走进院子时，看到张平正在洗脸。张平也侧脸看到了他。张平穿一件大汗衫，一条大裤衩，剪着短短的头发，又矮又胖，要是和张娥站在一起，怎么看都不像姐妹俩。尹树冲着张平的后背，客气地说，早啊大姐。

张平说，尹树啊，这么早过来啊。

张平的口气并不友好，甚至有点冷漠。

我来看看张娥。

张娥怎么啦？她昨晚没回家？张平的口气自然就过渡到生硬了。

张娥没有回家。尹树说，张娥不在你家？

不在。

我还以为她在你家的。

她没过来。

那……我到大哥家看看。

尹树骑车来到张放家。张放家的楼洞里很暗，他摸到五楼，敲门，门里问，谁啊？

尹树听是王婷婷的声音。尹树说，大嫂，是我，尹树。

王婷婷打开门，让尹树进去。

王婷婷说，尹树啊，这么早过来啊。王婷婷的口气和张平一模一样，酸不溜秋的，明知故问的。不过比昨天劈脸就骂，算是客气多了。

我来看看张娥。

看张娥？张娥怎么啦？

没什么。

她昨晚没回家？

没有。

张娥没回家你怎么到现在才找？

我以为她在你家……

废话，她来我家干什么？她又不是没有家。

王婷婷在和尹树说话时，脸一直是冷着的，眼睛也像两根又细又长的钢针直刺尹树的心里。王婷婷说，尹树，我问你，张娥这么一个大活人，一夜没回家，你一点不着急？你怎么也不到处找找？你把张娥打伤了没有？

尹树说我没打。

你还说没打！

大嫂，张娥不在你家，我再到别处找找看。

尹树离开张放家，听到王婷婷在门里说，好好找啊，找到张娥对我说一声。

尹树推着车，走在城市街道上。上班的人已经很多了，自行车就像海里的鱼群，一辆紧挨一辆向前游动。张平说张娥不在她家，王婷婷也说不知道。莫非张娥在她妈家？这是完全有可能的。情况也许正是这样，张娥昨晚出门，先到张平家，向张平哭诉尹树如何欺负她，然后又到她妈家，由于天色很晚，她妈没有让张娥回家，而是留了一宿。在从张平家到她妈家的这段时间里，张娥给王婷婷打了电话（也可能是张平打的），然后，王婷婷又和张平串通好了，一起收拾一下尹树。这才出现张平和王婷婷对尹树的态度，显然，她俩不愿意告诉尹树张娥的下落，无非是想让尹树深深地悔过什么的。不过尹树没有到他丈母娘家,而是来到了幼儿园。尹树知道,不管张娥昨晚在谁家,她今天都要上班。她总不能不上班吧?尹树刚走进幼儿园,就看到园长李老师了。李老师看来者是尹树,就热情地打招呼,是小尹啊,小张已经请过假了。尹树啊啊着,说那好那好。园长说,小张是什么病啊?我听她在电话里有气无力的,是不是妊娠反应啊?尹树说不是不是。尹树说我们暂时还不想要孩子。尹树又说是小毛病。尹树最后说,不要紧的,休息两天就好了。

尹树离开幼儿园,重新走在大街上。这时候,他还没觉得事情有多么严重。张娥请假了,也许她身体真的不舒服。尹树满心地希望,他到丈母娘家能看到张娥,然后和张娥一起回家。

尹树来到丈母娘家时,手里多了一袋甜柑,这是张娥爱吃的水果,他们谈恋爱时,张娥一口气吃过三斤甜柑,为此,尹树经常取笑她,这也成了他们爱情的一杯调味剂。尹树买水果还有一个缘由,就是他相信丈母娘不会像张平王婷婷那么凶。

果然,丈母娘对他很客气。这老太太退休之前是一家企业的工会主席,做职工思想政治工作很有一套,连街坊邻居都亲切地称她朱主席。朱主席见女婿拎着一袋水果,客气地给他搬一张凳子,还给他一把芭蕉扇。尹树坐下就东张西望。尹树说,妈,张娥没回来?丈母娘说,你说小娥啊,她不是上班么?哪有时间回来?我都好几天没看到小娥了,给你一说,我还真有些想她了。尹树没敢多说,他问了问老人家的身体,又说了一些闲话,赶快跑了。

尹树在上午十点半才赶到团里。他没有去排练厅,而是去了财务科。财务科有一部电话。他想去打电话给张娥的一个同学。张娥的那个同学在银行上班,和张娥从小一起长大,她们两人是最要好的朋友。尹树想打电话问问,看看张娥是不是在她那儿。但是尹树在楼道里碰到许大马棒了。许大马棒一把揪住尹树,说尹树你干什么去啦?今天走台就缺你一个,告诉你,算迟到一次。尹树想不理她。但人家是领导，又是这台戏的舞台监督。他只好说，家里有点事，处理一下。许大马棒一听尹树说家里有事，大圆脸上就放了油光。许大马棒开心地说，又和老婆打架了吧？尹树摆脱许大马棒的手，说，没有，我有别的事。尹树很讨厌许大马棒的那个"又"字，好像他和张娥经常打架似的，又好像她对他们的生活很了解似的。尹树真想啐她一口。尹树到财务科，看到有几个人在领钱，其中就有小娅。小娅跟他甜甜美美地一笑，说，尹树，你来凑热闹啊，没有你的钱。会计也说，尹树，这是五一期间，他们给自来水公司演出的劳务补贴，没参加演出的没有。尹树说我知道。尹树说我不是来领钱的，尹树就走到放电话的桌子边。尹树说我打一个电话。会计说，电话坏了。尹树手已经停在了话机上，他疑惑地望着会计。会计看他的目光有些发滞，又说，要不你试试看。尹树拿起电话，电话里没有惯常出现的鸣叫声。尹树又拨号，还是没有声音。尹树放下电话，小娅这时候已经到他身边了。小娅的头发上有一种潘婷洗发水的馨香。小娅的脖子上还有一串亮闪闪的东西。尹树一转头，就被洗发水的馨香冲了一下，又被白亮的几乎透明的脖颈闪了一下。小娅说，尹树你该买手机。小娅说着就把挂在脖子上的手机拿给尹树。小娅说，用我手机吧。尹树犹豫片刻，拿过小娅的手机，很快拨通一个电话。尹树对着电话说，你好，我是尹树……你好你好……我想问一下，张娥去你那儿玩了没有？……噢……噢，好好……再见。尹树把手机还给小娅。尹树脸上想挤出一点笑，但却像要哭一样。对方告诉尹树，张娥已经好久没和她联系了。对方还让尹树叫张娥到她家去玩玩。其实这样的结果在尹树的预料之中。尹树的表情和脸上微妙的变化没有逃过小娅的眼睛。小娅还是笑笑的样子。她有点嗲地说，你们吵架了吧？尹树没有和她多说什么，他只是做了一个摇头的动作，就走出财务科了。小娅在走道上追上了尹树。小娅说，我知道你们过的不好，过不好就离婚好了。尹树呛她一句道，离婚了你嫁给我啊。谁知，小娅快乐地说，好啊。小娅跟在尹树身后，又说，真的，我妈给你算过命，你命运当中要离一次婚。尹树转头道，我也给你妈算过命，你妈要离一百次婚。小娅哈哈地笑道，你不信拉倒！财务科里也传出轰轰的笑声了。

许大马棒正要出门，叫尹树堵到屋里了。尹树说，许团长，我要请假。许大马棒头都不抬，说，不可能。许大马棒说不可能时，才看看尹树的脸。许大马棒笑逐颜开了。许大马棒看到了尹树脸上的晦气。许大马棒斩钉截铁地说，请假？现在一个人当十个人用，后天就彩排了，再过几天就正式演出了，你还请假！尹树说，我有事。许大马棒说，有事算什么？谁没有事？许大马棒又得意地问，是不是老婆跟别人跑啦？是不是要去找老婆啊？对你说，就算是老婆跑了，也不能请假！

尹树中午吃了一份盒饭。尹树在吃盒饭的时候，对着盒饭说，许大马棒你真不是人，我老婆要是小娅，看你还能这样说！尹树吃了一口饭，又说，许大马棒你不准我假也没用，我照样不去上班。尹树把饭吃了一半的时候，再次对着饭盒说，许大马棒我自己准我自己的假。尹树像嚼蜡一样地吃完了饭。尹树对着空饭盒说，我要去找我家张娥！我家张娥不知道跑哪去了，许大马棒你不是会算命吗？你算算看，我家张娥去哪儿啦？尹树最后对空饭盒说，许大马棒你怎么不说话？许大马棒你是个饭桶！

尹树第二次来到张平家。

尹树说大姐我来看看张娥。

你看张娥上我家来干什么？我家又没有张娥。张平大声地说，对你说尹树，张娥不在我家。张娥要是在我家，我就让她回家了。

尹树没说话。

张平几乎是恶言恶语了，尹树你把张娥打跑了，张娥要是出什么事，你尹树十条命都顶不上。

尹树还是没说话，心里突然酸一下。

你快去找吧，不把张娥找回来，别上我家来了！张平又教训他道，尹树你还好意思，一个大男人，没什么本事，靠打老婆过日子，丢不丢人？张娥那么好，脾气又温柔，心又善良，对你哪儿不好啦？你怎么舍得伸出手？你打她不怕烂了手指？我真看不出来你能对她下毒手。对你说尹树，我是她大姐，我都没动过她一指头，我们家都不打人，连我爸我妈都没打过我们，反过头还倒让你打了。你还站着干什么？你还知道哭啊？你知道哭当初还不打人了，去吧去吧，别在我家流泪了，再到别的地方找找去。

尹树抹抹泪，说大姐我再上大哥家看看。

尹树走了以后，张平就跑到屋里。张平对张娥说，你看没看到，你看没看到，这次非让他服气！

张娥说，大姐，我看到小尹流泪了，我想回家。

张平说，你疯啦？你就这样输给他啦？看你也是受罪的命！不回，让他多跑几趟！

刚才张娥从窗户里看到院子里的尹树，心一下子就软了。尹树好像变矮了，人也黑了，脸上一点光泽都没有了。尹树脚上的凉鞋也脏兮兮的，T恤也该洗了。张娥鼻子一酸，眼泪就涌出来了。她想追出去跟尹树说声对不起，然后跟他回家。但是，张平的一句话，她就不能出去了。张平说她没在这儿，那么她只能装作没在这儿，否则，她突然出现在尹树面前，不是当众揭穿了张平的谎言？尹树会说大姐撒谎。张娥不能让大姐背一个撒谎的名声。何况她听到张平说她不在这儿时，声调明显地提高了，这就是暗示她的意思。

大姐，我还是回去吧。尹树胡子都没刮，我看他都瘦了。张娥的声音又细又小。

张平说，哟哟哟，心疼了吧？张娥你听大姐的，心狠一点，你现在才这点年纪，不治治他，你想挨他打一辈子啊。

他没打我……

还说没打，他打你小肚子是不是？女人的肚子能随便打？他把你摔倒了是不是？他那么大力气，连后果都不考虑。这种男人，你就得杀杀他性子，看他还狂不狂！

他都哭了……

他哭就对了，说明他有悔改的意思……唉唉，你别哭啊？你哭什么啊？张娥你别让他的假面具哄骗了，你不知道他是演员？演员都有这一手，想哭就哭，想笑就笑……好啦好啦，听大姐的。

就在张平安慰张娥的当儿，尹树和上次的路线一样，来到了张放家。张放出差还没有回来。王婷婷又对尹树进行了一番有理有节的教育。王婷婷语重心长，苦口婆心，从大道理说到小道理，又从小道理说到大道理，旁征博引，中心都是一个，好好过日子，不能动不动就打人，年轻人有点火气是正常的，要摆事实讲道理，要以说服、教育、引导为主。最后王婷婷对尹树说，好好找找张娥吧，把张娥找回家，跟她赔个不是。

尹树又来到丈母娘家，这个退休的工会主席说话和王婷婷大同小异，只不过更细一点，更具体一点。让尹树更为不安的是，尹树第一次来丈母娘家时，丈母娘还不知道事情的真相，从这次的口气中，尹树明明感觉到老太太说话的分量了。老太太不给他搬凳子了，也不给他拿芭蕉扇了。

又一天过去了。

尹树一大早就被电话吵醒了。对方是许大马棒。许大马棒显然是发了脾气，她说尹树你昨天下午干什么去啦？上午因为你影响了连排，下午又是你影响了连排，你知道不知道这是最后一次连排？你知道不知道这次连排对正式演出有多么重要？尹树说我请假了。对方火气更大了，谁准你假啦？告诉你，你昨天算旷工！还有，今天赶快来上班，不许迟到！对方还没等尹树说话，就挂了。尹树自己对着电话机说，靠！

尹树洗了把脸，头还有点疼。夜里他基本上没睡，他都在考虑张娥能到哪里去了。或许正像张平说的那样，张娥没在张平家。从种种迹象判断，张娥也不在张放家，当然也不可能在她妈家。他们甚至连张娥的行踪都不知道。那么张娥能在哪里呢？她不会流浪在大马路上吧？她不会迷失了方向吧？她不会被人贩子拐走吧？她不会气急之下，失足掉进河里吧？这些看起来不可能发生的事情，又是都有可能发生的，是的，都有可能。如果真的这样，那事情就严重了。张娥心眼儿小。张娥心眼儿比针眼儿还小。她头脑里只有一根筋。她会想不开的。尹树有点害怕了。尹树一害怕，头脑就大了。他感觉头脑里有一股气在向外扩充。那股气力量巨大，他耳朵、鼻孔、嘴巴、眼睛，都要被鼓破了。夜里他就感觉到头胀，他脑子里想事情太多了。他仿佛看到一个衣衫褴褛的女人，行走在一条肮脏的马路上，她边走边唱，边唱边笑，边笑边哭。他不知道她是唱是笑还是哭。尹树认出她是谁了。她就是张娥。尹树去拉她，可她根本不认识尹树。尹树再拉她时，她就跑了。尹树在后边追呀追呀，却追不上她。等到尹树再看到她时，她正在捡垃圾吃。尹树把她手里的豆角夺下来。尹树说不能吃。她说什么不能吃。说着又把一个烂西红柿塞进嘴里。尹树又把烂西红柿抢下来。她说我就喜欢吃西红柿。她哈哈大笑，说我就喜欢吃豆角。尹树说，咱们回家吃吧，家里我都给你做好了。这儿的东西不能吃，你瞧瞧，这儿的东西多脏。张娥说，脏怕什么，脏就不能吃啦？我还要吃屎呢。张娥再次抓起一个烂西红柿，突然狂奔而去。尹树再也追不上她了。她就像一阵风，眨眼就没了踪影。尹树觉得自己的胡思乱想是有根据的，根据就是为什么会想到这些，而不是别的什么。尹树的心就往一起收，快速地收，收得很紧很紧，很小很小，到了快喘不过气的时候，他的心又开始往外放，无限量地放，放得他心里发慌。尹树的脑袋和心脏的感觉一样，也是收收放放的。尹树站起来。他想去倒杯水喝。尹树站起来就不由自主了，他眼前突然炸了金星，接着就是黑暗，心就往上猛窜。尹树赶快蹲下来。尹树蹲在地上好一会儿，才平静一点。

　　尹树真的不想到单位去。尹树此刻正行进在杂乱的街道上。现在，尹树开始在街道上观望和打量。看到年轻的女人他都要多看一眼。他甚至去追逐一个体形酷似张娥的少妇，把那个少妇吓得钻进了巡警的警车里。一度，尹树怀疑每一个女人都有可能是张娥。至少，他怀疑这些人中的其中一个就是张娥。尹树当然没有看到张娥，他在拐进一条小巷时，倒是看到了张平。尹树这才知道自己正走在通往张平家的路上。张平显然也看到了他。张平提着一个菜篮子，她看到尹树时，吓了一跳。尹树眼窝下陷，脸色发青，头发好像也灰了，而且乱得像鸡窝。从前白净、英俊、潇洒的尹树哪去啦？活该，谁叫你打老婆，报应哩。张平拦住发呆的尹树。她不过用菜篮子碰了一下尹树的自行车，尹树就连人带车摔倒了。可见尹树当时一点力气都没有。摔倒的自行车压在尹树的身上，尹树一条腿甩着，就像痉挛一样。张平想笑，看他一脸痛苦的样子，张平没笑出来。张平把他拉起来。他就像刚学会走路的婴儿，爬了几爬，才在张平的帮助下站稳当。张平说，你干什么去尹树？你不去找张娥，你往我家去干什么？尹树啊啊着，说我不是正在找吗。张娥说，你就在大街上找呀？你像没头苍蝇一样在街头东碰西撞，就是有一百个张娥你也找不到啊？尹树你怎么这样没心啊？好好，尹树你找吧找吧，尹树你到大街上，到百货公司，到火车头，到汽车站，还有码头，还有电影院，尹树你到人多的地方，张娥小时候就爱看热闹，哪儿热闹朝哪儿钻。尹树你抓紧找去吧，我要买菜了。尹树啊啊着，不停地点头。尹树觉得张平说的每一句话都是对的。尹树扶起自行车，调转方向，骑车走了。

尹树真的到码头、车站、步行街、百货公司找张娥了。

张平最后一眼看到尹树是尹树的一个背影。张平还注意到尹树的腿好像瘸了一点。张平还发现尹树好像有一点不太正常的地方。张平没有想起来尹树哪儿不正常。不过，张平心里还是有点得意，有点成就感和满足感。张平觉得，尹树已经被她修理得不错了，可以说是被她改造好了。

张平提着一篮子菜，回到家正看到张娥向外走。张娥拎着塑料方便袋，袋子里是她换下来的衣服。

张平说，怎么这时候走啊？

张娥说，我回家。我已经三天没有回家了。今天都星期六了，我要回家洗衣服。

张平说，吃过饭回吧，衣服说不定都叫尹树洗了呢，他那么能干，又那么疼你。对了，我刚才看到尹树了，他找你都要找疯了，都找到大街上了，到大街上到处找你，不是疯了是什么？张娥，我看这回够劲了，看他下次还敢打你，治男人就得这样。

张娥说，你没告诉他？

张平说，告诉他什么？

我在你家啊。

我没说，我就要让他急。

你怎么不告诉她？

看看，怪我了吧？真是好人做不得。好啦好啦，抓紧回去吧，把这条鱼带上，我知道尹树喜欢吃鱼。张平把一条二斤多的鱼挂在张娥的车把上了。

张娥心急火燎地赶到家里。尹树不在家。她闻到一股酸臭味。张娥到厨房，看到料理台上有一盘西红柿炒鸡蛋，还有一盘腊肉炒豆角，酸臭味就是从这两盘菜里散发出来的。这两盘菜都装满了盘子，可见尹树炒好菜根本就没动筷子，也许他这几天都没有吃饭吧。

张娥看看锅里，锅里的稀饭都酸了。他这几天就是饿着肚子到处找她的。自己都干了些什么啊？张娥不知道自己什么时候流泪的。张娥发现自己流泪时，已经是满面泪水了。

张娥试着给剧团打电话。接电话的人说，尹树已经好几天没来上班了。张娥没有再给别的地方打电话。比如尹树的父母家，尹树的叔叔家。张娥知道，就在一个小时前，张平还在她家门口的小巷里看到尹树的。尹树既然没去上班，那么要不了多久，他就会回来的。张娥抬头看了看墙上的电子钟，快十点了。张娥开始收拾家务。家里太乱了，算起来，从大前天晚上，到前天一天，到昨天一天，到今天，也就七十多个小时的时间，家里已经乱成了这样，简直可以称得上乱七八糟了。张娥觉得，这个家还是离不开她，尹树还是离不开她。女人在家，就是男人的镜子。男人看到女人，就看到自己了。女人要是不在家，或者说这个家里要是没有女人，那么男人就没有了镜子，他就连自己都看不到了。要不，怎么说有了女人才算有了家呢？

张娥十一点时开始做饭，她首先烧鱼。从前都是尹树烧鱼给她吃，尹树有一手好手艺，做菜很对她胃口。张娥决定今天中午好好做一顿饭，算是对尹树的一点补偿。

但是，尹树到中午还没有回来。张娥的心里就开始悬了。

张娥嘴上长了水泡。张娥坐在沙发上，手里捧着一只杯子。张娥是坐在沙发上等尹树时，发现自己嘴上生了水泡的。不用照镜子，张娥也知道那些水泡是什么样子，一个个像米粒大小，排在她上唇偏左的部位。张娥承认自己过分了些，由此而来的一切（比如嘴上的水泡），只能是咎由自取了。张娥越来越觉得，尹树是可以依靠的人。她一定要对尹树好。可她现在没有了目标。她把目标丢了。

下午尹树也没有回来，直到晚上，都没有尹树的影子。

等到第二天中午尹树还没有回来时，张娥才发现事情的严重。

故事到这里差不多就要结束了。不消说张娥多么的心急，也不消说她如何到处寻找尹树。可以这么说，连续几天来，她能想到的地方，都找遍了。张娥先是打电话到尹树的父母家，他父母说尹树已经一个多月没有回家了。张娥又打电话到尹树叔叔家，他叔叔说，尹树都半年没过来了。张娥没了主心骨，她只知道哭了。张平说，也许尹树故意躲在哪儿吓唬你。张娥自怨自艾地说，你以为他像我啊。但张娥还是穿过整个城市，到公公婆婆家，又绕了半个城市到尹树叔叔家，都没有尹树的影子。张娥把尹树同事朋友都打听遍了，还是没有尹树的半点消息。

　　尹树就像一个冰做的人，在这年的夏天化掉了。

　　到了秋天，张娥已经放弃了对尹树的寻找。但她内心的寻找依然一天都没有停止。某一天的中午，形销骨立（她的确不像美丽时那么美丽了）的张娥从幼儿园下班回家，突然看到了尹树。尹树就像从天下掉下来一样，突然出现在张娥的面前。张娥那个惊啊，张娥那个喜啊。张娥真想扑上去咬他几口。但是张娥还是做了一点克制。因为眼前的这个尹树和张娥的那个尹树相距甚远。眼前的尹树几乎衣不遮体，眼睛像死鱼的眼睛一样毫无光泽，头发已经不能叫头发了。张娥有点害怕起来。张娥试着走近尹树。张娥对着晃悠悠走路的尹树说，尹树。尹树没有回头。他像没有听到一样。张娥快步走到尹树前面。她让尹树看到她。张娥说，尹树。尹树嘴里嘟嘟哝哝的。张娥又叫他一声尹树。张娥说，我是张娥。尹树停止了走动。他对近在咫尺的张娥说，你看到我家张娥没有？你要看到我家张娥对我说一声，就说我都找她一天了。尹树说完，又开始了走动。尹树又对另一个不相干的人说，你看到我家张娥没有？你要看到我家张娥对我说一声，就说我都找她一天了。不相干的人盯着他，绕着他跑了。尹树也没有追，他对一只垃圾桶说，我知道你也不对我说真话。尹树说着，一只手伸进垃圾桶中——那里有一只烂苹果。

一桩命案发生之后

1

八月一个阴晦的早上,古志刚从床上醒来,在床底一堆脏衣服中,挑选了一件相对干净的T恤,放在鼻子上闻闻,虽然有种怪异的酸臭味,但毕竟是自己的气味,还能忍受得了,便草草地往身上一套,出门了。

凌晨的街道人迹稀少,天空阴沉沉的,气压很低,古志刚扩了一下胸,深呼吸了几口污浊的空气,有种喘不过气来的感觉。路边隔离带里的花花草草十分灰暗,不像是沾染许多灰尘,仿佛与生俱来的一样,这和他此时的心情颇为相似。于是记忆的河水开始泛滥,还有昔日的阳光和朋友的面孔,次第从眼前闪现。

两个小时以后,古志刚弄来一辆来路不明的自行车,骑行在花果山大道上,往城西骑去。花果山大道就像一条特大江河,上班的人流不断汇集到河中,形成浩浩荡荡之势。其实时间还早,七点半还不到,古志刚感叹现在的人们,真是惜时如金了,这么早就出门了。

与这些上班族相拥在同一条河流里,古志刚一时产生幻觉,不知自己要干什么,难道要像二十年前那样,赶去上班?骑到海洋学院门口,古志刚才突然顿悟,原来是要到王丙渔家。到王丙渔家干什么呢?古志刚想想,皱着眉使劲想了一会儿,也没有想好——也就是说,是某种身体语言,把他引领来的。既然来了,就去看看王丙渔吧。古志刚在心里对自己说,据说他老婆内退了,需要祝贺一下吗?古志刚也不知道。

王丙渔穿着大裤衩,正在小院里侍弄花草,透过低矮的铁栅栏,他看到推着车,从小区弯道上走来的古志刚。

王丙渔的老婆叫吴静,正端着一盆花花绿绿的衣服从屋里出来了,她看到拎着花壶发呆的丈夫,问,怎么啦?

王丙渔说,志刚来了。

吴静看了一眼已经冲他们张望和挥手的古志刚,迅速放下盆,对王丙渔说,衣服你晾啊,我不想见他。

王丙渔小声嘀咕一句,你以为我想见啊。但他不见是不行的,谁让他们是朋友呢?谁让他们是曾经的同事呢?谁让他们又都是画家呢?

志刚,这么早,有事啊。王丙渔走到栅栏边上,冲他喊。内心里不想让古志刚进来,便趴在栅栏上,和古志刚说话。

古志刚已经看到穿着居家服、一冒头又躲回去的吴静了。古志刚也知道王丙渔趴在铁栅栏上的意思。古志刚便知趣地扶着车,说,我没有什么事,一大早来,能有什么事?又没到中午,要是到中午,我就不走了,就在你家喝两杯,现在才是早上,你连班都没去上,说不定连早饭都没吃。你知道,我不吃早饭的,一直不吃早饭,所以你家的早饭我也不吃一口,所以……你还是不知道我来干什么吧?

不知道,志刚你绕的弯子有些大了,志刚你要是有事,可以打个电话来,我手机号码一直没换。再说了,你也没少在我家吃饭,我又没说不让你吃,你是什么意思呢?不过今天中午真有好吃的。王丙渔把声音压在喉咙里,小声道,吴静早上买了鱼,你喜欢吃的黄花鱼。

切，黄花鱼有什么好吃的。古志刚已经决定不进他家了，便极为不屑地说，你两口子就喜欢吃鱼，天天身上腥呆呆的，臭死了。你两人就是两条臭鱼。

你这家伙，你也不是见鱼就不要命了嘛。王丙渔啐他一口，你忘了我电话了吧？

没有，怎么会呢？你的电话我记得牢牢的，不过我不爱打，这事不是打电话的事。古志刚瞟一眼王丙渔家关着的门，故意大声说，有些事可以打个电话，有些事不能打电话，这你是知道的。我一早跑来，肯定有重要的事，这事非跟你们说不可，啊？是吧……

啥事？

古志刚像是故意卖个关子。其实他是没想好要告诉他们一个什么出人意料的事。

快说啊志刚。

古志刚叹息一声，轻轻摇摇头，可惜地说，你朋友……也是我朋友，刘文道，死了。

什么？王丙渔大叫一声，死啦？他比我们两人都小啊，五十不到吧？

刚刚五十。古志刚的声音再次提高一些，死得太惨了。

怎么啦？吴静从屋里冲出来了，她手里还拿着半根油条，一边的腮帮也鼓着，可能是一口油条还没来得及嚼碎吧。吴静跑到栅栏边，身上的肉乱颤，惊讶地问古志刚，刘文道怎么就死啦？他身体那么棒。

古志刚看了一眼吴静。吴静又发胖了，在原来胖的基础上，再胖了一圈。她穿一身两件套的睡衣，湖蓝色的，上面开着几朵硕大的金黄色向日葵，有一朵大花，正好夸张地开在她左边乳房上，猛一看去，感觉她的胸脯一大一小、一高一低了。

车祸，还能怎么死，车祸死的。古志刚看吴静神色惊异，看她松松垮垮的领口里打堆的赘肉，心里感叹道，连吴静都老了。便更加夸张地说，很惨啊，啧，我都不敢说了。

别说别说。吴静握油条的手摆着，眼里迅即就汪满泪水，另一只手拽住王丙渔的胳膊，两条肥腿麻花一样紧紧并着，问，他女儿……还在国外读研吧？

古志刚没有回答，他掉转车头，说，你们在家啊，我走了，我还要去通知别的朋友。

别啊……慌什么。吴静说，你还没进家坐坐呢。

志刚事多，哪有心情坐，下次吧。王丙渔用胳臂碰一下吴静，说，志刚，有没有需要我们通知的朋友？

没有了，都让我通知吧。对了，车祸是夜里发生的。人躺在殡仪馆冰柜里。追悼会嘛，时间还没定。

王丙渔看着古志刚跳上自行车，拐过一幢别墅，才对吴静摇摇头，表示对刘文道的怀念和可惜，同时，看着吴静绕起来的腿，知道她又喷尿了，便冷冷地说，夹不住啦？

吴静没有说话，脸上是一种似笑非笑似哭非哭的表情。

王丙渔看到，吴静的腿上，哗哗流下一股水。王丙渔暗自庆幸——没有当着古志刚尿，已经算不错了。但，同时说明，刘文道的死，真是太突然了，让吴静受不了了。

2

一个小时以后，古志刚继续骑着自行车，从城西，来到城东。

苍梧花园是这个城市最好的小区之一。刘文道就住在这个小区里。

迎着小区大门的，是一丛随风摇曳的青青翠竹，一排装潢华丽的平房就在翠竹后边。这里原先是小区的售楼处，后来一直闲置，刘文道入住以后，通过关系，租下了这排平房的其中三间，他把这里收拾成工作室，摆开案几，天天挥毫作画，来往的人，除了同行的文人墨客外，就是商家老板或政府官员。刘文道画画的好，卖的也好，生活安逸而快乐。

古志刚进屋后，自己泡壶铁观音，主人一样地喊正在画画的刘文道，来，歇歇手，喝一杯，别天天净想着苦钱。

你喝你的，画案后的刘文道，手里拎着笔说，广州那边等着要，我得抓紧画出来。

古志刚滋啦喝一口，扑哧一笑，说，你知道我刚才干一件什么事？

你能干什么好事，刘文道说，偷辆自行车？

那算什么，等会儿还回去。古志刚哈地一笑，说，我刚才去王丙渔家了，这家伙，住在城西别墅区，人模狗样了，侍弄起花花草草来，就他那死形色，当初在设计室，帮我提鞋我都不要，厂里一倒闭，他到了海洋大学做起了美术教授。你说当初我们设计室五个人，哪个不比他强？他素描还是跟我学的呢，你刘文道还是主任呢，都没有他混得好……不过你钱比他多……你也不是好东西，所以啊，我告诉王丙渔，说你死了。

刘文道稍许愣了下神，把笔放下来，绕过画案，来到茶几前坐下，自己给自己续一杯，眨眨眼皮，慢悠悠地说，你说我死啦？

是啊，我说你狗日的遭遇车祸，死了。

刘文道给古志刚续上茶，脸上的表情极不自然。

我知道你小子讲究这个，我偏要让你不吉利，你不介意吧？你就介意也没办法了，我是认真跟王丙渔说的，他相信了，吴静也相信了。吴静的尿都喷下来了。不过我没看，看女人撒尿，晦气。我估计她要喷尿了，我就赶快走了，估计他们正在商量如何给你吊丧呢。

你呀，刘文道说，你骂我什么不好呢？你骂我死了，我还要多画几年，挣点养老钱，你说我死了，你有什么好处？

我逗王丙渔两口子玩的，你死就死了，我有屁好处啊，哈哈哈，我看王丙渔和吴静都相信了，我就乐了，人不就是图个乐嘛。你小子画画不是图个乐？你当年和吴静那档子事，你敢说不是图个乐？你小子啊……古志刚举起手指，点着刘文道，感叹道，你小子啊！

说到当年，刘文道表情也轻松了，他继续给自己续茶，却没有喝，而是仰头，想一下，慢吞吞地说，驴年马月的事啦，还提。

谁提啦？好事都是你们的，人家吴静约的是你，最后赴约的是王丙渔，尿裤子的是吴静，哈哈，说说看，你是怎么让人家尿裤子的。

刘文道回忆道，吴静天天往设计室跑，我一直以为是找王丙渔的，他们是老乡嘛。不过后来她请我看电影时，我那天晚上真的加班，加班画床单，就是画那个带向日葵图案的床单，后来在广交会上得奖的那款，我那天刚打了底稿，不想丢了那感觉，就把票给王丙渔了——不是我，我没本事让吴静尿裤子，是王丙渔那小子。

所以说你小子害人啊，你害了王丙渔，也害了吴静。你要不让王丙渔顶替你去约会，吴静就是你的了。

那张票，我可是先给你的啊？

一边去吧，你也没说还有吴静。要说王丙渔那小子太大胆了，你看电影好好看啊，去摸人家大腿，这一摸不大紧，把吴静的尿给摸下来了。王丙渔一定不是头一回干这种事了，他比我们都大几岁，是我们设计室的老大哥，他把这事当着奇事讲给我听时，我就知道他不是头一回干这事。你想想啊，我们厂那么多女工，光手帕车间就有一百多年轻女孩子，他说他头一回遇到一碰就出尿的，什么叫头一回遇到？说明他以前遇到的那些女孩，都不出尿。关键是，他自己又约吴静看过几次电影，我问他，吴静还尿裤子吗？他说早不尿了，一回生二回熟，她不紧张了哈哈哈，他说她不紧张了，但是她刚才又尿一回了。你说也怪了，你死了，她尿什么裤子呢？说明啊，她还爱你。

古志刚越说越眉飞色舞，越说越兴奋。虽然都是陈词滥调，但好像是在说刚刚发生的事，一件新鲜事。

刘文道却冷静多了，他没有接古志刚的话茬，咂一下嘴，摇摇头，那意思，明显对古志刚的话没有兴趣，又一时放不下，想说什么，又觉得没意思，不值得一说。

古志刚呢，也没有再接着说，而是往刘文道的画案上望，然后才转移了话题，又画《竹林七贤》啊，这张画你画了有一百张了吧？我看看来。古志刚说罢，站起来，走到画案后，观赏两眼，嘴里不屑地喷出一个词，听不清是什么音，仿佛放了一个无足轻重的屁。古志刚走回来，大声说，二十多年了，快三十年了，你小子还没有进步啊，中国画，讲究意境，意到情到，情到趣到，你那几笔，太实了，古人讲六法，你是一法都不得要领，要不要我示范几笔给你看看？

得得得，你一边歇去吧，别把我画弄脏了。

古志刚又在鼻子里哼一声，说，我才不想动手呢，你画你的，我出去转转。

3

王丙渔早饭一口也不想吃。他看着桌子上的一堆油条，气狠狠地说，你买这什么破油条，软鼻邋遢的，大便一样，难看死了，跟你说啊，我不吃。

你嘴上积点德好不好？吴静人还在卫生间，声音已经出来了，她刚冲了澡，还换了一条新内裤，听了王丙渔的话，火气腾地上来了，穿着内裤就冲出来，咆哮道，你不吃拉倒，没人请你吃。

反正我看着不舒服。

你天天想着吃大便，当然不舒服啊，你家大便像这样啊？你不吃还让不让别人吃啊？

王丙渔自知理亏，口气软和下来，说，我也没说不让你吃，我不过打个比方。

有你这么打比方的吗？

比喻不当罢了……不过是比喻不当罢了。王丙渔含混不清地嘟囔着，还是忍不住，终于说，你也不能夹不住尿啊。

我老年痴呆好不好？我要是身体好，还每天晚上去跳舞啊？我锻炼身体为什么啊？还不是要把你照顾好？

可是，你激动什么啊？刘文道死就死了，人死不能复生，是不是？我也觉得刘文道可惜了，死得太早了。不要说一个刘文道，一个大活人，就是一只蚂蚁死了，也是命啊，我也要同情的。但是，你不能受不了啊，你就是受不了了，也藏在心里啊，也不能夹不住尿啊。当初，是你约他看电影的不错，你对他有感情不错，一眨眼不是都下来二十来年了嘛，又不是刘文道追你，是你追人家，约人家看电影……

你有完没完？闭上你的臭嘴好不好？是我约的怎么啦？就是我爱上刘文道的，谁让你去看电影啊？你看就看了，还动手动脚，一只手像老鼠见了猫，抖抖索索乱蹿，不是你那破手，我能喷出来啊？要不是我害羞，怕你讲出去，我会嫁给你啊？撒泡尿照照自己好不好？后来是谁天天死皮赖脸拿着电影票往人家手里塞啊？你后悔了吧？我也后悔了。

是你说的呀？

就是我说的，怎么啦？我就是后悔了。

那你去找刘文道啊？

他死了，他要是不死，我就去找，你以为我不能？刘文道就是比你强。你别看你现在人模狗样是教授了。你知道人家怎么骂你们教授的吗？白天是教授，夜里是野兽，床上是禽兽，天一亮禽兽不如。你禽兽不如!

我怎么禽兽不如啦?

你自己知道。

王丙渔不敢说话了。王丙渔不是没有劣迹,不是没有女人,他跟那个女模特的事,早就让吴静摸清楚了。他还真怕吴静追下去。但是,今天这个事情,王丙渔真的有必要讨个说法,他不依不饶地说,再怎么说,刘文道也死了,就算你年轻时爱过他,也快三十年了,你这一喷,说明你心里还是有他,你让我知道自己的女人心里装着别人,我好受啊?

呸,你也死去吧,谁心里有他啊?我心里有没有他,你怎么知道啊?

尿都喷了,还犟嘴,吴静你就是这点不好,你心里有刘文道就有刘文道,刘文道也不是坏人,可你不能明目张胆让我知道啊?

我怎么就明目张胆啦?

喷尿了,你当我傻啊?王丙渔声音突然提高了八度。

这回轮到吴静不说话了。

吴静不说话,王丙渔也意识到自己话重了,说到吴静痛处了。好在,刘文道死了。王丙渔苦笑一下,摆摆手,说,不说了,真没意思,真没修养,都什么时候啦,还争这些事。

谁没修养啊?吴静没有要罢休的意思,谁没修养啊,啊?

我没修养,好了吧?吴静,我们都是大人了,你都退休了。

我是内退,好不好?我离退休还有六七年,我才四十多岁,我是有二十五年工龄才内退的,你别以为你比我多工作几年就不得了啊。

好了好了,不说这个了,说说刘文道吧……嗯,这个刘文道的丧事,吴静,是不是我们一起去啊?

我不去。

也好……

不行，我要去，吴静突然改口了，刘文道离婚这些年了，女儿又在国外，家里没个料理的人，怪可怜的，我们多去些人，也是对他父母的安慰。

可是，他家住哪里呢？听说他有个画室。

废话，丧事能在画室办？

你找到他家？

废话，我怎么会找到他家？吴静盯着他，再次争吵道，王丙渔你不要这样阴阳怪气好不好？你说我找到他家，你什么意思啊？我可一次没去过他家啊，我自从被你骗到手，我一生就废了，我就哪里也去不了了，你这样说，成心要跟我吵架是不是？

好好好，不吵不吵。王两渔跟她摆手，这样吧，我打电话问问古志刚吧，这小子什么都懂。这事你就别管了，吊丧啊，出礼啊，都让我去吧。你照样去跳你的舞，减你的肥，就当什么事没发生一样。

4

刘文道继续画画。"竹林七贤"这个题材确实画得太多了，没什么新鲜劲了。关键是，画室里有些闷热，看一眼空调，是正常的二十五度。可能空调老化了，制冷功能下降。刘文道伸手去摸遥控器，摸到的，却是手机——他新买的手机，大小和遥控器差不多，但他还是头一回拿错。那么，遥控器呢？刘文道还是没有找到遥控器。遥控器怎么会没有呢？古志刚没来时，他就开了空调的。一般情况下，遥控器都是固定放在空调下边的方桌上的。刘文道知道遥控器不会丢，便不再劳神去找，因为他已经出一身汗了。急需去水池里，淘洗一下毛巾，在身上擦洗一把。他的确也这样办了。刘文道掀起T恤，在自己肥厚的肚皮上擦拭着，眼睛还是到处找遥控器。

刘文道觉得有些饿，他从柜子里拿出些茶点，却又没心情吃，而是站在窗前，向着街道凝望好几分钟。还没到中午，街道上人不多，车流也不多，天上正飘来大片的阴云——这雨下了三天了，一直下不下来。刘文道疲惫地呻吟一声，往沙发上一躺。这时候，手机响了。

刘文道只好站起来，循着声音去拿手机。手机也在空调下边的方桌上，他拿手机的同时，也看到了空调遥控器，原来就和手机并排放着。刘文道一边接电话，一边把空调调到二十三度上。

喂——啊，小荷啊——你说——哈哈哈，还是你聪明，一眼就识破他了——来吧来吧，我在画室，来喝茶。

打电话的是夏小荷，画工笔花鸟的，和王丙渔、古志刚、刘文道他们当年都在一个设计室，她在电话里告诉刘文道，说古志刚从她那里刚走。古志刚跑到夏小荷那里，讲他早上的恶作剧，说如何把王丙渔给骗了，又如何把吴静的尿都吓喷了。

半小时以后，夏小荷来了。夏小荷是和她丈夫一起来的。夏小荷的丈夫葛大宝是个硬笔书法家，和夏小荷一起搞了一个学校，葛大宝教孩子们硬笔书法，小荷教孩子们学画画，收入很不错，早就买了别墅，还买了好车。葛大宝就是开车把小荷送来的。

刘文道已经泡好茶，热情招待夏小荷两口子喝茶。夏小荷坐下后，感叹道，还是你这里清静，能做点事，不像我那边，孩子们一来，嘈嘈死了。

你那边来钱快。

唉，有时候，也不能光为了钱。夏小荷继续感叹，她抿一口茶，便说起了古志刚，说古志刚那些怪异的举动，说古志刚不着边际的空话，说古志刚这些年的变化，最后，夏小荷说，我有些担心。

担心什么？刘文道问。

她就是瞎操心。葛大宝替小荷回答道，她一路都跟我叨叨，怕古志刚脑子出毛病。古志刚头发梢都透着智慧，会是个脑子出毛病的人？

大宝，你不懂，古志刚那人，以前不是这样的，以前特聪明的一个人，是不是刘文道？他当年在设计室，画的稿子，被选用的最多，奖金月月都比我们高，气得王丙渔都想揍他。

刘文道表示赞同夏小荷的话。但他对于古志刚近来的表现，似乎并没有觉得反常。

我们设计室几个人，如今混得最差的就是志刚了，丙渔当教授了，文道你的工作室也不坏，薛堂调到省报做美编了，月工资上万元，对了，我都好久没和薛堂联系了——我搞搞教学，混点辛苦钱，也坏不到哪去，可你看看志刚，连个人形都没有了，说他也没用。听说他在家也会画点什么，可画些什么呢？没听他说过，作品要是够了，我们几个可以帮他策划一个画展，也能卖几张，挣点零花钱。可刚才在我家，我和大宝都劝他搞画展，他不但不屑一顾，还把大宝骂一通，这个志刚啊。

葛大宝呵呵一笑，说，他骂我我也不跟他计较。

夏小荷说，就你脾气好。

葛大宝脾气真好，他给夏小荷的杯里添点茶，又给刘文道的杯里添上茶，拿起烧水壶灌水去了。

夏小荷说，你要说他脑子没毛病，一大早跑到王丙渔家说你死啦？这叫没毛病？

刘文道说，他不就是爱开玩笑嘛。

玩笑也没有这样开的呀。哪有开这种玩笑的呀，一点技术含量都没有。

同一个话题说久了，也会腻。葛大宝和夏小荷也没有别的事，说来说去，就是围绕古志刚。刘文道性格比较内敛，也没有发表新意见，至于古志刚的画展，那要他自己有兴趣才行。所以说了半天话，也没有实质内容。葛大宝和夏小荷要请刘文道吃午饭，被刘文道拒绝了。葛大宝和夏小荷也没再多待,说了几句客套话,告辞了。

刘文道突然没有画画的兴致了。在葛大宝和夏小荷走后,便从柜子里小心捧出一个大大的塑料袋,从塑料袋里拿出一大叠手帕,至少有二三百块。手帕都是崭新的,由于存放时间久了,散发一种古怪的气息。刘文道把手帕放在画案上,一块一块地欣赏。这些手帕上的图案,都是当年设计室的同事们设计的。刘文道能一眼看出来,哪块是古志刚设计的,哪块是王丙渔设计的,哪块是夏小荷设计的,哪块是薛堂设计的,当然,也有他自己设计的。时过境迁,这些新鲜的图案,恍然还如昨天。当年的企业,是个有着近千人的国营大厂,有床单车间,毛巾车间,手帕车间,设计室主要是为这些车间的产品设计图案。刘文道记得,吴静就是手帕车间的工人,她有事没事就往设计室跑,看他们画画,跟老乡王丙渔聊天。刘文道还记得,有一次,王丙渔不在,吴静就站在刘文道的身后,看他画一张大稿,这是为床单车间设计的,画稿是蓝蓝的天空下,一朵大大的金色的向日葵。当时的吴静,还是个刚进厂不久的小姑娘,二十岁不到吧,身上还有一股小孩子味,她也孩子气地说,真好看。刘文道说,好看吧?把成品床单留一块,将来做嫁妆。吴静红了脸,悄声道,做衣服也好看。刘文道哈哈笑着,觉得吴静的话不靠谱,哪有拿这么夸张的图案做衣服的。但是,接下来,刘文道吓了一跳,吴静把一张电影票放到那朵向日葵上,说,晚上请你看电影啊。说完就跑了。刘文道回头一看,设计室只有他一个人了。刘文道想一下,一笑,觉得这小姑娘挺好玩。等到古志刚、王丙渔和夏小荷从外边进来时,他再把电影票藏起来已经晚了。夏小荷惊讶道,呀,刘师傅,请谁看电影啊。刘文道听出来,夏小荷的话里,不光有惊讶,还有酸溜溜的妒忌。刘文道灵机一动,说,工会拿来的吧,我不爱看,要看你拿去。夏小荷说,我一个人才不去看呢。刘文道又对古志刚说,志刚,你去看吧。古志刚说,没有姑娘陪,谁爱去啊。

老大哥王丙渔打趣道，小刘听出来没有？小夏是要你请她，她才愿意去看啊。刘文道说，今天没空了，我要加班，对呀，老王，你拿去看呗，反正你也没事。王丙渔说，你们要都不去，我就去。就这样，王丙渔和吴静走到了一起。

一直到下午，刘文道的画案上，摆满几个塑料袋，袋子里是各种各样的画稿，其中就有那张向日葵的稿子。而刘文道，也一直沉浸在回忆里。

刘文道给远在德国的女儿打去了电话。

老爸，想我了吧？电话里，传出女儿甜甜的声音，嘻嘻，老爸吉祥。

要考试了吧？我很好，老样子……就是……刘文道犹豫着，没往下说。

爸，怎么啦？

我死了。刘文道的声音很平静。

老爸你真逗，这不是好好的嘛，嘻嘻，你的声音我听出来的。

不是……我真的死了……已经有好几个人知道我死了，一大早就死了，感觉……我死了和没死一回事。

老爸，你这玩笑一点都不好玩，我一点也不喜欢你这玩笑。女儿突然意识到什么，停顿过后，呀一声，深情地说，我知道了爸，你的意思是说，过去的你已经死了，现在的你是全新的你……你想和妈……重新谈场恋爱吗？

刘文道没有回答女儿的俏皮话。

我喊妈跟你说话啊。女儿已经敏锐地捕捉到父亲的信息了，电话别挂啊。

刘文道听到女儿欢快跑动的脚步声。

5

接到电话是下午三点半，这个时间，古志刚午睡刚刚起来。不出所料，打电话的是王丙渔。王丙渔果然跟他商量吊丧的事了。古志刚故意轻描淡写地说，这事我也没想好，买个花圈呗，给点钱呗，还能怎么样。王丙渔说，这事还得要郑重一下，不能草率。这样吧，你晚上来我家吃晚饭，商量商量，我估计，文道的丧事，还得靠我们这帮朋友。

有人请晚饭，古志刚从容多了。五点多，才从家里出门，一看，他放在门口的自行车没有了。古志刚也不心疼，反正那也是别人的车。古志刚只好步行着，穿行在盐河边的绿化带里。天气没有好转的迹象，雨也没有下下来，人的心情倒是不坏，有许多晚练者，走太极步的，舞七节鞭的，练脚的，打锣的，在一处小广场上，音乐声也很抒情，十几个年龄不等的女人在跳舞，跳民族舞，女人们穿着花花绿绿的衣衫，排成两排，跟着前边一个女人跳《万泉河》。那个领舞（或者说教舞）的女人，年龄不大，三十多还是四十多？古志刚心里没有谱。但是她腰肢特别婀娜，软得像河边的柳条，动作也极其规范、优美，特别是那张瓜子脸，看上去特舒服，有点夏小荷年轻时的风姿。古志刚画画时，临过工笔仕女，对于这种脸型的女人有种特别的好感。古志刚不觉停下脚步，欣赏一会儿，她的扭腰，她的展臂，她的送胯，她的摇腿，她的一招一式，居然让他小小着魔了一番。古志刚在心里估摸着，这个领舞者，一定是专业出身，或者干脆就是下岗的舞蹈演员。

到王丙渔家，正好踩着饭点——六点半。吴静准备了一桌的菜，还有红酒、啤酒。古志刚嘴里生着口水，夸奖道，这么丰盛啊，吴静是不是故意要露一手啊。

别夸我噢,没我一点事,都是老王收拾的。吴静赤着脚,盘腿坐在沙发上,露出一大截白皙而肥胖的大腿。她脸上冷漠着,对于古志刚的到来,没有丝毫的热情。她不时按动着手上的电视遥控器,电视节目跳动的频率很快,平均一秒钟要换一个台。

来,咱们喝酒。王丙渔招呼着。

古志刚坐下后,对吴静说,一起来呀。

你们别管我。吴静继续换着台。

王丙渔给古志刚的杯里倒半杯葡萄酒,给自己倒上啤酒,说,这杯我给你倒上,下杯你自己来噢,包干制,那一瓶都是你的。

吴静鼻子里发出一股气流声,接着,古志刚听到她嘀咕一声,酒鬼。

王丙渔也听到了,他知道吴静的不高兴,是缘于刘文道的死。王丙渔便用鼻子一笑,切入正题道,志刚,你说这文道说死就死了,也太不跟咱哥们客气了。

古志刚含混不清地一声,说,他死他的,咱们喝酒,来,敬你一杯。

王丙渔端起酒杯,在古志刚的杯子上碰一下,一口干了。王丙渔一边倒酒一边说,文道啊文道,日子多好啊……

吴静把手里的遥控器重重摔到沙发里,站起来,说,缺德!

古志刚看着吴静晃着屁股,穿过客厅,进了卧室,咚一声,把卧室的门重重撞上。

王丙渔说,志刚你别往心里去,不是骂你的,她是骂电视,电视没一个好看的台,真缺德——没事志刚,你喝你的酒,莫跟女人计较,你又不是不了解她——文道的丧事,我看咱们不能只是一般的朋友去吊唁一下,咱得成立一个治丧委员会,统筹整个治丧期间的一切事务,悼词就由我来写,我再怎么差也是大学教授,写个悼词还是绰绰有余的。

卧室的门猛地拉开了，收拾一新的吴静旋风一样出来。

吴静，你要出门？古志刚说，是不是看到我就犯恶心啊？吃过饭走嘛，我又不是饭，再恶心也不进你的肚子里。

晚饭她是不吃的，减肥。王丙渔替吴静说，她每天晚上都要去跳舞。

哦，跳舞好，时尚的运动。古志刚说。

王丙渔说，吴静，这两天你就别跳了。再说了，你就是跳，也别穿这么艳嘛，文道刚刚去世，毕竟也是我们的朋友，你换一件，别穿这条红裙子，换条冷色的。

吴静在客厅停住步，半阴半阳地说，他是你朋友，关我什么事？你们也不是照样喝酒痛快嘛，切，我爱穿什么穿什么，我爱跳就跳，我喜欢，你们别让酒呛死就好。

古志刚突然想起什么，站起来，速度有些迅猛——他走过去，挡住吴静的去路，说，跳舞？吴静你是跟谁跳的？吴静你可以不回答我，但是我可以负责任地对你说，你的跳舞老师一定没有我认识的那个高级。对，你别用这种眼神看我，我是真话，我认识一个舞蹈专家级老师，绝对叫专业，是专业剧团下来的可能，那舞蹈跳的，打个恰当的比方吧——你可能不爱听——就像你家丙渔的画，别看他是美术教授，他的画，比起刘文道，是不是差远啦？我认识的这个舞蹈老师，就好比美术界的刘文道，真正叫牛×。

吴静脸上的表情缓和多了，甚至嘴角还牵起一丝不易察觉的微笑，可能是古志刚的那个比喻起了作用——杀了王丙渔的威风，也可能是舞蹈老师起了作用。她扭一下肥腰，说，我们就是瞎跳，大秧歌小秧歌，随便走走的。

王丙渔看到吴静听了古志刚的话嘴角飞起的笑意了，仿佛被人当面戴了绿帽子，心里翻起巨大的波涛。

古志刚并没有察觉王丙渔的变化，他继续口无遮拦地说，随便走走,那怎么能行,啊,那怎么能行?随便走走可不是跳舞。这样吧,改天我带你去正式拜师。就这样定啦,跳舞一定要走正规渠道,不能走野路子,今天幸亏遇上了我,不然,你腰上的呼啦圈不但减不下来,还要多套几圈,你的屁股就成腰的一部分了,丙渔要是看不惯,一脚踢了你你可就后悔了。

吴静冷笑道,他踢了我?还不知谁踢谁呢。古志刚你别的都不错,就是这张狗屁嘴要人命,好吧,我听你一次试试——就算我不听人话听鬼话——哪天跟你去拜师。

这就对了,要不要敬我一杯?

你就自残吧,我可没功夫帮你喝驴尿,走了啊,跳舞去。

6

其实,今天吴静也并非一定要跳舞,家里她实在是坐不住了。刘文道死了,两个家伙居然喝起了酒,还美其名曰商量丧事,简直就是弹冠相庆嘛。但是吴静还是来到人民广场,这里跳舞的人有好几拨,她远远地望着常去的那一拨,看到一排人,呈长蛇阵,跟随着音乐迈着秧歌步,参差不齐,土的掉渣,感觉真的好丑,那哪里是在跳舞啊,就是螃蟹在爬。这让她自己都感到奇怪,不久前,还觉得这是最美的舞蹈,不过短短一天时间,观念就发生如此大的变化,莫非真的是因为古志刚的话起了作用?她想了一会儿,想得有些累。

许多人看到,在夏夜阴晦的天空下,吴静一个人坐在人民广场一个破败的花坛上,她没有去跳舞,也没有去看跳舞,只是这么坐着,和黑夜一样的静止。潮热的夜,和冷漠的城市,一起带着她走进了某个固定的思想里——明天就去跳舞。于是,当手机响起了短信的提示后,她都懒得去看一眼了。

她还是看一眼了。果然是王丙渔发来的。王丙渔的短信内容极其简单：和志刚去通知几个朋友。

　　吴静知道，通知的内容，一定是关于刘文道的死。可能还包括商量丧事的操办。吴静一直就不相信，古志刚和王丙渔能商量出什么办法来。古志刚的心思盯在酒上，他哪次来都要喝个醉，除了找醉，他似乎就没有别的事了。王丙渔呢，他也有心事，他的心事是什么呢？当然就是那个女模特了。想起那个女模特，吴静猛然觉得，日子已经到了没意思的地步了。

　　又坐了一会儿，夜晚的潮热似乎有些散去，吴静也清醒了许多，便起身回家，她估计王丙渔也该回家了。可是走着走着，一抬头，怎么是兴业时代花园？这可是城市另一个方向的高档住宅区啊，和她家正好在城市的两个方向。她也纳闷，走了这么多熟悉的路，居然全错了。且慢，也不能说错，女模特就住在这个小区，这是王丙渔的手机上透露的信息。其实，女模特，只是吴静的叫法，她实际上不是美术系学生写生的模特，是她的打扮和身型，酷似女模特，风姿绰约，顾盼生辉。吴静是在某一个周末，无意中发现她出现在自己家中的沙发上的。吴静不敢说抓住了他们偷情的现行，但是他们当时的神态，就仿佛刚刚还是衣不遮体一样。那时候的吴静啊，知道自己不行了，在女模特面前落了下风了。所以，某次在和王丙渔的吵架中，吴静忍不住提到了那个女人。王丙渔很敏感地问，哪个女人？吴静说，就是那个像模特的。王丙渔随声附和道，人家就是模特，哪里是像啊。但是，又是若干天以后，吴静无意中发现王丙渔一条没来得及删除的短信，内容是，哈哈，你老婆说我是模特？这个胖妖婆，怪会说话滴。吴静因此记住了这个号码，也记住了这句话。她再和王丙渔吵架时，偶尔会半隐半露地透个一鳞半爪。每到这时，王丙渔便不吭声了。其间和之后的某个清晨或黄昏，吴静会悄悄潜入这个小区，侦探一下女模特的行踪，有一次，果然就被她发现了。女模特就住在二十八号楼三单元的某一个居室里，这里也会有王丙渔的足迹吗？吴静的脑子里瞬间就给出了肯定的答案。

吴静莫名其妙的行为吓了自己一跳。但下意识地，她还是来到二十八号楼三单元门口，她站在紧闭的铁门前，借着远处微弱的灯光，她看到电子显示牌上几十个居室的代码。那些代码像一只只苍蝇，在她心里爬来爬去，突然觉得一阵恶心。又听到楼梯上响起谨慎的脚步声。吴静迅速躲到一丛黄杨树的后边。

开门的真就是王丙渔。

吴静像看到鬼一样惊呆了，她丝毫犹豫都没有，从黄杨树丛后冲出来，大喝一声，王丙渔！

7

今天是古志刚生日。昨晚在王丙渔家喝多了酒，吐了一路，到家后想起自己生日就是明天，觉得这顿酒醉了也值——就算是王丙渔两口子为自己搞的生日宴会嘛。不过天一亮，他迷迷糊糊躺在床上时，心想，生日嘛，还是要庆祝一下的。

古志刚便匆匆去了菜场。

可是，当他从菜场回来时，两手是空着的，他什么东西也没买，心里还憋一肚子气。怎么可能呢？他想，怎么可能呢？她是卖猪肉的，一个卖猪肉的，会跳舞？会如此地精通舞蹈艺术？但这是肯定的，他已经咨询过了，她就是卖猪肉的，换一种说法，她就是他心中的舞蹈大师。古志刚不相信自己的眼睛，他问对方，你卖猪肉？对方说，是啊。古志刚说，你不是跳舞的吗？对方加重了语气，说，是啊，我在盐河公园教她们跳舞，怎么啦？古志刚说，没什么，我就是不相信。对方说，什么不相信？跳舞还不是小菜？你要什么肉？排骨还是后腿？古志刚说，我不吃肉。对方一笑，说，噢，健康生活，好，你爱人要是跳舞，可以来找我。古志刚没再答话，他疑惑地盯着对方看，看对方麻利地举起刀，刀锋一闪，一块肉分成两瓣，心头一惊，悄然离开了。

古志刚走在路上，拿出手机，给王丙渔打电话。奇怪的是王丙渔的手机居然一直在通话状态。古志刚打了几次，都是忙音，他没有耐心等了，又给吴静打电话。

吴静一接电话，就问，联系好舞蹈皇后啦？

什么舞蹈皇后？我哪里认识什么舞蹈皇后啊？这年头，还舞蹈皇后，屁了，卖猪肉我还认识几个。古志刚生硬地调侃道，你还是扭你的大秧歌去吧。

电话另一头的吴静明显是生气了，她责问古志刚道，你有没有真话啊？你不是说要带我去拜师的吗？

拜什么师，屁师啊？叫你说对了，我就是一句真话都没有，全是假话。古志刚真诚地说，实话告诉你吴静，刘文道的死也是假新闻，如今什么都有假的，假药假酒假面粉，乳房是硅胶填出来的，酸奶都是皮鞋做的，我为什么不能说几句假话？不过，舞蹈教练真的是卖肉的。

我不信，吴静口气坚决，卖肉的才没心思跳舞呢。

你想哪去啦？你想象力比我还丰富啊，不是卖那种肉，是菜场卖猪肉……的肉。你不信就算了，不过刘文道的死确实是假新闻。

你是说……刘文道死是假的？刘文道……没死？

是啊，他好好的呢，他比牛还壮，我马上就要去他画室喝茶了。

电话那头的吴静突然哭了。吴静哭着说，吴志刚啊，你不是坑害人么，你知道……你知道不知道……王丙渔跟我吵了一夜，天没亮就走了。

王丙渔敢跟你吵？他能死哪去？

我哪里知道啊，一定去找那个女模特了……

什么女模特？你不会也没有真话吧？我可不收你这徒弟啊。古志刚说，王丙渔会有女人？

吴静哭了，她哽咽着说，你们是朋友，你能不知道？那个模特女人，跟王丙渔五六年了，现在好了，他跟我吵到天亮，跑了，这会一准在那个骚货家……唔唔唔……

别哭，吴静，别哭吴静……你听我说吴静，到底怎么回事啊？古志刚还没说完，对方就挂断了。

古志刚站在大街上，想想，晃晃脑壳子，感觉头上滴下一滴雨，接着是数滴雨。

沤了几天的雨，终于哗哗下下来了，倒是干净利落。古志刚走在雨中，走了好几站路，才躲到一处廊沿下。他看到一旁的墙壁上，有一根管道通下来，楼顶的积水，从高处冲到地上，很有力道，一些彩色食品包装纸在水口前打着旋儿，被冲到路边的下水道口，一忽悠，不见了。还有一只纽扣，跟着一只纽扣的，是一只避孕套，也被冲进了下水道。古志刚把眼睛望向朦胧的天空。雨是越来越急了，一时半会走不了了，他决定再给王丙渔打个电话。这回电话接通了。

丙渔，我是志刚啊。

志刚啊，实在对不起，文道的丧事，我参加不了了，我，我家里有点事。

你家里有什么事啊？天塌啦？你怎么回事啊王丙渔？你要离婚？

啊？你知道啦？不是我要离，是吴静，是她要离。王丙渔喘口气，你也看到了，昨天她听说文道死了之后，人全变了，跟我闹了一夜，非离不可，我……我只好成全她。

狗屁，你当我眼睛瞎啦？

志刚，我们是朋友……

告诉你王丙渔，我是骗你玩玩的，你狗日的平时那么聪明，现在智商却这样低，故意的吧？告诉你王丙渔，刘文道没死，他根本没出车祸,都是我编出来的。

古志刚听到王丙渔在电话另一端大喘气,不知在忙什么,半天了,才听王丙渔说,志刚,你这家伙,和吴静合伙骗我的吧?

你他妈也太高抬自己了,我会和吴静合伙骗你?就你那怂色,我呸!

我说嘛,我说吴静反应那么强烈,原来文道还活着……我,我知道了,我听吴静的,离。王丙渔说完,挂断了电话。

古志刚听清了王丙渔电话里最后一个字了,他对着电话骂道,这这这……什么玩意儿这人。不过他不想再打王丙渔的电话了,也不想再骂他了。这时候的古志刚,在心里产生了自责的同时,也忽然发现了什么。发现什么呢?就像跳舞女人在案板上剁肉,麻利地把生活分成了之前和之后?反正,一道闪电之后,雨势就小了。

傍晚时分,雨过天晴,古志刚早早就来到盐河边,来到那个四周开满鲜花的小广场。雨后的广场上,清新怡人,散步和锻炼的人更多了。在广场的一角,古志刚一眼就看到跳民族舞蹈的那伙女人了,还有那个领舞的卖肉女人,她的舞姿真的很美。在跳舞的人群里,他找到了吴静。古志刚是在中午时,又给吴静打电话的。这次电话中,他没提刘文道,也没提别人,更没说别的话题,而是专门说跳舞。

古志刚看了一会儿,从包里拿出久已不用的速写本,给领舞女人画了一幅速写,他准备画一张重彩人物画,主题就是这群舞蹈者。古志刚已经十多年不动画笔了,但是他画画的底子还在,功力不减当年,只需几笔,他的速写就动感十足,跃然纸上。

冰　棒

春年趴在自家后窗上，看大白腚打女儿。

春年家的窗棂油漆剥落、朽烂不堪，其中一扇，歪斜着，随时要掉下来。春年最喜欢玩的事，是扛着渔叉，和大东、二左一起，到前河沿去打仗。此外才是趴在后窗，看大白腚打女儿了。大白腚的女儿叫小织。小织这名字一点也不特别，和她的长相一样稀松平常，却天生披着一张挨打的皮。她母亲喜欢揍她。街坊的孩子，也喜欢揍她。二左甚至摸过她的头，也因此被她追打了好几条小巷。二左采取游击战术，边打边跑。要不是后河底街蛛网一样的小巷掩护了二左，二左根本占不了便宜。当然，也不是谁都敢跟小织交战的。比如春年，他就十分知趣，从不和小织真动手。他知道，凭他的身手，一定是大败而归，弄不好，身上还要挂彩受伤。

但是，有人降服得了小织，这便是她的母亲大白腚。大白腚打女儿，看起来下手很重，仿佛女儿不是她亲生似的。其实女儿真不是她亲生的。她不会生。二左他妈就骂过她，骂她"实心。""实心"作为一句骂人话，春年他们是从二左他妈那里才知道的。那么，小织是从哪里来的呢？二左他妈透露说，是大白腚从垃圾堆上捡来的。不过二左他妈的话也会变。有一次，她又说，小织是从树丫里长出来的，是草种子出出来的。小织究竟是从哪里来的，后河底街的孩子们也莫衷一是。

"叫你偷吃,叫你偷吃。"大白腚一手拽着小织,一手里拿着扫帚,在小织的屁股上乱拍,好像小织的屁股上有许多苍蝇。

小织绕着大白腚转圈圈。那扫帚十打九空,把小织打得哈哈笑。

春年也跟着笑。春年笑这母女俩像马戏团的小丑表演,一个假打,看起来下手很重,实际上打的是空气;一个傻笑,呵呵哈哈的,十足的撒娇卖乖。

不过,从大白腚喋喋不休的话里,春年听懂了,大白腚让小织去杂货店打酱油,找回一毛钱,让小织买了一支冰棒吃了。

"馋嘴,死丫头,馋嘴,看我不打死你!不吃冰棒会害嘴啊。"大白腚一边大喘气,一边飞舞着扫帚。扫帚上飞扬的絮状物,在阳光里飘飘浮浮,闪闪发亮。

也许是听到春年的笑,大白腚住了手。大白腚看一眼呵呵笑的春年,啐一口,无缘由地骂道:"你也不是好东西。"

春年知道大白腚是骂自己。春年不在乎。春年跟大白腚挤眉弄眼,嘴里发出怪叫声。

小织挣脱母亲的手,跑到春年家后窗下,也啐他一口。

春年的脸上布满唾沫星。

春年想用唾沫反击她,一抬眼,小织撒开脚丫子,跑了。

这是去年夏天的事。去年夏天,离现在整整一年了。大白腚一点没变,依然骑一辆破旧的三轮车,天天去前河沿扫街,顺带着,捡些可回收的垃圾。她丈夫,那个豁唇的男人,依然在麻袋厂上夜班。他们的女儿小织,却不小心长大了。女孩长大的标志,就是可以随心所欲买东西而不被大人责骂和痛打。难道不是嘛,小织到巷口杂货店冰柜前,大大方方买冰棒吃。她不是买一支,而是买十支。她买一块钱的冰棒,两只手抱着,把冰棒放在巷口的路牙石上,她自己坐在冰棒边,一支一支地吃。她把冰棒咬在嘴里,咯吱咯吱。

她不像在吃冰棒，仿佛在咬嚼一枚硬币玩，硬币和牙齿碰撞的声音就是这样的。她一口气把十支冰棒吃完了。杂货店里的老顾，脸上露出惊异之色。他也不知道这个来路不明的孩子，为什么那么喜欢吃冰。

小织吃完十支冰棒，站起来，摸摸肚子。她肚皮上冰凉，虽然隔着一层花布裙，依然感到那儿的丝丝凉意。小织把另一只手放在身后的白灰墙上。她身后的粉墙已经老化斑驳了，上面巨大的红色标语，被风雨蚕蚀得支离破碎。但是依然能辨别出当年的气势：深挖洞，广积粮，不称霸！小织把手擦干，一脚踢开路牙石上的冰棒纸，唱着歌，跳跃着走了。

老顾说话了。老顾忧心忡忡地说："这孩子八成有心火。"

几天后，大白腚听说了老顾的话，也跟豁唇说："这孩子八成有心火。"

"孩子长大了。"豁唇说，"女儿大了十八变。"

"老顾凭什么说小织有心火？"大白腚替小织抱不平道，"小织也没吃他家冰棒。"

豁唇没说话，他跟大白腚瞪瞪眼，把饭盒夹在自行车后座上，上夜班去了。

小织变了吗？对于春年他们来说，并没有觉得小织有什么特别的变化。如果说有，就是小织突然离开学校，不念书了。那是暑假之前发生的事。小织班上的老师，在期末考试前，让小织别参加考试。理由是，小织学习太差，会拖累全班成绩。这事情显然激怒了大白腚。她气势汹汹地来到学校，找班主任老师论理。班主任老师实话实说地告诉大白腚，小织真的不适合在普通学校念书，她适合到特殊教育学校去。大白腚是个直嗓门，也是个直性子，她大声说："你不就是说我家小织是傻瓜嘛。告诉你，我家小织一点不傻。我家小织比你聪明多了。我还告诉你，这书，老娘不念了。"

那几天里，小织果然没去学校。这事在后河底街很快传开了。春年、大东和二左他们兴奋异常，纷纷打听小织为什么不念书了，并且纳闷着，这样的好事，为什么不落到自己身上呢？一直到暑假开始了，大家还愤愤不平。

一天，无所事事的春年，想着和二左相约去河里游泳。春年想，是带那只破篮球，还是那只洋铁皮桶呢？破篮球没有什么气，浮力不大。可抱着洋铁皮桶下河，万一叫前河沿那帮屁孩子看到，会笑话的。

春年正思忖着，一道暗影从后窗闪过。春年冲到窗前，探出头。春年看到花裙子的一角，就像鱼尾巴，在墙角摇一下，打个水花，不见了。

春年知道那是小织的花裙子。春年也知道，小织一跑，就是上厕所去了。后河底街葵花巷里，有一间公共厕所，厕所墙根是一大堆垃圾，垃圾堆上落满绿头苍蝇。如果不是憋得实在受不了，春年才不往厕所跑了。但是春年知道小织喜欢往那里跑。

春年在老顾家后院的墙拐等到了小织。

此时的春年，手里拿一支冰棒。春年说："给你冰棒吃。"

春年的鬼鬼祟祟吓着了小织。

小织惊魂未定地看着春年。小织渐渐笑了。小织的嘴角慢慢上扬，上扬。小织不屑地说："黄鼠狼给鸡拜年，没安好心。"

"嗨，别跑啊。"春年说，"我这是绿豆冰棒。"

小织在自家门口停住了，她啐一口春年，说："嗨嗨嗨，嗨什么嗨，傻子才嗨嗨嗨了，什么事？"

"你把游泳圈借给我。"春年小声说。

"你说什么？我听不见。"

春年又说一遍。

"我听不见，你过来说。"小织明显是故意的。

春年没有过去。他不知道她葫芦里卖的是什么药，万一是陷阱呢？春年想都没想，回头就往家里跑。春年跑到家里，趴到后窗上。春年觉得这样说话，会安全些。

小织已经没了踪影。

春年冲着小织家紫红色木门，大声喊："小织。"

小织家的门没有关牢。小织肯定在屋里。她一定是假装听不见。

"自己傻，还说别人傻。"春年嘀咕着，有些失落。

春年看几眼手里的绿豆冰棒。冰棒就要融化了。事实上冰棒已经融化了，一滴冰凉的水珠落在手上。春年再次望望小织家的门，咽口口水。春年噘起嘴，凑到冰棒上，舔一口。一股硬硬的凉，流淌在舌尖上。春年爬上窗台，曲身在窗户里，开始吃冰棒。春年花一毛五分钱，买来这支绿豆冰棒，本想讨好小织，跟小织借她那只游泳圈的。小织有一只游泳圈，蓝色的游泳圈上，均匀地分布着一颗颗鲜艳的红色草莓，样子很好看，是大白腚在路上捡来的。小织经常把游泳圈套在身上玩。小织把游泳圈当成一件装饰品了。

在一个雨天，小织又把游泳圈套到身上，打着一把尼龙伞，跑出来了。小织把伞收拢起来，让雨水淋在身上。小织还做出游泳划水的动作。小织傻傻地以为雨会下到齐腰身，那样的话，她就能游泳了。

春年正想着，小织突然就出现在窗户下。

小织手里拿着冰棒。不是一支，是两支。小织左手一支右手一支。

春年看清了，那是两根绿豆冰棒。

小织白一眼春年，狠狠咬一口左手的冰棒，又咬一口右手的冰棒。小织两个腮帮可爱地鼓了起来，接着，便吃出金属般的"咔咔"声。那意思是说，谁没有啊。

那天中午，春年没有抱着皮球，也没有拎着洋皮铁桶。春年和二左两个人扛着一根圆木棍，跳进了河里。圆木到底不是游泳圈，不够灵巧方便，但玩起来也其乐无穷。

那天，春年和二左一直玩到午后三点多，直到嘴唇冻得发乌，才从河里爬上来。

春年哆嗦着，说："明天我们还来游泳好不好？"

"大东说了，明天他到医院打最后一瓶吊针。"二左咳嗽一声，悄声道，"大东的伤就要好了，他让我们去找他玩。"

春年想想，说："我不想跟大东玩，他老带我们去前河沿打仗。我也怕落单了，被老虎他们打伤。"

"大东说了，他不是被老虎他们打伤的。他是不小心摔倒，才摔断胳膊的。"

春年不信。春年知道老虎他们发过的誓言，就是"一个一个收拾你们"。大东显然是第一个被收拾的家伙。但是春年不想再说大东的事了。春年说："明天我带一只游泳圈来。"

二左一听，兴奋了："游泳圈，太好了。"

半小时以后，春年扛着碗口粗、两米长的圆木，走进葵花巷。春年蓝色的短裤已经叫身体的热量烘干了。春年走到杂货店门口时，看到老顾在喝茶。老顾在杂货店门口搭了一个棚子，棚子下面是一只卖冷饮的冰柜，还有一只小方桌。老顾的茶具，就摆在棚子下面。老顾呷着茶，斜一眼春年，并没有觉得春年有什么反常。当他看到春年把路牙石上的一堆冰棒纸踢飞时，突然喊道："春年。"

春年站住了。

"过来。"老顾朝他招招手。

春年不知道老顾有什么事。春年不想过去。春年扛着圆木走过几条街了，肩膀又酸又麻。春年想回家，把圆木送回院子里。

"过来呀。"老顾已经站起来，他一步走到冰柜前，掀开冰柜门，取出一支雪糕。对，是雪糕，五毛钱一支的奶油雪糕，"来，我请你一支大雪糕。"

春年下意识地摇摇头。

"你不会和豁唇家的傻女儿一样，喜欢吃冰棒吧？"老顾把那支奶油雪糕放回去，大方地说，"冰棒紧你吃，你能吃多少拿多少。量你也吃不了十支。"

春年想一下，走过去。春年还没到棚子下边，老顾就迎过来，接住他肩上的圆木。老顾说："看你累的，坐下歇歇，喝茶还是吃雪糕？"

春年朝冰柜上望望。

老顾知道了。老顾从冰柜里取出一支雪糕，递给春年。

老顾一边看春年吃雪糕，一边拍拍身边的柱子，说："春年你看看，我这棚子，这条腿，就要断了，要是来一场台风，就飞上天了。你这根圆木留给我。"

春年这才知道老顾请他吃雪糕的意图。春年看看那根柱子，布满密密麻麻的虫洞，确实朽得不成样子了，中间还用一根竹片修补过，竹片上捆绑的塑料绳，风化的已经分不出颜色了。春年看看雪糕，雪糕已经被他吃了一半。春年想，反正家里还有这样的圆木，少一根，母亲也看不出来。

"明天再请你吃一支大雪糕。"老顾得意的笑容里，充满诱惑。

春年谨慎地咬口雪糕，点点头。

在火柴厂上班的母亲，果然没有发现靠在西墙根的圆木少了一根。这让春年放心地想起明天的大雪糕。

晚饭后，天还没有黑，大家都在各自的家门口乘凉。春年在后窗看到，小织又在吃冰棒了。小织这会儿坐在她家门口的马扎上，裙子摊在膝盖上，一副若无其事的样子。大白腚要很晚才回家。豁唇是厂里的守夜人，回家的时间不定。小织只需把米汤烧在锅里，别的事她就不管了。她也做不了别的事。春年想，她能做什么呢？大白腚嫌她炒菜不放盐，要么就像咸菜一样。她也没有家庭作业可写。不，她也有事。她的事就是不住嘴地吃冰棒。她吃那么多冰棒，肚子里不会结一层冰吧？春年想起冬天的河里，那层薄薄的冰。还想起小织倚在门框上，一边给手哈着热气，一边啃一块冰坨的样子。

小织三口两口把冰棒吃完了，那咔咔声，依然清脆而响亮。她吃冰棒总是那么快，怕有人跟她抢夺似的。谁会抢呢？春年对明天的大雪糕充满向往，不小心咽了一口唾液。他感觉唾液里，还遗留着雪糕的香甜味。春年再一抬眼，眼睛被洁白的白晃一下。那是小织的大腿。小织正把裙子撩起来，查看什么。春年不敢看。春年还是看了。春年睁大眼睛，看到小织惊惶失措地拎着裙子，跑回屋里。

过一会儿，小织突然探出头，一眼逮住春年。

小织皱着眉尖，腾腾腾地走过来，长长的花布裙子欢快地跳跃："别躲。你刚才看到什么啦？"

"我什么都没看到。"春年脸红了。

"撒谎，你在偷看。"小织怒气冲冲，她两手掐腰，盯着春年。

春年嗫嚅着："我……我请你一支大雪糕，跟你换游泳圈……"

"吓……什么？大雪糕？你有钱买大雪糕？"

"不要钱，是老顾请的……"

"骗人。"

"不骗人，真的是老顾请客……"春年觉得多话了，忙改口说，"换不换？一支大雪糕哦，其实我就是借用一下。游泳圈不能藏着，过了夏天，会遭蛀虫的。"

"切。"小织皱一下鼻尖。小织不想和春年纠缠，扭过腰身，走了。小织走到家门口，又回头说，"不许你再偷看我。我看到你家窗户就恶心，你家的破窗真像一只破鞋嘴，最好找砖头堵起来。"

然而，小织的神气活现还不到十分钟，就遭殃了。

刚一到家的大白腚，把小织拖出来，挥起扫帚，抽打在小织的屁股上。小织以为，大白腚还和以前一下，只是象征性地拍打她。没想到，大白腚这回动真了。大白腚的抽打稳准狠，"啪！"随着嘹亮的声音，小织就蹦一下，"啪！"小织再蹦一下。小织的蹦跳一下比一下夸张。奇怪的是，大白腚没有说明打她的理由，小织也没做任何辩解。

春年起初还哈哈大笑。看到小织哇哇乱叫，眼泪纷飞，也不笑了，隐约的，还有些心疼她。但他一时没想出小织挨打的理由。

突然的，大白腚住手了。大白腚惊讶地看着小织的腿。大白腚扔了扫帚，拎起小织的花裙子。小织洁白而丰满的腿上，盛开一朵朵红花，就像她密不示人的游泳圈上的草莓一样鲜艳。大白腚一把抱住小织，把她拥进屋里。

小织的哭声渐渐小了。

等小织不哭的时候，大白腚风一样冲出家门。

春年再次听到吵闹声，已经是老顾和大白腚了。

春年从窗台跳下来，跑到杂货店门口。

大白腚和老顾正在吵架。大白腚说："小织是傻子，你老顾不痴不傻，看不出来小织偷拿家里的钱啊？她还是个孩子，哪有那么多钱吃冰棒？"

老顾冷笑笑，说："笑话，拿钱买货，我怎么知道你家小织哪来的钱？"

"不要脸，老顾你不要脸，贪图小便宜，尽骗小孩子。"大白腚恶声恶语地说，"以后，不许你再卖东西给小织了。"

老顾也大声说："你讲不讲理？我要知道你家小织偷钱，我会卖冰棒给她？好，我不跟你一般见识，听你的，以后不卖了，好了吧？我家的货，扔到大门外，也不卖给你家！"

春年听懂了。春年也十分失望。他以为老顾会和大白腚打一架。结果，没吵几分钟，就散了。

这事让春年当着笑话，讲给二左听。二左似乎对这类事情一点兴趣都没有。他只是对游泳圈感兴趣。二左问他："你到底有没有游泳圈？你不把游泳圈贡献出来，当心大东找你算账。"

"我都说过不跟大东玩了。"春年说。春年和二左这回没有下水。他俩在河边的柳树下，东瞧瞧西望望。春年看到，河对岸的前河沿大街，那条不宽的马路上，大白腚甩开胳膊，正在扫马路。在她身后不远的地方，推着三轮车的，不是别人，正是小织。怪不得一个上午都没看到小织。春年想，原来跟大白腚扫马路来了。

一个月以后。春年从杂货店门口经过，看到小织从杂货店里跑出来，身上的裙子有些歪扭，头发凌乱。

小织跑到冰柜前，掀开冰柜盖，拿出一支冰棒。小织就像从自己口袋里拿一块橡皮一样随意。小织看到春年吃惊的神色，咬口冰棒，呵斥道："看什么看？害眼啦？"

"你没给钱。"春年提醒说。

"给过了。"老顾的声音。老顾从杂货店出来，走到棚子下面，望望小巷南头，又望望北头。老顾的样子贼眉鼠目。老顾喘口气，讨好地说，"春年，你也吃一支？"

春年一时没理解老顾的话，是叫春年买一支呢？还是请一支？这时候，春年看到巷口来了几个人。确切地说，是大东、二左，还有凤凰巷的三疤。春年知道坏了。春年朝家里狂奔而去。但是，晚了。大东他们在通往小织家的拐弯口，拦住了春年。

"听说，你发誓不跟我玩了？"大东手里摇着链条锁。

春年看着大东受过伤的胳膊，慌乱地摇摇头。

"听说你有一只游泳圈？"三疤手里拿着一把弹弓。三疤已经逼近春年了。

春年看一眼二左。二左微微低下了脑袋。

"听说你要把游泳圈奉献给前河沿那只死老虎？"大东嘴里的酸臭味已经扑到春年的脸上了。

春年不敢说话。春年撒腿就跑。三疤伸腿一绊。春年一个狗吃屎，扑到地上。

大东上去就是几脚。三疤手上的弹弓皮也抽到春年的脸上。春年抱住头，像虾米一样在地上翻滚。

大东他们被跑过来的老顾吓跑了。

春年爬起来，身上灰尘也没拍，青肿着脸，哭着回家了。

又过了两个星期。暑假就要结束了。这是一九八一年的暑假。暑假结束以后，春年就要升入初中了。春年屈身坐在自家的窗户里，翻看一本小人书。春年看书心不在焉，似乎对小人书也逐渐失去兴趣。

春年听到细碎的脚步声时，蓦然抬头。春年看到小织往家里跑来。小织两手掐着好几支冰棒，奔跑的姿势有些别扭。她也看到春年看她了。小织停止奔跑，转头望一眼身后。也许没发现有人追来吧，便面朝春年，用屁股开门。屁股到底不如手，她一边开门一边冲春年微笑，跟春年解释道："没要钱。我没偷家里钱。老顾请我的。"

对于春年来说，这个暑假无聊透了。前河沿的老虎他们要找他算账，大东他们发誓要灭了他。小织的游泳圈他连看都没有看到。

开学后的一天，春年背着书包，绕了五六条小巷，才躲过大东他们的围追堵截。春年几乎是小跑着，从一条无名小巷拐进葵花巷。行走在葵花巷里，就相对安全了。春年喘口气，一抬头，看到杂货店门口围了许多人。春年不知道出了什么事，赶快跑过去。许多人摇头叹息，少数人在抱怨，也有人海骂，东一句西一句。春年没有听懂。他只看到杂货店关门了，门上挂着一把锁。也不见老顾的影子。春年好奇地跟人打听。春年得到的是粗暴的回答："小屁孩，乱问什么，滚回家去。"

春年没有滚回家。春年站到一边。春年想听听到底发生了什么。但是春年还是似是而非，似懂非懂。从他们片言只语中，春年觉得，人们谈论的事情，和小织有关。

人们渐渐散了。葵花巷里空空荡荡。一阵风吹过，卷起漫天尘土，纸屑、香烟盒、塑料袋等杂物在地上急速翻滚。一张彩色冰棒纸，平地飘起来，向天空飘去，一直飘荡到小织家上空。春年睁圆眼睛，仰望飘忽不定的冰棒纸，眼睛望酸了，一直到望不见为止。但是，他在冰棒纸消失的方向，看到一张脸，那是小织的脸。对，没错，那确实是一张小织的脸。他平生头一回觉得，小织的脸很漂亮。

你听到照片的声音

卖旧书这个职业不是太好。但是对于我来说已经是个很不错的行当了。就是说,尽管这个职业发不了财,买不起房,只能混混肚子,但由于比较轻松和闲散,还能和文艺沾点边,我还是挺喜欢的。

在城市的街头,在一些不引人注意的路口或单位的门前,我在地上铺一块绿色塑料布,把三轮车上林林总总的旧书旧杂志搬下来,摆好。接下来的事情就是等顾主来问价。来问价的人一般都要买几本,至少是一本。我有这个信心。因为我的旧书品种比较齐全,板着面孔的有,花花绿绿的也有,医学、文学、钳工、炒股、电脑、收藏、保健、时尚等等一应俱全。这么说吧,只要你到我的书摊前一站,你肯定要掏腰包。但是,实话实说,大部分时间里我还是比较清闲的。在我清闲的时候,我一般做两件事。一件是看人,看大街上来来往往形形色色的人。实际上,我只是看女人,看年轻的女人,她们一个比一个如花似玉,一个比一个青春漂亮。她们都是朵朵红花。我经常打这个不恰当的比方。但是我的确把她们当作美丽的鲜花的。特别是到了夏天,鲜花们一朵朵竞相开放,我的眼睛就不够用了。另一件事其实不值得一说,就是在清闲的时候,翻翻地摊上的旧书而已。

但是,有一天,我翻旧书翻出问题来了。我在一本《性知识问答》里，看到了一张旧照片。这要是别人的照片我也不会这样吃惊。这恰恰是我的照片。恰恰是我的泳装照。我穿一条红色的短裤，脚下是金色的沙滩，身后是蓝色的大海……我的古铜色肌肉上，闪着太阳照射的光泽。我从没见过这张照片。这张照片是什么时候照的呢？怎么会夹到这本书里？又怎么到了我的手上？这些都是我百思不得其解的问题。照片上的我是那么年轻，双腿修长，肚皮上还有六块肌肉，充满青春和朝气……

我是无意中翻开这本我收来不久的旧书的。我承认，在翻这本旧书之前，我正在受到某种不可抗拒的力量的折磨。我虎口发麻。我腮帮发麻。我心口也发麻。因为那种力量，不是可以量化的力量，是一种美丽。是的，是一个女孩的美丽。如果你要问她是谁，我的回答是，不知道。当然你也不知道。我只知道她在这条僻静的马路对面的那幢白色大楼里上班或者居住。她身材高挑，喜欢穿一条深色的裙子，毫无疑问，她是美丽的天使。她五官精致、古典，额头饱满，悲情的大眼睛里，只有不清不楚的潮湿，仿佛是很久很久以前的事了。是的，她的外表和内心的沉静，你会觉得，她的红绣鞋足不出户，她沿袭着旧式的、传统的、上古黄金时代流传下来的风范。我只能说，她的美丽不是山洪，但会慢慢地流，剔透的、黏稠的，或者干脆说，她的美丽是一颗战栗的朱砂痣。她是从那根路灯旁边穿过马路，然后从我摆摊的人行道上走过去的。她从从容容，目不斜视，仿佛世界只有她一个人。她这样的姿势经常在我面前出现，经常从我面前走过，最后消失在大街拐弯处。拐弯处有一棵梧桐树，梧桐树的那边是百货商店和好几家超市。她就淹没在那些川流不息的人海中了。可以说，我能在这儿坚持摆摊，多半是因为她。能看到她，这一天我就放心了。要是看不到她，告诉你吧，我会百无聊赖，仿佛我的魂也丢到了马路上。

你知道，她就是这样旁若无人地从我面前走过的。她走过去我的心口就被堵了起来。我就只好翻翻书。我就翻出了我的泳装照片。地摊上的所有书都不是我的藏书,这一点毋庸置疑。因为我从不读书(翻书和读书是两回事),我也不搞收藏。那么这是谁的书呢?他或她为什么会有我的照片?而这张照片,在我的印象里,是不存在的。虽然我住在临海的山坡上,从小在海边长大,自然也有不少背景是大海的照片。但我不记得我有这张照片,我就更不知道是谁帮我拍的这张照片了。至于收藏者是谁,他为什么收藏,只有天知道了。

正在我面对照片发呆的时候,她又回来了。她依然那样从容而安静,优雅而惊艳,如果谁在抢银行的路上碰到她,那银行必定安然无恙。而她,就难说了。这当然是玩笑话。但她深深地吸引我却是真实的。真想她的身影能多留在我的视线内。很遗憾,她很快就走进那幢建筑了。

突然有一天,毫无预兆的,她来到我的地摊前。这太让人惊讶了。我只能紧张地看着面前的天使。她嘴角上扬,一点点露出玉色的牙齿,笑容像水纹随着一粒石子展开。她说,我们……要搬了,还有不少旧书和杂志,你来拿吧,能卖点小钱的。

她说话的声音也是朗朗的,清明而动人。你从她的口气和表情里,根本看不出她是在帮我,仿佛她是在求我帮她办一件多么重要的事。

我当然是受宠若惊了。我跟在她身后,离她有两米左右的距离。我目睹她妖娆的后背,看着她微微扭动的丰臀和细腰,我感觉到心上被针尖挑了一下,有一点点疼痛,而且这种疼痛就像一滴油滴在纸上,慢慢地洇开来,在我的心里一点点扩大。

我把她的书拿来了。其实不多。其实也就三纸箱。其实她的真实意图,是让我帮她打扫卫生的。这样也很好,老实说,能跟她说说话,是我梦想已久的事,何况为她打扫卫生呢。

在我收拾完书临走的时候,我说,你也搬吗?

她摇摇头，说，这房子，归我了。口气里是掩饰不住的自豪和满足。

这是一套很大的房子，大小房间有五六个，仅客厅就比我的住房还大，而且装潢是那样的考究和华丽。

我一个卖旧书的，能走进她的房间，能跟她说说话，已经很满足了。还能怎么样呢？我对自己说。她没有搬走，我还能经常看到她，难道还不够吗？

此后的几天，我依然会看到她。即便是我看不到她，我也能感觉到她的存在。如果说她在我的心里已成为这座城市的标志，一点也不为过。

但是，有一天，她突然怒气冲冲地走过马路。走到我的地摊前了。她用脚踢踢我的一本书，脸上的笑容有点僵硬，眼神有点闪烁不定。她说，你看到我一张照片了吗？就是……就是一张照片，你看到了吗？就是一张……啊……你看到了吗？她脸红了，只一瞬，红晕又消失了。虽然她红着脸，我还是看到她脸上的怒气。我不知道什么照片。我像坠入五里云雾。我倒是发现我自己的照片，但那不是在她送我的书里。我说，照片？你的照片？我没看到什么照片啊？她用手比划着说，就是这么大的照片。我真的纳闷了，我怎么能看到她的照片呢？她的照片，怎么能到我这儿呢？我看着她。我摇摇头。我说，我没看到你的照片。她说，你看到的，你一定看到了，求求你，还给我好吗？我是夹在一本书里的。那些书，都让你拿走了，你一本都没给我留下……当然当然，是我让你拿走的……可我那张照片，你要了也没有用，你还给我……我，我是夹在一本书里的。她说话很急促，把脸都憋红了。从她的话里，我听出来，她的照片是夹在书里的，而这些书又被我拿走了，她由此推断，照片一定被我藏起来了。可是，我确实没有看到她的照片。尽管那也许是她一张重要的照片，或者是一张不易示人的照片（这是完全有可能的），没有拿到就是没有拿到。我告诉她我真的没有看到她的照片。我说我要是看到了一定还给你。她说，那——你那天看的那张照片是谁的呢？我说，那是我的照片。我在看我自己的照片。对了，我在看我照片的时候，你还没让我去拿书哩。不过……她看我犹豫了一下，急切地说，你说呀。我说，你的那些书，从你那儿拿来的那些书，我还堆在我家里，我不喜欢看书，我连翻翻都没有。这样吧，我可以回家找一找，我回家找找看，你的照片要是真的在书里，说不定还夹在书里，我帮你找一找，我要是找到了，一定还给你。她说，不行，我不能让你看到我的照片！她迫不及待地说，你家住哪儿？我和你一起去……我真是昏头了，怎么没把照片拿出来！你……你不要再磨蹭了，我要到你家去找我的照片。

就这样，她来到了我家。

我那两间不大的平房里堆满我收购来的旧书旧杂志。她走进来时我看到她皱了下眉头。是的，我的屋里有一股刺鼻的霉味，脏得就像一个垃圾箱，真不是她这样的女孩能进来的。

当然翻找的结果是一无所获。她显然有些失望。她说，你在骗我，你那天看的照片，就是我的照片！她口气又软了下来，你，你在骗我，你把照片还给我吧？我给你钱，你说个价目，我给你钱还不行吗？我说，那天我真的是看我自己的照片，我怎么会骗你呢？为了证明那是我自己的照片，我只好把那张照片拿出来让她看。老实说，我在拿照片时，有点不好意思。照片上的我只穿着一条紧身的泳裤，那个地方的突出很明显。她看了我的照片，失望地把照片还给我。

她临走的时候，我跟她说，要不，你把电话留给我，我要是找到你的照片，再告诉你。她犹豫了一下，说，你把电话告诉我吧，我过两天打电话来问问。

她记下了我的电话。走时，在我屋里打量一眼，不着边际地说，你家里不少书啊。

我是一直看着她消失在小巷的尽头的。古老而破败的小巷里，她的丰臀细腰是那样的感人至深。我突然发现，小巷因为她的走动而分外动人。

我是真的又重新把那些书翻一遍的。她的书都是一些好卖的书，大部分是杂志，是那些在青年人中特别流行的杂志。如果卖一块钱一本，会相当抢手。但是，我没有发现她的照片，连一张纸片都没有发现。我想把这个令她失望的结果告诉她。但是不知为什么，连续几天，我都没有看到她。当然，她也没有给我打电话。

当我再次看到她的时候，她是摽在一个人的胳膊上的。那是一个气度不凡的男人，高大而英武。我以为她路过我的书摊时，能停下来，问问我关于她的照片的事。但是她就像没看到我似的从我的书摊前走过去了。倒是那个男人，不经意地瞟了一眼地上的书。

此后几天，那个英武的男人和她就经常在我的视线中出现了。他们相依相偎，从那幢楼房出来，横过马路。男的手经常放在她的臀部，长长的胳膊呈弧形状将她揽着，女的就小鸟依人地钻在他的胳膊下边，只是他们走路有点别扭。不过这有什么关系呢？

他们就这样从我的书摊前走过，我会听到他们喁喁的小谈，还有浅浅的笑声。我想，那个美丽的女孩，该是忘记她照片的事了。一张小小的照片，怎能抵得过爱情的力量？何况说不定还是一张不怎么重要的照片。

有一天，晚上，很晚了，我正在整理旧书，她给我打来电话。她在电话里说，是我。我一听就知道是她了。我以为她是来询问什么照片的，她却在电话里轻轻地叹息一声，说无聊死了。她的话让我莫名其妙，深更半夜的，为什么要跟我说这种无关疼痒的话呢？她身边不是有一个优秀的男人吗？还没等我说话，她又说了，哎——你不知道，他又出差了，他到东南亚去了，要一个多月才能回来哩。我说，那你给他常打打电话。她说，出国了，他把手机关了——你还真善解人意，这几天，怎么没看你摆摊卖书？我说，我天天出摊。她继续叹气，说，对不起，是我忘了，我这几天没出门。你现在忙什么？我说我在整理书。她感叹道，你真不错，你还有点事做。你猜我在干什么？我早就睡了，我天天睡觉，天天看电视，你不知道，我无聊死了，除了看电视就是睡大觉。你……你，你叫……叫你什么呀，算了，我不想知道你叫什么了。你说你在干什么？整理书？她在电话里突然笑了。她咯咯地笑着说，你那张照片，挺性感的。她的笑让我想到她笑逐颜开的样子，我的心情也就十分的愉快。不过她说我的照片，还说挺性感的。我心跳不由得多跳了一下。我假装没听清地问道，你说什么？她继续笑着，说，我说你那张照片，挺不错的。对了，照片……你……你看到我的照片了吗？我感觉到她满心的喜悦和欢快，和刚才苦巴巴的口气简直判若两人。我说，真对不起，我没看到你的照片。她说，你不是在整理书么？要是整理出我的照片，求求你还给我好么？我说，一定一定。我又说，可是……她急不可待地说，可是什么？你说可是什么？我说，那么重要的照片，你怎么可以乱夹在书里呢？她说，不是乱夹……你懂什么呀，夹在书里才保险呢。她又说，也不是什么重要的照片……你是不是已经看到啦？告诉你，可不许你乱看！我赶紧说，没有没有，要是看到了我还不还你？她嗫嚅着说，其实，其实也无所谓，你要是看到了，你要是不想还我，你就留着吧，我已经不在乎了。我说，哪里啊，是你的，我就一定会还你的。

接下来，我们又说些别的，都是一些无边无界的话。我一边应付她，一边想，反正也不花我的电话费，反正我也无聊，你要说你就说吧。

此后我们又通了几次电话。每次在电话里她都喋喋不休地说个没完。她说她男友还没有回来。她说天天看电视烦死了，都看出毛病来了。她说天天吃快餐把胃口都吃坏了。她说天天睡大觉把头都睡昏了，可现在深更半夜了，想睡又睡不着。每次聊天，她都说，明天到你旧书摊上找几本书看。

不过她一次都没有来我的旧书摊，实际上连她的影子我都没有看到。大约像她说的那样，白天都在睡大觉吧。

有一天，正下着小雨。下着小雨的天气我是没法摆摊的。我只能在我的书堆里睡觉。你知道我的两间老屋里堆满了书，我的床就支在我的书上。那些连同旧书一起收购来的破书架，高高低低排满了屋子的四壁，破书架里也高高低低插满了书。我区分的好书和坏书，是和价格，和销售量联系起来的。我的个别老主顾说我根本不懂书，不懂什么是好书和坏书。有一个家伙还煞有介事地对我说，不能光卖书，还要读书，甚至还要写书，做一个像北京琉璃厂那样的大书贾。我不管他说东道西的。我觉得他的话都是废话，我不过一个卖旧书的，和收破烂没有什么区别。卖旧书对我来说，只是一个糊口的生意，让我再生出点别的枝叶来，我没能耐办到。不过，我在不出摊的时候，喜欢听一点音乐，喜欢做做白日梦。对于一个三十多岁的光棍汉来说，所谓的白日梦，无非就是梦想爱情罢了。我梦想着被爱情撞了一下腰，梦想着能有一个疯狂的女孩撞我的腰。比如现在，我就梦想着她能来和我谈谈话，撞不撞腰无所谓，谈谈话就行了。当然，这是不可能的，她有一个气宇轩昂的白马王子，她正独守空房，等着她的白马王子从东南亚盛装归来。我这真的是白日梦了。不过，在这无聊的雨天，做做白日梦又有什么不好呢？就在这时候，电话响了，铃声大作的电话打碎了我的梦。

电话里，我听到一个声音在说，是我……

我一听就知道是她。白日梦还真管用，我一想到她，她就来电话了。她在电话里说，是我……随即她就呜呜咽咽地哭了。

我对着电话说，我知道是你，你，你有什么……事吧？

是我啊……大哥……

她紧张而怨艾的声音也感染了我，我说，知道知道，你怎么啦？

我死定了，你来救我……

你在哪儿？

我在家里……你知道的……

我赶到她家时，屋里的情景吓我一跳。

装潢考究而华丽的客厅里，她穿着短衫白裙，正蜷缩在沙发的一角。她泪眼朦胧地看我一眼，就上气不接下气地抽泣了。给我开门的那个男人冷冷地、客气地说，我是这个房子的房东，不好意思麻烦你跑一趟，是这样的，她……是你妹妹？噢——欠了我一年半的房租，这些还不够。他指了下茶几上的一堆首饰。另一个男人用手里的长刀拨弄一下项链、耳环之类的小玩意，那些黄色的小玩意发出一点诱人的声响，和她的抽泣很协调地融为一体。这时候，从厨房里又出来第三个男人，这是一个瘦瘦的小青年，穿着黑色大裤衩和同样颜色的大T恤，从大T恤的领口里，也就是小青年的肩上，露出亮闪闪的刀尖。

开门的男人说，还差八千块。怎么样朋友，麻烦你再跑一趟，回家拿八千块钱来，把你妹妹领走。

我又看到她的眼神。那眼神分明是要我救她。我就毫不犹豫地说，你们等等，我一会就来。

八千块钱对我不是个小数目，这是我两年多的积蓄啊。

事后我自己都难以理解我当时的举动，我一向这么小气，为什么能一下子为一个不相干的人拿出这么多钱？我当时的潜意识里，可能在想，她被骗了，那个白马王子，并没有到东南亚去，说不定就躲在城市的某一个地方，看着她的笑话。我还想，说不定我被骗了，那三个男人和她一起，把我给骗了，不是说现在骗子遍地都是吗？为八千块钱行骗，是完全有可能的。说真话，八千块，我还是心疼了好一阵子的。

我把钱交给他们之后,她被我领出了那套豪华住宅。

当我们走在细雨霏霏的大街上时,一种英雄救美的自豪感油然而生。我看着她,接过她的手提箱,我说,你上哪去呢?她眼泪又下来了。她说,大哥,钱我一定还你。我笑笑,我说,等你有了钱再说吧。

细心的人可能发现,在一个下着小雨的盛夏的傍晚,一个貌不惊人的男人,和一个有着惊人相貌和魔鬼身材的妙龄姑娘,慢慢行走在城市的一条老街上,男的一声不吭,拎着一只形迹可疑的小皮箱,姑娘背着一只今夏流行的栗色小包。

就这样,我们一起来到我家。

她走进我家对我说的第一句话是,大哥,我一定还你钱!

我说,等你有钱再说吧。

我不想问清楚事情的来龙去脉。我猜想她也不想告诉我。她坐在一堆落满灰尘的书上,两腿并拢,神色平静。然后,她拿出一只小镜,对着镜子看一看,笑一下。再然后,她从容而优雅地说,大哥你是好人。

她的表扬有点不着边际。

她又说,你是好人,大哥……大哥,我不想再麻烦你了,你要是肯帮我,再借点钱,再借给我一点钱,有二百就够了,我要走,我要离开连云港。她随手拿起身边的一本杂志,扇着风,继续说道,我要到南京去,南京有我朋友。到了南京,我很快就会赚到钱的,你要相信我,要不了多久,我就会还你钱。

我说,你准备什么时候走?明天?还是后天?要不,明天再说吧。

她说,也行。

她说也行,我突然就有些歉意,我们家这个破烂屋子,是她这样的女孩子睡觉的地方吗?

天很快就黑了，我和她在我家不远处的小酒店喝啤酒。啤酒有些凉，她也让人眼爽。她连喝几杯后，脸色有些红润，话也多了。我们俩像约好似的，都不提白天的事，她主要讲她南京的那个朋友，说那个女孩的父亲是南大教授，说她在南大校园里的朋友有一大把，说她有不少韵事什么的。还说，那个女孩常说的一话是，如果你一辈子只守着一只苹果，又怎么知道香蕉、芒果、荔枝是什么味道呢？我只能说说旧书了，偶尔说几句音乐。她说，现在哪有什么音乐？都是流行歌曲。又说，你知道现在流行歌曲为什么不好听？为什么没有五六十年代的歌曲清纯？我说不懂。她说，就像人一样，那时候的歌曲是处女，现在的歌曲是少妇，歌星的心情也是这样。她这一句比较深刻，我一时没有领会。就这样，连喝带聊，十点多了。我说，咱们回去？她说，行。

回到我家里，我说，你睡觉吧。她说，再聊一会也行。这一聊，就到两三点了。她打哈欠，我也打哈欠。我提议我们睡下吧，边躺着边聊。她说，也行。我们并排躺在我用破书堆搭的床上，她短衫短裙，我光着膀子。人一躺下，聊得就有些远。她讲她小时候没有小花裙子穿，讲她第一次穿裙子腿上有点空什么的。我侧着身子，一边胡乱感叹，一边欣赏她。她没穿胸罩，胸部塌了下来，身上最鼓的部分是小腹下边的耻骨处。我心里麻了一下，伸手把她揽过来，她就和我胸贴胸了。我的下边跳了起来，我不得不把屁股往后送送，免得触着人家。我不是一点不想，只是觉得，一个女孩在你胸前聊天，够美了。再说，人家正在落难，你也不能刚帮了人家就学下流吧，这不是乘人之危吗？她饱满的光洁如瓷的前额就在我唇边，她的鼻梁，还有鲜嫩的唇，都离我那么近，我能感觉到她身上青草一样的气息……我想，不着急吧，她不是还要还我钱吗。我把另一只手放到她胯上，又滑到她腰上，缓缓拥她一下，我说，睡吧，明天还要赶路哩。

第二天，天一亮，她就要走了。她不让我送她。她接过二百块钱的时候，她的手又抓住了我的手。她轻轻靠在我怀里，我感觉到我的双胸有挤压感。她喃喃地说，昨晚……你怕我不还你钱吧？放心……

　　就这样，她走了。

　　她离开了这座城市。她现在也许正行走在另一座城市的街道上。而我，依然在我熟悉的老街边摆旧书摊。让我感到吃惊的是，我无意在一本旧书里看到了她的照片。其实那不是一本旧书，是一本过期的簇新的杂志，我是随便拿起这本带着美女头像的杂志翻一翻的，一张照片，就像秋叶一样，悄然飘落。

　　现在我知道了，她为什么要找这张照片。这是一张七寸的黑白照片，照片上是一个美丽的裸体女孩，女孩只在颈上系一条白纱，白纱似有若无地遮着她挺拔的双乳，她身上的各部位是那样的无可挑剔，尤其是她细长的胳膊上那清晰可见的绒绒的汗毛，让你心里毛毛的。是的，照片上的女孩就是她。她的眼睛似有若无地瞟着你，那种似笑非笑的样子明明是在挑逗，仿佛在跟你说，这样，行么？看到照片，你的心会不由得轰轰乱跳。但是，这确实不是一张成功的照片，照片的美感被另一个不和谐的东西打破了。这就是，在构图的左侧，有一张急于躲开的人脸。这不是她的白马王子，我一眼就认出来了。照片上的这张脸又窄又长，就像正在疯长的丝瓜，而且还有进一步疯长的趋势。你当然不认识他。我也不认识，但是，她肯定是认识的。他说不定就是摄影师，或者摄影师兼情人兼性伙伴什么的。他长相一般，和那个和她并肩而行的气度不凡的男人可谓天壤之别。他们和她的关系不言而喻。我突然想到，原来是这样啊！我有点怨自己了，怨那个雨夜白白和她同卧一床，这不等于浪费春宵么。她说不定还在心里讥笑我哩。我在心里恶毒地骂一句。天知道是骂谁。

不过，照片我得留着。我要好好珍藏她的照片。我要在她还钱的时候，把照片也还给她。

但是，夏天过去了，她还没有出现。秋天也过去了，依然没有她的影子。春节将至的时候，下了一场雪，我躲在屋里看她的照片（我把那张鬼鬼祟祟的脸给裁去了。现在，这已经是一幅完美的艺术品了）。这时候，我确实是在思念她了。你在南京还好吗？你的爱情还一帆风顺吗？你如果需要人帮忙，还会想到我吗？到了这时候，我已经断了她还钱的念头了。那八千块钱，就像外面飘飘的雪花，手一碰就化成水了。

到了来年的阳春三月，我的旧书摊上来了一个瘦小的南方人，他在我身边蹲下来，翻翻书，打问一下价格，然后敬我一支烟，说，买你这三本书，你要多少钱？我说，五块。他说，我给你八千，可以吧，我再买你三本，再给你八千。他说着，从容地从包里拿出两叠钱。年轻人脸色蜡黄，没有一点表情，他看都不看我一眼，又说，我是受人之托，请你务必收下。

我知道是怎么回事了。我看着年轻人走远的身影，仿佛又看到了她。仿佛她就在年轻人身边。她早就从这座城市消失了，我相信那个年轻人也会即将乘上南下的飞机。但是，她的影子还似乎无处不在。她还那样年轻吗？她还那样漂亮吗？显然，这是毫无疑问的。我记得她说过的那句话，如果一个人一辈子守着一只苹果，怎么知道香蕉、芒果、荔枝是什么味道呢？也许她此时正生活在南方的某一个城市里，在品尝她的荔枝或者芒果，也许她已经盛装出行，四处采果去了。只是，我不知她采来的果实如何保鲜。那个瘦小的青年人还在保鲜期内吗？

我只能这样猜测了。因为我没有见到她。如果你在哪儿见到她能告诉我吗？我要把她的照片还给她，并且告诉她，照片很美。

读书人陈杰明的基本行状

这是一个天色灰灰的早春,要下雨又不下雨的样子。这样的天气让我们的心情也不由得灰暗起来。但是,运盐河边的柳树已经鼓出了嫩芽,这又让我们的心情也和柳芽一样基本上非常很好。请注意,"基本上非常很好"这句话,是我朋友常说的口头禅。我的朋友是读书界的一个知名人士,我不知道为什么在这早春的二月想起他。或许是我看到了风中的柳枝,想到了他像柳枝一样的身材。如果这个比喻用在女孩子身上,说女孩子身如杨柳,我相信大多数女孩子会欢迎的。但是作为一个在读书界有影响的男人,这样的比喻看来不太让人放心。这么说,你就知道了,我朋友的身材的确不怎么样,有一段时间我们叫他虾婆,有一段时间我们叫他排骨,还有一段时间,我们叫他搓板。但大多数时候我们叫他陈杰明。陈杰明,这是一个普通的名字。你从字面上这样理解当然无可厚非。不过你得承认,这样理解显然是错的。我们都知道,他是一个不一般的人。你只要让他开口说话,你就知道自己的差距,你就知道自己是多么的无知,你就知道陈杰明这三个字是多么的不同凡响。

陈杰明在河边散步。我看到他在河边散步,头是低着的,腰还有点虾,他的身影我非常熟悉,就是低头和虾腰。说起来就是这么奇怪,我想到他,就和他不期而遇了。这种怪事从前也出现过。这能说明什么呢？这只能说明我和他有缘。

陈杰明。我喊他一声。

陈杰明没有反应。

陈杰明。我又喊他一声。

他还是低着头。他的眉头不是紧皱，但也不太舒展，属于严峻或者陷入某种深思的那种。他走路是一步一步的，每一步之间都有一种停顿。那种停顿就像文章里的句号，而不是逗号。你不妨试一试那种句号的感觉，说不定也是基本上非常很好。通常情况下，他都是穿一件黑色风衣的，现在也如此。他身上的那件黑色风衣，大约好久没洗过了，上面有一种油亮亮的光泽，如果要在阳光下，这样的光泽会使人眼花。即便是在灰灰的天空下，你也能感觉到这样的照耀，这样的照耀刺人眼目。同样刺人眼目的，还有他脚上的一双棉鞋。都是春天了，我看到他还是穿一双黑色皮棉鞋。他穿着皮棉鞋，眼睛看着他的脚尖，毫不迟疑地向我走来。就这样，他走到我跟前了，我都看到他眼镜后的睫毛了。在他就要和我擦肩而过的时候，我拉住了他的风衣。我说，陈杰明。

陈杰明并没有表现出吃惊的样子，他很绅士地伸出手，说，你好。

你好。我握住他干瘦的手，习惯地问道，最近怎么样？

基本上非常很好。他说，你呢？

也基本上非常不错。我学着他的口气。

最近看什么书？他说，伸了伸腰，随即又虾下去了。

这应该是我问他的话。

还没等我说话，他就愤然地抽回手，恨铁不成钢地说，能看到什么好书，你们这些人，都是干什么吃的，真是徒有了名声。

我说，是啊，最近是没有看到什么好书。

我早就料到了。

可是这能怨我吗？

那你说怨谁？你说说看。不怨你们写书的，还能怨我们看书的？我们看书的，能有多大错？他几乎是怒斥了。也许他觉得这样的话太重了吧，口气又缓和下来，这样吧，你要是有空，到我家坐坐。我最近在思考一些问题，作为一个自由思想家，或职业思想家，我想让你知道一点道理。

我说，在这儿聊聊也挺好。

这儿聊？他在鼻子里呲一声，这儿能聊出什么名堂？你们作家……

我打岔说，都是出版社，急功近利，不出好书给我们看。

这样说你就错了，出版社没出什么好书，当然有责任。可你们写书的，不写出好书来，出版社能做出什么好书？

陈杰明的话也许有道理，也许没有道理，但我不能跟他理论，我知道他的嘴巴，我就是长一百张嘴，也说不过他。我们是二十多年的朋友，他的能言善辩我老早领教过了。

有什么大作？陈杰明改了话题，用期待的眼神看着我。

我有点惭愧。我嗫嚅着，没说出来。

最近没写？他又问。

状态不好。我说。

他说好吧，有空到我家聊吧，你既然不到我家去坐坐，就等有空吧。我散步去了。你没看到？我正在散步。又说，你这种朋友，不写书，也不读书，还叫什么作家！

陈杰明走了，他保持刚才的姿势，迈着一步一个句号的步子，沿着运盐河边的小道，散步去了。我看着他的背影，突然发现，他的句号，变成了问号。

陈杰明是个读书人，你已经知道了，在我们这座城市，埋头读书的人能有几个呢？我理解他的愤怒。他读了三十多年书，是个百折不挠的书虫。关于他读书的故事，朋友们都能讲出很多。在他的影响下，确实培养了不少读书人。这些读书人大部分都兼作家的身份，就像我。可以说我写作上的那点成就，和聆听他的教诲不无关系。

看着陈杰明渐行渐远的身影，我的思绪回到了二十多年前。那是一个盛夏的闷热的午后，我和另一个朋友经人介绍，来到了陈杰明家。我们早就听说，陈杰明是一粒读书的种子，并自称是中国最后一个职业读书家。

应门的不是陈杰明，而是一个年轻女人。从年龄上看，比陈杰明要小不少。我说，陈老师在家吗？

年轻女人说，他在看书。找他有事？

我说，我们来看看他。

那你们等一下，我去看看他有时间没有。

年轻女人把门又轻轻带上了。我们看到，她在带门时，跟我们淡淡地一笑。那一笑是友好的，她一定受到了陈杰明的熏陶，是个喜欢读书和善待朋友的人。但是，她把我们关在门外了。我们当时都认为，她应该是陈杰明的爱人了。事实也正是这样，她就是陈杰明新婚不久的妻子。

一会儿，年轻女人又回来了，她对我们说，陈杰明让你们过一个小时再来。

我们由衷地认为，到底是读书人，和我们就是不一样。我和朋友到书店去看了会儿书，一个小时后，又来到了陈杰明家。这回给我们开门的，不是那个年轻女人，而是一个男人，不用问，他就是陈杰明了。没想到他是那么的清瘦，他跟我们说，刚才是不是你们叫门？

我说是。

他说，我正在看书，所以让你们等一等，请进吧。

我们走进了陈杰明的家里。走进了才知道，他家的屋里已经很难容下我们了，只见到处都是书。我们在书的走廊里曲曲拐拐走到了楼上，走到一个能让我们坐的地方。我们作了自我介绍以后，表示了很久以来对他的敬仰，然后我们听他谈了会儿书。他的谈话，大约是因人而异的。他知道我们立志于小说写作，就从小说谈起。他说，你们和我不一样，我是读书，你们是写书，你们写小说，就要多读小说，你们要多读书，看各种风格的小说作品，这样才能开阔眼界，扩大视野。这个……说说看，你们都读什么书？中国的小说没什么看头，中国的故事都被编得差不多了，要以外国文学为主，比如卡佛，比如福克纳，比如沃克，比如格勒尼埃，你们写小说的人，前两个大约都知道了，可沃克和格勒尼埃的书不能不看，前者是美国的一个黑人女作家，号称新现实主义的优秀代表，你们知不知道什么叫新现实主义？好，你们点头了，就说明你们知道了。她的《紫颜色》，还有《真的，可不是犯罪使人发迹》，真的非常好读，你们听听这样的句子，用不着啃掉我的指甲，我的皮肤也用不着起皱纹。我可以放纵我自己——我的双手——使用上好的指甲水、指甲油、洗液和肤霜。结果是真正美丽的手，好闻、纤巧、柔软……这样的句子多了，好不好呢？这样的句子，本身并不是非常很好，但是，语感、句式、节奏，你们感受到没有？你们点头了，说明你们感受到了。读这样的小说，你才能感受到真正的文学。后者是一个法国作家，法国总出产好作家，还出产美女，还出产爱情，还出产浪漫，这让我们没有办法。格勒尼埃的小说多悲啊，都让你掉不出泪了，《亲爱的好太太……》《走向另一种生活》，看了以后，你想哭吗？不可能，你想笑吗？也不可能，欲哭而哭不出来，欲笑而笑不出来，这就是小说的力量，或者说是文学的力量。

　　那天陈杰明还给我们谈了别的一些作家，谈了他们的小说。他的谈话，真的很新鲜，见解和见识都很独到，可以说，他把我们镇住了。他最后果断地说，好吧，今天我们就聊到这里，我们下去吃饭。

　　我恭敬地说，陈老师，你今天给我们上了一课，我们请你。

　　陈杰明说，不用了，小艾准备了饭。

陈杰明的话很坚决，我们不好意思推辞。当时我想，报答他的机会多了。我和朋友就跟着他来到楼下，在另一个房间里，他新婚不久的妻子小艾，已经把饭菜都准备好了。

那天是我第一次到他家，我和我的朋友第一次听他谈了读书，还吃了他妻子小艾做的饭。他妻子小艾不漂亮，细细眼阔下巴，烧饭手艺也一般化，但是人挺好，讲话慢声细语，她也懂书。我们吃饭时继续聊书，小艾会插上一句半句的，都很及时。比如陈杰明说某某书的书口上打上什么什么铭记，书眉和书边都写上批注什么的，我们就犯呆。这时候，小艾就不失时机地给我们讲什么是书口，什么是铭记，什么是书眉和书边。我们只能点头，来佩服小艾的博学。

后来我也单独去过几次陈杰明家，每一次收获都不小，每一次给我的创作思路都产生了影响。但是他的有些话，让我不得其解，比如他说他是以读书为生的人，就让我产生了疑问，读书能读出钱来吗？读书能读出书来吗？读书能读出大米吗？读书能读出白面吗？显然是不可能的。读书是读不出猪肉也读不出虾婆来的，难道不是么，他家里除了书，的确是很寒酸的。比如我们第一次在他家吃饭连酒都没上。他妻子小艾，比陈杰明要小不少岁数吧，看来是很贤惠很娴静的女人，陈杰明自己也说，小艾跟着他，吃的是猪狗饭，睡的是稻草窝，真的是过着牛马不如的生活。小艾笑笑，说，我喜欢闻闻书的味道，听你讲讲书，也蛮好。又对我说，你说是不是？我说是啊，是啊，你看陈老师，他自己就是一部书哩。小艾就开心地笑着，小艾笑着时，露出一嘴齐展展的白牙，左嘴角还略略地有点歪，是很天真的那种样子。小艾说，我也这么说过呢，陈杰明，我说你就是一本大书，对不对？我哪里是嫁给你陈杰明啊，我就是嫁给一本书哩。我能感觉到，小艾的话里透出的是多么的幸福。陈杰明说，要不怎么说是知音啊，呵呵，知音……

就这样，我和陈杰明成了好朋友。

好朋友是不需要经常见面的，这是因为，我要写作，而陈杰明要读书。用陈杰明的话说，这两件事，事关人类的进步和发展，陈杰明说，巴乔，我们的担子不轻啊。

陈杰明语重心长的话，激励我做了不少事情。相信陈杰明也为了人类的进步和发展读了很多书。但是，陈杰明的妻子小艾，却在一个月朗风清的夜晚，走了。陈杰明在新华书店见到我，一把就把我抱住了。陈杰明痛哭流涕地说，小艾……走了。

陈杰明把我拉到了门外，指着白花花的太阳，跟我说，巴乔啊，你看看，你看看现在的天，现在的天是多么的阳光，多么的灿烂，多么的解放区，可是可是……我家的天，已经不是明朗的天了，我家没有天了。小艾她……走了。陈杰明说着，又呜呜地哭了。陈杰明哭了一会，说，到我家去吧，到我家去坐一会儿，说说话也行，聊聊书也行，你不知道巴乔，我现在，我现在难受死了……

陈杰明拉着我来到他家。陈杰明手里拎着一个塑料袋，塑料袋里是新买的一本书。坐下来以后，我想安慰他。我发现，陈杰明脸上已经没有了泪痕，他兴奋地拿出新买的书，看到了吗？这本书，我早就想买了。……咱们不说小艾了，孔夫子说，唯小人和妇人难养也。小艾也是不得已，谁叫我没有肉给人家吃呢？谁叫我没有鱼给人家吃呢？谁叫我没有花衣裳给人家穿呢？巴乔，你不要想错了，小艾不是嫌我穷，她是，她是……不说了，巴乔，咱们不说了，咱们……你看看这本书，我喜欢这本书，你看看这书名，《书生江南》，从前我读过《文化中国的江南时代》，现在又得此书，终成双璧了。陈杰明兴奋是有根据的，就是他得到了一本书。但是，他能一下子忘了小艾，也让我多少有点吃惊，刚刚还是泪流满面的，难道区区一本书，比爱人还重要？

我说的都是从前的陈杰明，从前的陈杰明大致就是这个样子，有了书，就是老婆走了，他也会兴奋的。读书对于他来说，就跟吃饭一样，一日三餐，一顿也不能少。

后来我不写小说了，又成了一个剧作家，又请教了陈杰明很多问题。这些事情当然不值得一说。老实说，不是写作上遇到困难，我很少想到陈杰明，但是，偶尔买书或读书的时候，还会想起他。就像在运盐河边，我也不是一下子想起他了吗？他现在真的基本上非常很好吗？我决定给他打一个电话，你知道，他没有手机，家里也没有电话，从前我和他联系，都是打他邻居的电话。我找出一个电话号码本，给陈杰明的邻居打了过去，对方说，陈杰明啊，他好像不在家……要不你等一下，我去看看。过了一会儿，对方说，他不在家。

陈杰明不在家，我想有两种可能，一种是他买书去了，另一种就是在去买书的路上。

我习惯地在运盐河边行走，妄想能看到他干瘦的身影。我当然没有看到他。我走过了龙尾河铁桥，走过了玻璃钢厂的白色大门，又从铁路中学的门口走过，前面就是城隍庙了，城隍庙附近有很多卖旧书的地摊，这儿是我经常光顾的地方。我在城隍庙的旧书摊买了几本书，其中有一本《唐代诗人丛考》，扉页上有陈杰明的印章。我带着这本书来到陈杰明家。我想把这本书还给他，我想，这一定是借他书的人不负责任，让小贩把书收到旧书摊来了。我现在要把这本书还给陈杰明。我知道他是个爱书如命的家伙。可是陈杰明还是不在家。他家的门上挂着一把锁。他家的门是那种老式的防盗门，也许是为了安全起见吧，他又在门上挂了把大型的铁家伙。我看看铁锁，看看防盗门，我想象着陈杰明在家读书的样子，那一定是一种幸福的样子。能长年累月地坚持读书，该是多么地让人敬重和佩服啊。我就是怀着这种敬重和佩服的心情，再次瞻仰了他家的铁门。然后，我来到了一家书店。

你已经知道了，我就是在书店里和陈杰明不期而遇的。让我非常吃惊的是，陈杰明身边多了一个女孩。在我走进书店的时候，他正和那个女孩走出来。陈杰明冷漠地跟我打招呼，他说，你好啊巴乔。他拉过女孩，淡淡地说，我介绍一下，她叫多多，是南京的一个女作家。陈杰明又强调一句说，美女作家。他叫巴乔，是我市著名小说家，不，现在是剧作家了，搞舞台剧，不是电视剧。你们俩有空可以聊一聊的。我注意到陈杰明的口气和说话的表情，他不应该冷漠和平淡，他应该热情一点。他的冷漠和平淡，只能说明他表面的现象，和真实的内心想法，大约是有差距的。

名叫多多的女作家伸出手让我握一下，她笑笑地说，我读过你的小说。

我心里有点暖洋洋的。但是真正暖洋洋的，应该是陈杰明，他口气的平淡和冷漠，掩饰不了他健康的脸色和安详而柔和的神态。但是，他身上的衣着的确不怎么样。如前所述，他那件黑色的风衣又破又旧，上面的油垢是明晃晃的，明晃晃的油垢上还有一层浮尘。我一下子替陈杰明担忧起来，他这身装饰，和身边的美女多多实在不能匹配。好在此时的陈杰明手里拎着书。陈杰明不是说过吗，穷人因书而富，富人因书而贵。如此富贵的陈杰明应该能敌得过美女多多的。我发现多多手里也拎着一袋书，她看我在打量陈杰明，就很得体地挽着陈杰明的胳膊了。

陈杰明跟我打了招呼，多多也跟我说了声再见。

我真的替陈杰明高兴，也的确替陈杰明担忧。这种高兴和担忧连我自己都不知道为什么，或许是莫名其妙的，或许呢……天知道是怎么回事。我就是这样担忧着，高兴着，和他俩道了再见。

我再一次见到陈杰明已经是一个星期后了。我先在电话里告诉他，我在旧书摊买一本盖有你印章的书，是一个星期前买的，当时想送给你，忘了，你什么时候有空？我给你送去。谁知，他对他的书的遗失没有表示吃惊，对失而复得也没有表示欣喜。他没有让我到他家去，而是约了一个地方。当时我想，可能多多还在他家吧。可能多多在他家我们说话不方便吧。可能他不想让我看到他和多多在一起吧。

见面后，我批评了陈杰明。我说，你这身衣服不能再穿了，会把女孩子吓跑的。我又说，你身上又酸又臭，多多没把你赶出来？

陈杰明说，她说我身上有股子书味，有股子旧书箱子里的味道，有股子线装书的味道。陈杰明显然有些得意。

我说，她真是个好姑娘。

陈杰明说，她也出身贫苦人家，她父母是南京东郊的菜农。

我说，你没发现，她有点像小艾？

陈杰明说，她和小艾一样好。

陈杰明的话，让我有一点点感动。据我了解，陈杰明自始至终没有怨恨小艾，有一次，陈杰明还跟我说，小艾在南京的江心洲上，种了一块地，还兼职打鱼。还说她先生是一个画家，在江心洲画家村专画水彩。陈杰明说这话时，就像在说一个和他毫无关系的人，可见他内心的伤痕差不多被岁月抚平了。

我说，但是，你真的不知道，小艾为什么离开你？

陈杰明摇摇头又点点头。陈杰明若有所思地看看我，过了一小会儿，又把眼睛望向天空了。天空当然什么都没有。他最后还是拿眼睛盯着我，准备说什么，我看他嘴巴动一动，没有说出来。我猜他又要说关于书的话了。可是他却狠狠地说，我有一个打算，巴乔，你看行不行。陈杰明咬住嘴唇，终于下了决心。我目标都定下了，我准备明年这时候，买一件风衣，后年买一件羊毛衫。

陈杰明的话让我鼻子一酸，眼泪差点就要涌出来，为了一件风衣和羊毛衫，要计划两年才能买得起。陈杰明啊陈杰明，你读书怎么就读成了这样？我说陈杰明，要不这样，我给你先把钱垫上，你把风衣和羊毛衫买来，再买条裤子，打扮打扮，鲜光锃亮的多好。

明年这时候，你还我风衣钱，后年这时候，你还我羊毛衫钱，怎么样？如果你不想还钱，就给我讲讲书，半个小时顶一件风衣，另半个小时顶羊毛衫。

陈杰明坚定地说，非常不可以！这怎么可以呢？

可是……

我喜欢计划，喜欢三步走。陈杰明说，这就是我的计划。

我还想说服他，这个道理很简单，先把衣服穿上，慢慢还钱。谁知，陈杰明不许我再说了，他说，你最近都读什么书？

他到底还是谈读书了。我说，也没读什么书，我最近常到旧书市场去转转。

那地方不错，我也常去的。陈杰明把我送他的那本带有他印章的书翻翻，又递给我说，送给你吧，我还有复本。陈杰明跟我道了声再见，就一虾一虾地走了，他走路很快，步子和步子之间没有逗号没有句号也没有问号，而是一个个惊叹号。

我追上他，我说，陈杰明，你真该买身衣服穿的。

陈杰明说，我晓得。他头也不回，飞一样地走了。

几天后，陈杰明在旧书市场上被人打了一顿。陈杰明挨打是我始料未及的。此前我曾看到他和多多一起逛旧书市场，多多那天穿一件红色的羊绒衫，是那种一字领的，腰很收，腿上是一条紧身的低腰牛仔裤，她的丰满的臀从细腰那儿仿佛一下子炸开来，给人一种招摇和奢靡的感觉，也有一种利落和创造力。他们两人手里分别拿着几本书，从旧书摊点前走过。我没有跟他打招呼。没有打招呼的主要原因是多多在他身边。我想让他们好好享受买书的幸福。这时候，我的确把他们看成是幸福的一对的。可是没想到仅相隔一天，陈杰明就被人打翻在地了。有人踢他的屁股，有人踢他的腿，有人踢他的肋骨，还有一个人，把穿着皮鞋的脚放在他的脖子上，用力地踩。陈杰明没有叫，也没有反抗，他就像一个没有知觉的人，或者是一个橡皮人,一动不动,任人玩耍。我此前并没有认出他是陈杰明。当我认出他是陈杰明的时候,他脸贴在地上,嘴都挤歪了。我惊叫一声,我说这不是陈杰明吗?打他的四个人齐刷刷地盯着我,然后丢下陈杰明,跑到马路上,钻进一辆出租车,跑了。我把陈杰明拉起来。我说,陈杰明。陈杰明跟我摇摇头,让我搀扶着走到运盐河边。陈杰明让我搀扶着行走时,始终没有说话。他腿有点瘸,一只手把腮托着。陈杰明靠在运盐河边的栏杆上,从嘴里吐出了两颗牙,还有一摊血沫。他看着牙和血沫,腮帮抽动了一下,又吐出一口血沫。他一连吐了五口血沫。

我问他,这些都是什么人?

陈杰明眼睛盯着我,好像他应该问我一样。

要不,报警吧?

没事。陈杰明说。

我带你去医院。

没事。

陈杰明手里握紧两颗牙,走了几步,又回头跟我说,没事。

说没事的陈杰明走路有点摇晃,就像风中的单引号,关键是,他的黑色风衣,被打破了,衣袖那儿被撕开一条口子,一直撕到肩膀上,可能是纽扣也被打掉了,风衣就有点飘飘忽忽,陈杰明也就有点飘飘忽忽。损坏了一件风衣,这对陈杰明来说,可能比掉了两颗牙还严重。牙可以不管它,少一颗少两颗照样吃东西,而没有衣服穿是万万不可能的。

作为我多年的老师和读书界的朋友,我觉得我该到陈杰明家去看看。我想当然地认为,陈杰明可能遇到了麻烦。我应该帮帮他。

我敲陈杰明家的门,敲了好一会儿,屋里才传出一个声音,谁呀?陈杰明打开门,见是我,有点高兴了。他说,楼上坐。陈杰明手里拿着一本书,是打开来拿着的,大约是正在看的书。他在前面领着，我在后面跟着，绕过楼底的几个书橱，就走上了楼梯。楼梯很窄，又堆了不少书，上楼就有点困难。我说，又添不少书啊。陈杰明说，有一点。陈杰明说，你来得正好，我还有点事情想跟你说。我以为陈杰明要跟我说多多或者挨打的事，没想到，坐下来以后，陈杰明说，我想写一本书。

我多多少少还是有一点吃惊的。如果陈杰明跟我说他正在看什么书，或者说南京的美女作家多多，或者说他这次挨打的事，我会觉得很正常，他说要写书，我就觉得，事情要向另一个方向发展了。陈杰明从前没说过要写书，事实是，他连一篇短文都没写过。我们认为，陈杰明是完全有这个能力的，他读过那么多书，有那么多深刻的见解，文笔想必是不错的。陈杰明眼睛在看着我。他说要写一本书以后，眼睛就看着我了。我发现陈杰明的眼睛很漂亮，有一种晶晶闪动的光泽。我从前只注重他说话的内容了，最多在意一下他的表情，没想到他的眼睛很有个性，看来每个人都有局部美丽的时候。

人之能为人，有富五车书。陈杰明说，由于掉了两颗牙，他说话有点不收风，他的眼睛一闪一闪的，说话也很有节奏，手还在胸前比划着。他说，看来光有书，光读书是不行了，读书之乐乐陶陶，起弄明月霜天高。我读书的体会，我是说现在的体会，就是要写一部书，我想我写书是很容易的，安房不用架高梁，书中自有黄金屋。娶妻莫恨无良媒，书中有女颜如玉，只要我写出书来了，我什么都有了，巴乔，你说是不是？

陈杰明还没等我回答，又说，我要写一部小说，写写小艾。提到小艾，陈杰明的脸色立即就悲哀了。这让我想起来他以前说到小艾时的平静口气。看来，人的情绪是随时可以变化的。陈杰明把头低了下来，好长一阵子，他都保持这种姿态。他身上还是穿着那件黑色风衣，他已经把风衣修补好了。

那天，陈杰明始终没提多多，我几次想把话题朝那儿引，都被他岔过去了。我和陈杰明告别的时候，他跟我说，再过三个月，我送部长篇给你看看。

我终于没有从陈杰明的嘴里了解到有关多多的情况。他挨打的原因我也不得而知。我只知道他要写一部书，是关于小艾的长篇小说。

然而，还没等到两个月，是在四月的一个傍晚，我看到陈杰明在旧书摊上卖书。他不是买书，而是卖书。这让我大为吃惊。我看到他时，他两蛇皮口袋的书已经成交了。他是把书批发给摆地摊的小书贩的。陈杰明一定是在卖自己的书，可他却像做贼一样，鬼鬼祟祟地溜走了。陈杰明的生活一定遇到了无法克服的困难，不然他何以要出卖他心爱的书？为了证实那些书是否是他的藏书，我走到了那个书摊前。不错，那些书，的确每一本上都钤有陈杰明的藏书印章。

为了解决陈杰明遇到的困难，我想了一个不太高明的办法。我让一个读书界朋友到他家去买书。让我感到奇怪的是，陈杰明把我的朋友臭骂一顿，赶走了。事后我想，我确实是在自作聪明，陈杰明有他自己的生活方式，他也有不便让别人知道的隐私，我为什么要像蚊蝇一样叮着人家呢？我只好从小书贩手里把陈杰明卖出的书再买回来。

现在，你知道，我家书橱里满满的都是陈杰明的书，大大小小有七个书橱。我粗略估算一下，这些书大约占了陈杰明所有藏书的十分之一吧？陈杰明的书还会卖出来，我还会朝家里买。但是有一段时间，是相当长的一段时间，陈杰明的书没有再在市场出现。我曾悄悄地去过他家一次，他家门上挂着我熟悉的大铁锁。

陈杰明家的锁一挂就是半年。

就这样，陈杰明从我的视野里消失了。

我自以为对陈杰明是了解的，事实上，我能了解多少呢？所谓的了解连皮毛都不到，就像有些人认为很了解我一样。

在一个风雨交加的深夜，我的电话突然响起来。一个陌生人在电话里说，你是巴乔吗？我说是。对方说，我是南京警方，你朋友陈杰明跟你说话。

陈杰明在电话里告诉我，他因为在南京嫖娼，被警方抓获，让我速送五千块钱去。

陈杰明会出这种事，我心理上一点准备都没有。我真的在替陈杰明可惜。

我把五千块钱送到南京。送到关押陈杰明的派出所。

领出了陈杰明，已经到中午了，我请他在广州路附近的一家饭店吃饭。单从外表看，陈杰明没有什么变化，他还是那样瘦弱，小眼睛闪闪发亮。他最大的变化是在服饰上。此时已是深秋，又到了该穿风衣的季节。陈杰明那件黑色风衣，换成了淡灰色的。我记得陈杰明说过，要一年后才能买件新风衣，没想到他提前实现了目标，这固然让人欣喜，但嫖娼这一事实，无论如何是说不过去的。嫖娼这件事，如果发生在别人身上，也许不值得大惊小怪。但是，换成陈杰明，就有点不像那么回事了。我问陈杰明怎么到了南京。他说半年了，他说住在东郊的一处民房里。我说你是不是来找多多的？他头也不抬，说，我不想说这些。我说，你见到小艾了？他吃了口菜。我看到他眼泪滚到了脸上，先是一颗，跟着就成串了。我还想问问他别的一些情况，想听听他说说这段时间的生活，比如关于小艾的长篇小说。看他那伤心的样子，我什么都没有问。关于小艾，关于多多，甚至关于书，也许是他心里永远的痛。陈杰明曾经说过，他要做一个真正的读书人，还要做一个自由思想家，还要写书，写小说，我们认为，这些，陈杰明都能做到。陈杰明没有做，不是他没有这个能力，是他还没有做而已。朋友们都相信，陈杰明是一个不一般的人，他迟早要做一点事情让你吃惊一下的。

吃完饭，我们在街上转。在路过一家书店门口时，陈杰明犹豫了一下。我说，进去看看？陈杰明干笑了两声，说，算了吧。陈杰明说，我已经不准备读书了。但是，说算了的陈杰明，还是走进了书店。

陈杰明站在书架下，他已经找一本书在看了。我看到他低着头，腰还是那样虾着，一看就是三个多小时。我想提醒他，天不早了，我们该去吃晚饭了。可是，看他那入神的样子，我没有打扰他，我想，既然你喜欢看书，就让你看个够吧。

陈杰明站在书架下看书一直看到书店关门。最后我跟他说，我把这本书给你买了。陈杰明说，你知道，我已经不读书了，还买书干什么？你自己留着吧。我说，不，你喜欢这本书，还是送给你合适。他也没再推辞，就把装书的塑料袋拎着了。

以上就是关于陈杰明的基本行状。你知道，在我写这篇小说的时候，我又好久没见到他了。他现在生活的怎么样呢？我是一点也不知道。如果有谁知道陈杰明的情况，请你告诉我，我一直惦记着他家的那些书。

阳谋、阴谋都是谋

1

电梯门口只有两个人，我和她。

电梯是三部，灯都是亮的。中间一部停在22，不动；右边一部正往上蹿，已经到7层了；左边的一部是往下跑，很快，14层，13层，12层……

我眼睛从10层上移开，抓紧时间看身边的女孩——她其实比电梯更吸引我——脖子细长，肩部裸露的面积太大，白、瘦，骨头一块一块的，汗毛细而密，胸脯不是平，是小，几乎可以忽略不计。裙子不长，在膝盖上边。对了，膝盖很好看，比脸漂亮。表情呢，受气似的，或者是在生气。我知道，漂亮女孩都拿生气装酷。可她凭什么装酷？

女孩脚边有两条小狗，不知什么品种，不大，很乖，一黄一黑，分别趴在她脚上。看得出，小狗很享受。

下行电梯的红灯在3上已经停一会了。上行电梯从7开始返回，6、5、4、3、2、1，在亮到1时，我向电梯走去。几乎同时，我看到左边的电梯也开了门。就是说，两部电梯同时来到一层。我和她，将每人乘一部电梯上楼了。等电梯就这样，有时候等半天也等不来一部，等来了，又拥上一大堆人。像这么奢侈地乘电梯，还是少遇。

但是，有趣的事发生了，那两条小狗噌地蹿进我这部电梯来了——比女孩反应快了一步。

女孩发出尖叫声，从她的电梯冲出来，跑进我的电梯。

女孩蹲下来，厉声教训抛弃她的两条小狗，真不乖，怎么不跟我走呀？啊？跟谁亲啊？啊？你这货，真不知道小心，不怕坏人吃掉你？不怕坏人把你拐卖啦？

我起初看她生气的样子感到好玩，她开口说话时，感觉味道变了。什么跟谁亲啊，什么谁要吃掉她的小狗啊，等等，她是说我吗？我们不认识，更不要说有什么怨仇了，影射我干什么呢？我看着骨瘦如柴的她，恶毒地想，你这小狗有肉吗？好吃吗？我可没那能耐，就算白搭上你，我都下不了手。

我不屑地用鼻子哼一声，按一下11。她可能也意识到还没按楼层，仰起脸，生硬地跟我说，12层。

我点了"12"的按钮，以为她会说身谢谢。可她一声没吭，就手抚小狗说，别怕，乖，别怕。

说来真是奇怪，此前一直没有碰过面，自从电梯奇遇后，接连几天，都在小区的步行道上或绿化带边碰到她。她每次都牵着狗，小黄和小黑。头两次是两条，后来变成一条了。小黑不知是丢了还是送人了。小黄呢，少了伙伴，似乎一点也不乖了，东蹿西跳的，一直不安静，表现出过度兴奋的样子。

我会和她在小区的路上或绿化带边相遇，有时是偶尔的，有时是我故意走过去。她还是冷若冰霜，看我一眼或不看我一眼，都像陌路时一样的陌路，如果无意中瞥我一眼，眼神中充满了尖锐和怀疑。

女孩不好看，真的。但一白遮百丑，她皮肤是那种玉色的白，很舒服的白。我就叫她小白吧。小白，我默念一句，哑然失笑了，和她的两条小狗倒是匹配啊。不过小白还是小白，小黄还是小黄，那么小黑呢？

做贼心虚，是说做贼的贼。不做贼也心虚，就是说我的吧？自从不见小黑，我怕她真以为是我拐卖了她的小狗，每次碰到她，我心里就发虚，怕她找我要狗。她真要是找我要她的小黑，我怎么办呢？可她凭什么找我要小黑？我又没偷！没偷还心虚，说明什么？

那天傍晚，雾霾似乎轻了些，小区散步遛狗的人似乎也多了些，我闲转时，"无意"又看到她。她牵着小黄散步。小黄见到我立即兴奋地一纵一跳的。我假装要躲它，往草坪里退去。她却一松狗绳，追过来了——其实她是在追狗，是小黄牵引她跑来的。

她跟着小黄跑到我跟前时，脸上有了笑容——看来，无论谁，笑还是好看的。她笑笑的样子，似乎要跟我说话。但是我却不敢和她对视。我脸上做出木木的表情，任小黄在我腿上碰一下，又碰一下。当小黄扑到我身上，两爪扶着我的腿不动时，我嘴里也向它发出友好的啧啧声。

小黄喜欢你。她说。

她也叫它小黄。它果然叫小黄。我心里一喜。我心里一喜可能是她跟我说话了，我就不能不回应了。

我……也喜欢小动物。

真的呀！她高兴地跳一下，像小黄一样。

太夸张了吧？完全没必要吧？我心里想。看她有些夸张地扭腰、晃屁股，还有满脸的笑，我说，差不多吧。

不过它不是小动物啊。她继续笑着说，喜欢动物的人都心善，是不是？我也喜欢。你看小黄对你多好，你们像老朋友了，我都嫉妒了……那，你帮我一个忙好吗？我晚上要赶飞机，出差……

2

真是鬼使神差，我要帮一个陌生人看狗了——她叫小白——也许不算陌生了。

答应后我就后悔了。可小白如释重负后的欢笑和快乐，让我没有办法表示后悔，表示后悔就要拒绝。可她笑起来居然有些媚态，眼睛亮亮的，嘴巴里的齿舌鲜嫩而水淋，发声也挺顺耳。总之，她突然变得好看了。她一好看，我真不好拒绝啦。

就在这样，在周五的晚上，包括接连两天双休日，我要和一条叫小黄的狗共同生活了。

真是怪事，小白一离开，小黄马上变脸，对我不亲不近不友好，爱睬不睬的，有时还怒目而视，跟我凶凶地吠几声。我怀疑这才是小黄的天性，是美女故意安排小黄来害我的。你看它，它吠我的时候，就是咬我一口都有可能。我只好哄它吃东西。周六整整一天，我都为它能吃一口东西和它作不懈的斗争。小白临走时给我的狗粮，它闻都不闻，我反复数次拿在它面前，好话说尽了，各种语言上的威胁利诱全用了，它还是不动嘴。我想想，再去买一根火腿肠。它闻了半天，就是不下口。我想起我前任女友骂我的话：姓陈的，你就像一条狗，跟你再好都没用，闻了半天不下口，别人给你一坨屎，你张口就吃！

我是这样吗？但前女友的话还是提醒了我——我要对小黄狠一点了。

我把小黄牵到楼下的草坪。只要小黄能吃一口东西，不管吃什么，只要别饿伤了，只要小白回来不找我算账，我管它吃什么。

小黄见到草坪就不要命了，拖着我到处乱蹿，这里一头，那里一头。小区里路多，亭子多，长廊多，草坪、花坛都很密集，说不定某一处阴暗角落里就会藏着他爱吃的粪便。我干脆就把狗链拿了，让它自由奔跑，自由寻找，总有它感兴趣的吃食。再者说，就是没找到吃的，跑累了，跑饿了，也会吃它专用狗粮的。

但是，我忽略了一个事实，小黄跟着我毕竟时间不长，还没到离不开我的时候。我让它自由它就真的自由了，自由的和我失去了联系——小黄失踪了。

在短暂的惊惶过后，我开始后怕。

接连两天里，找狗成了我唯一的事。

我的经验是，丢东西容易，找回来就太难了，何况是丢了一条狗呢。小区的夜晚，散步人特多，这里一丛，那里一丛，光是跳舞队伍就好几拨，算上躲在阴暗处的情侣，小黄应该无处藏身的。但是，任凭我把小区翻了个遍，也不见它的影子。

我站在小区的广场上发呆。发了好长一会呆。但是发呆解决不了问题，所谓打盹不能装死，找到小黄才是硬道理。我又抖擞精神，四下张望，没有小黄的影子。但是广场东侧的月牙湖边，突然响起狗叫声。

那是条弧形长廊，有几个女孩在怪腔怪调地唱歌，有一条狗狗在她们周围乱蹿。我远远望着，心里一紧，这不是小黄吗？

我百米冲刺般地跑过去。

长廊下的圆形石桌上，是一个单间的烧烤炉，旁边堆着各种串串、小吃和歪七竖八的啤酒瓶，似乎还有一个蛋糕，不错，是吃了一半的生日蛋糕——他们在举行生日派对。我对一桌的狼藉没有兴趣。我盯着小狗看。我失望了，它不是小黄。它的样子太像小黄了，个头，眼神，还有叫声。但它确实不是小黄，小黄的脖子上有一个拴狗链的金属圈，它没有。小黄的身上是一色的黄，它身上的两侧，掺杂白花色的毛，两眼中间也有一撮黑点，身上还有一股怪味，关键是，它的神态，不是小黄的神态。

干什么？一个女孩发现了我，她醉眼迷离地看着我，警惕地问，干什么干什么？

她属于丰满型，皮黑，眼大，穿一条短裤，不知是T恤太小还是乳房太大，总之，上身整个变了型。她见我对小狗有兴趣，嘿嘿地傻笑，继续操一口东北口音，看好啦？看好也没用，它不跟你去。她们……她们想跟你去哈哈哈，你挑……挑一个？算啦，都带走！

她说的她们，是指另两个女孩，一个长脸，一个圆脸。长脸的脸色酡红，圆脸的脸色灰白，都和酒精有关。她俩扬着脸，木木地盯着我，眼里充满期待，似乎我一点头，她们就跟我走了。

见我没有反应，长脸女孩指着黑胖女孩说，求求你大哥，你把胖子带走吧，再贴上一瓶啤酒。

圆脸女孩抓起两瓶百威，认真道，两瓶！

黑胖女孩哈哈大笑着，骂道，你两个臭流氓、小贱人，看我怎么收拾你！

但她并没有收拾她俩，而是把趴在桌子上的一个女孩拽起来，推推，摇摇，晃晃，对她喊道，醒醒，醒醒，你老公接你来了，叫你回家吃饭了。

女孩哼哼着，哇地吐了一地。

她们轰地狂笑起来。

那条酷似小黄的狗，立即扑上去，舔食地上的秽物，响起诱人的叭叽叭叽声。

3

周一早上，我接到电话，是小白打来的。她告诉我，晚上到家，问我小黄的情况。我告诉她，小黄很乖。她似乎有些吃惊——我能听出她的惊讶，很乖？我知道我失误了，小黄怎么会乖呢。我赶快改口道，是啊，比昨天乖多了。对方噢噢着，表示感谢，问我住11层多少号，她直接来取狗。我说，你别来了，我送你家吧。她说也好，就你楼上，1208，八点就可以敲门了。

晚上八点，很快到了。在八点之前相当长的时间里，我想着，丢一条小狗算什么呢？她不会计较吧？她会宽容我的吧？我又想着，她会歇斯底里，大喊大叫吧？她会让我赔她的小黄吗？如果陪一条小狗我不怕，赔一条小黄，我可办不来啊。

后来我发现一个真理，如果设定一个时限，不管是什么事，只要时限到了，人都不会紧张的。掉头不过碗大疤，所以那些被枪毙的死刑犯，临死时都一副从容不迫的样子也就不奇怪了。

我就是怀着这样的心态，来到了十五楼。

我按响门铃时，整八点。

门开时，我先看到的是一堆顶在头上的长发，然后才是扬起的脸和一张素净的脸，她说，对不起啊，刚洗了澡。小黄呢？进来进来，换这双。

她把一双拖鞋踢给我，自己退一步。就在这个过程中，她已经把散乱的长发收放下来了，披散在白色的睡衫上。她脸色清丽，并没有长途飞行后的疲惫，笑吟吟地叫道，小黄。她没有听到小黄的回应，又问，小黄呢？

我说，你你你……你先坐下。

嘻嘻，我光顾找小黄了……你坐呀，随便坐，坐坐，这边吧，我给你泡茶……你要喝茶吗？

我听出来，她并不是真心要泡茶。我想，这样不行，我不能坐下，万一她真的泡一杯香茶，万一我真的喝了她的茶，再被轰出去，会更狼狈的。我只好快刀斩乱麻地说，对不起美女，小黄……失踪了。

啥？失踪啦？

她的表情是夸张、惊讶、疑惑等复合体。再具象一些，她眼睛睁圆、嘴巴张大、鼻孔扩开,身体和两手的造型像直立的四蹄动物,不太稳当。我担心她把持不住,昏厥在地。她果然没有把持住,身体一仰,倒到身后的沙发里。她双手蒙面,趴在膝盖上。我看到她双肩在耸动,但她没有发出抽泣声。

我站在她面前,像犯错的小学生,无所适从。

4

我们拿着手电,在小区的各个角落寻找。

小白衣服都没换。她显然急了。刚才,她用一个姿态蒙脸俯身坐在沙发里,半天才抬起头来。我以为她会泪流满面或眼泡红肿,然后跟我勃然大怒。但她什么变化都没有,冷静的让我吃惊。她起身,走进一个房间——我才发现,这是一套四居室的大房子,装潢既考究又简约。考究主要体现在家具和摆件上,简约体现在墙体上。房间很女孩化,适体地摆放各种颜色的鲜花,还有萦绕着一种淡淡的草香味。她从房间出来,跟我说,找狗去。

我明知道这是徒劳,也得陪着小白。

房东月底就回来了,房东爱小黄比爱她妈还狠。找不到小黄她非吃了我不可。小白走在前边,腿脚很灵,一边走一边不停地说话,两口子出去旅游了,北欧十国,两个月,还有一周就回了。小黄会躲在哪里呢?不会被人吃了吧?它那么小,谁吃呀。

我听懂了,小黄也不是她的,就连这幢大房子也不是她的。我以为她会抱怨我,责怪我,大声呵斥我,就是大骂我一通都是有可能的。可她并没有这样做,可能是事到如今,她也只能面对现实了。

房东是个脾气暴躁的人,特别是女房东,你都没见过那样暴躁的……真的。她委托我看狗,免我半年房租。半年房租是多少钱啊?一万两千块啊……不是钱的问题,我知道她不在乎钱……她想让我帮她看两个月小黄,小黄的祖先是逮黄鼠狼的……那叫什么品种?对啊,小白会不会去逮黄鼠狼啊?

她的话不需要我回答。因为她也知道小黄不会去逮黄鼠狼。

本来我不想委托你……你瞧瞧你……哎,看来我的怀疑是对的,人不可相貌,看来你是个不能托付的人,连一条小狗都看不住……都怪我怎么会轻易就信了你。

她还是抱怨了,小黄要是你女朋友你也会撒手让她乱跑吗?

小白的比喻一点也不恰当,但我也不准备反驳了。她说什么都是对的,她说什么都只能任由她说了。

一连几个晚上,我都被她逼着去找小黄。起初我还乐意,慢慢我就不情愿了。但不情愿也得陪她,她的焦急是真实的。

我能看出她的孤独和无助,换位思考一下,我也理解她的难处和处境,还有几天,房东就回来了,她交不出狗,房东会怎么对待她?不会像她对待我这样吧?她是拿我没辙,因为我不太可能对小黄的失踪承担什么责任——是她主动让我看狗的。她就不同了。她住在房东家,而且是有契约的——看狗,等于免半年房租。可是这条狗值多少钱呢?我不敢打听,我怕它太贵了,要是值个几十万我心里的负担会更重的。

我知道,等房东一回来,我就解脱了——所有的焦点都对准她——房东不会找我的。

我的心情一天比一天放松。在第四天晚上,我简直就像散步一样,身边的她就仿佛陪我散步的女友。事实上也有点像,她也知道这样的方式是徒劳的,无用功的。

到了第五个晚上,我们在小区的各个角落"散步",已经有好一会了,跳舞、打拳的人群早散了,就连真情侣们也从暗处走到灯光里,牵手回家了。可我们还到处钻,还到处小黄小黄地叫,有时路窄、灯暗,并排走一起时,身体会无意碰撞一下,重一点轻一点都有，这时候她会消除尴尬地说一句，又白跑了。我知道她心里是失落的，便安慰她，明天再找找看。她也说，是啊，明天说不定它就主动跑出来了，小黄，小黄……哎，帅哥，你有没有这样的感觉，有时候，眼面前的东西突然就不见了，发卡、口红或小镜子，找啊找啊，最后发现在自己手里哈哈哈。

我没有笑，因为就在这时，突然听到狗叫声。狗叫声就在我们身侧的小松林里，短促而惊恐。小白紧张地一把抓住我。我也屏息细听，确实是狗叫，一声连一声，受压迫、受折磨一样。小白兴奋了，她手腕一带劲，领着我往林中钻，叫道，小黄小黄小黄……

我们惊呆了，眼前不是小黄，是一对躺在草地上的情侣。

我们被骂了句神经病。这是应该的。同时我也想骂他们一句神经病，怎么像狗叫似的，而且还真有点像小黄的声音。只能说，世界之大无奇不有。

怪我。她突然说。我们已经走到月牙湖边了。一路上她都不吭声。我也有些内疚，同情的怜悯占据了主导，觉得对不住她了。月牙湖的水有一米深，有栏杆围绕着。她靠在栏杆上，说怪我时，似乎带着哭声。我心里一软，情不自禁地拍拍她的肩。她却做出一个让我吃惊的举动，轻轻靠进到我的肩上了。

透过薄如蝉翼的小短衫，我感觉她肌肤水一样滑腻和冰凉，而且还有些微微的战栗。

她把脸贴在我的肩窝里哭起来。我安慰道，小白，别这样，车到山前必有路。她听了我的话，突然不哭了，一动不动靠着我。我又说，小白，怪我……没看好小黄。我感觉她比先前平静多了。又过一会儿，突然推开我，虽然没有太用力，也是坚决的，然后，自顾走了。

她几乎是快速走过文化广场的，明亮的灯光下，她白色的长裙飘逸而浪漫。

我心里有一种异样的温馨，也有一种好奇。女孩不论相貌如何，温柔起来都是可爱的。好奇是因为她怎么会突然离去？是觉得我们的亲近过于唐突？可能吧？

看来我的判断是对的。第二天，她不再喊我去陪她找狗了。还有两三天，房东、也是狗主人，就要回来了。她怎么去对付他们呢？我不免地担起心来，同时也迁怒于那条小狗了，觉得它真是个祸害。

又是一连几天，我的手机不再接收她约我找狗的短信。我知道，如果按照她给的时间，她的主人已经从美丽的北欧旅行结束回来了。她说不定正受到主人的虐待呢，就是被赶出家门也是有可能的，就是补交了房租也是有可能的。我是不是要去看看她呢？哪怕给几句无关疼痒的安慰，对她也许会很重要的吧。

5

我给她发了短信。没想到她的短信回复是约我到她家去的。我有些纳闷了，莫非她房东还没回来？或并没有追责她丢了小黄？也许一切都被她摆平了。

我按响门铃。

她依旧穿好看的家居服来开门。开门的同时，一条黄色的小狗在她身边跳起来，蹿得比她还高，差点吻到我的脸。我大吃一惊，说，这不是小黄吗？找到啦？

是啊，找到了。

怎么不对我说一声？

切，别装了。她堵在门上，并没有让我进去的意思，似是而非地笑道，你怎么知道我姓白？

不知道啊。我怎么知道……啊？我恍然大悟了。她不仅皮肤白，事实上也真姓白。我实话实说,你皮肤白嘛,你叫它小黄,我就叫小白了——什么时候找到小黄的呀?

她依旧似笑非笑地看我,说,真逗,你还知道我做国际版权代理。你调查过我?

我不知道啊?你做什么工作我怎么知道?你也没对我说过。

我是没说过,但这些你都知道,你说过的,虽然很含蓄,但你是说过的。

我想不起来了。这真是一个神经质的女人。我半开玩笑半认真地说,告诉你吧,我还知道你三十四岁,未婚,身高一米六五,体重四十六点五公斤。这房子也是你的……

我看到她惊愕地张大了嘴。

我说对啦?我也惊愕了——我可是随便胡扯的。

她痛苦(确实是这种表情)地看着我,抬起双手,圈住我的脖子,哽咽着说,你不是人吧……你是神……

不识趣的小黄,哼哼地围着我们转圈,嘴里发出哼哼的叫声,和小白发出的声音相映成趣。

这一切太突然了。小黄找到了。她果然姓白。我没说过的话她赖到我身上了。我胡扯一句居然说对了。生活怎么会是这样?

生活确实就这样延续下去了。我成了小白家的常客。我也常常带着小黄在小区里溜溜了。小区的草坪上,花园里,常常会有我和小白小黄一起散步的身影。

小白三十五岁生日前两天,要请我去吃饭。我实在是因为要出国,无法去。但是我似乎又不能拒绝她。我怕我的真话被当成谎言。我只好改了机票。

她没有在家里举行生日派对,也没有在饭店大吃大喝,而是在小区月牙湖边的长廊下吃烧烤。我去的时候,她们吃开了。她们是谁,我一个也不认识,但又似乎全都面熟。我想了想,没想起来,也就懒得想了。

我一坐下,就被她们抹了个大花脸。

也不是我过生日,抹我干什么呀。但我显然是没机会伸冤的。一个皮黑、眼大、穿短裤的女孩,抠一把蛋糕上的巧克力,冲我的脸就来了。这下她没有得逞,我跳着躲开了。她跺着脚大叫,怎么这样啊,怎么这样啊……真不解风情。

不知趣的小黄蹿到她腿边,她把"怒气"全撒到小黄身上了,左一把右一把,把手上的奶油全抹到小黄身上。小黄立即就变另一副模样了。

那个穿齐臀小短裙的长脸女孩,微红着脸,命令我道,过来!

干吗?

她见我没动,走过来,迈着小碎步,手背在屁股上。

我不知道她要干什么。

她绕过桌子,到我面前,说,别动啊,乖,让我抹一下。

我果然就没动。

她也没客气,把手上的蛋糕全抹到我脸上了,这里一把,那里一把,挺认真的。

一边的小白,已经笑得前仰后合了。

沙河口小鸡店

我和老莫由于业务上的关系，经常在一起玩。老莫是话剧团的调音师，留一头披肩长发，还留一把大胡子，从哪个角度看，老莫都是我们这个时代最出色的艺术家。这是不言而喻的，不光是他的外形和气质，他肚子里确实有点货。调音师只是他的职业，事实上他对声乐和器乐都十分精通。我是电台主持人，有时候需要老莫客串一下节目，他也是随请随到有求必应，帮了我不少忙。我的节目能受到听众的欢迎和关心，凭心说和老莫的帮助、奉献分不开。

老莫是个好玩的人。我这里说的玩，也包括我们经常在一起吃吃喝喝，满大街寻找美食。有一天，老莫兴冲冲地找到我，说要带我去吃小草鸡。他开着一辆破奔驰，一溜烟就把我带出了市区。我问他要把我带到哪里。他说你去就知道了。

奔驰车就是不一样，虽然破了，也是奔驰。我不失时机地恭维他。他得意地笑笑，扔一支金南京给我。奔驰其时正上了新墟公路。他油门一带，就到收费站了。老莫就是有本事，在临近收费站时，他把一个什么牌子朝挡风玻璃上一放，收费站的挡杆就翘起来了，奔驰滋溜开过了收费站。老莫说，到了。老莫把奔驰停在一个破平房的门前，让我下了车。我怎么看这儿都不像一个饭店。要知道，老莫平时是吃惯大馆子的，小吃店一类的地方他从来不去。老莫看出了我的心思，他停好车说，你吃了就知道了，这家小鸡店供应的是正宗满山跑小草鸡。我说你来吃过。他说没有。他说听王俊讲的。王俊是上海美食城的老板，跟我们都是弟兄，他还赞助过我节目不少银子。王俊的话我信，他为了搞好饭店，吃遍了市区所有有特色没特色的饭店，为的就是偷人家的菜谱。他说这里的小草鸡好吃，那一定不错。岂止是不错，你吃就知道了。老莫说。老莫的话，是对王俊的充分信任。的确，王俊在我们朋友中是最值得信赖的一个。这是后话，暂时不说。

由于我们来的不是吃饭时间，店堂里还没有客人。有四个人在打牌，看样子，一个像厨师（五十岁左右的男人），一个像老板（四十岁左右的女人），一个像服务员（十几岁的姑娘），另一个，看不出来像什么。他们见来了客人，四十岁左右的女人看一眼墙上的电子钟，吩咐服务员拿菜单。老莫老练地说，不用了，来两只小草鸡。四十岁左右的女人说，你们两个人吃不完两只鸡，一只就够了。老莫说，不是小草鸡吗？一人一只还吃不完？四十岁左右的女人说，小草鸡一只也有三斤左右。老莫说，那就来一只吧。又问我，再来点别的菜？我说随便。老莫说，菜单呢？四十岁左右的女人跟服务员说，陆荣荣你老发呆，快把菜单拿给客人。这时候，我们才看清那个服务员，这个叫陆荣荣的服务员确实有点呆，鼓着嘴不知在和谁生气。她把眼皮搭着，把菜单放在桌上，一声不吭。老莫翻一翻菜单，对我说，烧两条刀鱼怎么样？我说很好。老莫说，就两条刀鱼吧，再来一个海螺肉炒韭菜。

等菜的时候，服务员陆荣荣打开了墙角的电视。电视里正有一些演员在唱歌。可能是晚会什么的。唱歌对于我们来说，已经不新鲜了。这是一个轻歌曼舞的年代，无论在超市，还是在步行街，或者人民广场，到处都有响亮的歌声或翩翩的舞姿，就连家庭也配备了各种各样的唱歌设备。这么说吧，只要你什么时候想唱，想听，音乐或歌声就会适时地在我们耳边响起。难道不是吗？就在沙河口这间不起眼的小鸡店里，歌声正悦耳地敲击着我们的耳膜，你想不听也由不得你了。问题是，那个正在听歌的名字叫陆荣荣的服务员，并没有一般人听歌的愉悦或开心。如前所述，她一脸的不高兴。我并没有发现她哪儿有不高兴的资本。大约老莫也发现了。她小脑门，大嘴巴，厚嘴唇，眼睛大而无当，而且在鼻子附近，还有一些细小的雀斑（也许这些都是优点）。老莫抽着烟，眼睛在电视和陆荣荣的脸上瞟来瞟去。由于陆荣荣是侧向着我们的，她的坐姿看上去也不雅，一条腿放在前面，一条腿撇在后面。她看着电视，嘴唇在动，或许她在跟唱，或许她自己在嘀咕什么。

　　老莫把杯子里的水喝完了，他冲陆荣荣喊，添水。

　　陆荣荣像没听见一样，一动不动。四十岁左右的女人就从厨房跑出来，给我们倒水。她倒完水，对我们说，马上就好了。说话间，就有人端上来一盘韭菜炒海螺。老莫有点不高兴，不知道为什么，大概他从未受到如此的轻视和冷落吧。他大声叫道，搬一箱啤酒。

　　啤酒打开来，另两个菜上来了，服务员陆荣荣还保持那样的姿势坐在电视前——跑前跑后的都是那个四十岁左右的女人。当老莫要了两次打火机还没有拿来时，老莫终于说话了。他对四十岁左右的女人说，你们家服务员不行，木头墩子一个，鞭抽都不动。四十岁左右的女人大约对老莫这样的客人见得多了。她说，我们家主要是特色菜，乡下人不懂什么事，就会烧菜。这倒是实话。我们吃她端上来的小草鸡时，确实又嫩又香，可以毫不夸张地说，在市区大大小小的饭店里，还从未吃过如此鲜美的烧鸡块。老莫吃着小草鸡，点着头，说，不错。又说，不错。

　　喝了几瓶啤酒以后，电视里的歌声还没有结束。服务员陆荣荣的姿势有一点变化，她只是把放在前面的那条腿撇到了后面，把撇在后面的那条腿又放到了前面。她的坐姿看上去有点别扭，但这不影响老莫的欣赏。你知道，老莫是搞艺术的，他说不定正从某一个艺术的角度，对她进行打量和品评。她还有一个变化，就是开始轻声地跟着电影哼着歌了。电视里的场面有点火爆，有一个女的刚下场，就有一个男的边唱边上来了。老莫说，这个演员我认识，叫周华健。老莫显然是说错了，我想纠正他，告诉他这是刘德华。可老莫故意大声叫道，不对不对，叫那个毛宁。这下我知道了，老莫是搞音乐的，他故意的无知，无非是想引起服务员陆荣荣的注意。这一招果然奏效，我看到陆荣荣偷偷一笑，还下意识地掩一下唇。晚会的压台节目是周悦的独唱，老莫说，呀，刘晓庆姑奶奶这么瘦啊。服务员陆荣荣大约对他的无知忍无可忍了。她转过脸来说，这是周悦好不好，不懂别冒充大马队。老莫惊讶道，周悦啊，她不是最近出国去啦？陆荣荣说，哪儿啊，那是章子怡。这时候，电视里的晚会结束了。陆荣荣突然跑过来，给我们杯子里添啤酒。我最佩服的就是老莫这点，他到哪里都能把自己变成中心。可不是，老莫的阴谋又得逞了。老莫说，谢谢你啊小姑娘。陆荣荣笑笑的样子，说我叫陆荣荣。陆荣荣说看你这样子像一个艺术家，我还以为你是艺术家的。我听出来了，陆荣荣的潜台词是，你怎么什么都不懂。陆荣荣说，你们是第一次来吧？老莫说，我们老早就听说，沙河口有家小鸡店，这里的小草鸡很好吃，来了几次没找到。你家怎么不弄个招牌？陆荣荣说，很多人都找不到的，叫酒香不怕那个，我们这里主要是回头客，想吃的人自然就找到了，要不要招牌也无所谓。陆荣荣又说，其实招牌是有的，你没看到门外的电线杆上，写着沙河口小鸡店？老莫说，没看到。陆荣荣说，你们是从市里来吧？下次再来，到收费站那边，可以省两趟过路费钱。老莫说，什么意思？陆荣荣说，那边也是我们家的店，也叫沙河口小鸡店，主要是照顾市里开车来吃鸡的人省点钱。老莫说，我知道了，你家先是在这边开小鸡店，名气开响了，生意好做了，又在收费站那边开一个分店。

陆荣荣表示肯定，说，什么分店啊，就这点小地方。味道不错吧？老莫说，不错。老莫又说，我们不到那边，那边能有小草鸡？还是这边小草鸡正宗吧？陆荣荣说，一样的，都是山上养的满山跑的小草鸡。这时候，那个四十岁左右的女人说，我家小草鸡绝对正宗，都是山上人家送来的。养殖场的大肉鸡，白送给我都不要。你们也是常吃鸡的，味道是不是好？老莫说，不错是不错，就是，你家没有服务。四十岁左右的女人说，主要是鸡吸引人，要服务干什么？服务能当鸡吃？我这是家里开的店，小孩在家没事开着玩玩的，没想到就开好了。老莫说，看你这样子也不像缺钱的人。四十岁左右的女人说，算你说对了，我家先生是做建筑的。我开饭店，主要是为了小孩。老莫突然醒悟了，疑惑中带着肯定的语气说，她是你女儿？四十岁左右的女人说，要不是为她，我才不操这些心了。我看到，陆荣荣撇撇嘴，看电视去了。

　　说话间，来了两批客人，沙河口小鸡店的人就开始忙了。那个叫陆荣荣的女孩也终于抹了几下桌子。

　　老莫和我告辞出来，看到门口电线杆上，果然有人用毛笔歪歪扭扭写着"沙河口小鸡店"几个字，这些字就像我们小时候的乱涂乱画，哪像店招牌？简直太草率了，真有点对不起小鸡店的美味的小草鸡。

　　老莫开车过了收费站，走上百多米，就看到路右边一个废工厂的大门上，有粉笔写的一行字，沙河口小鸡店。那边的招牌是毛笔墨水写在电线杆上，这边的招牌更是粉笔写在破败的墙壁上，都是歪歪扭扭的字体，给人草草了事很不正规的意思。但是，我还是惊讶地看到，破院子里停着各种轿车。应该说，那个女老板还是有点脑子的，收费站这边的人，就到这个小鸡店吃，收费站那边的人，就到那边的小鸡店吃。她是在为客户着想，为客户省过路费的钱。

　　老莫在车上说，有意思。

我说什么有意思。

老莫没有理我，他面色很难看，又嘀咕一句什么，大声说，哪天再来吃吃！

那天老莫出了车祸，他把新墟公路的护栏给撞了，幸亏没有交警看到，附近也没的摄像头。老莫骂了一句脏话，幸亏是辆破车！又说我请你喝茶去。

在南园茶楼，我们喝着茶，老莫一点也不在状态，酒没醉，茶醉了。我说老莫，你有心事。老莫说，那个孩子挺那个的。我说你是不是说沙河口小鸡店那个陆荣荣？老莫说，不说她还有谁？她挺漂亮的，你没发现？我不好说她长相一般，甚至有些丑气，就说，还行吧。老莫正色说，还行是什么意思，她明明很漂亮嘛。我给自己找台阶下，说，是的，她很有些味道。老莫说，味道是什么意思？好怪呀你这家伙，她就是很漂亮！我说，不错，她确实很漂亮。老莫说，就是么，那你跟我叽叽歪歪什么？

老莫的认真让我始料未及。我急着去做节目，就给老莫喊来了王俊，还有一个周老板和周老板的女朋友小刘，他们四人打掼蛋。我说，我做节目去了，你们玩啊。老莫说，做完节目过来，我们等你夜宵。

常坐出租车的朋友都知道，我那档节目叫午夜心桥，专门针对青少年朋友的。我冒充成一个万能的上帝，解答全世界受苦受难少男少女的所有苦恼。有时候我自己都难以理喻，那些人怎么会把他（她）们的隐私告诉我？要知道，就连亲人他（她）们都不愿意说的，我算什么呢？我只不过根据对方的话题瞎扯而已，最多起到安慰作用。我的一个外地台友（主持同类节目的朋友）还为此出了一本书，大言不惭地把一些哄骗人的话公布于众。他的胆量让我钦佩。他敢把谎言当成真理，没有点勇气是做不到的。但是我们就吃这行饭，只能靠哄骗自己和哄骗别人过日子了。不是吗？这天的节目我就接到这样一个热线。对方是一个女孩,她说她原来在艺校读书,专业是琵琶,可是她父母却不让她上学了,说女孩子弹弹唱唱没意思,回家开饭店了。我说你喜欢弹琵琶是不是?对方说是,对方说她从小就喜欢音乐。我说那么开饭店呢?对方说烦死了。我对她说,你应该跟你父母好好谈谈,把你的想法告诉他们。对方说说过了,没有用,还说我尽给他们添乱。接着女孩就嘤嘤地哭起来。由于节目是直播,我相信很多人都听到她那无助的哭声了。我说,除了谈一谈,还可以跟你父母讲明道理,还可以动员家里的亲戚,比如你外公外婆,让他们帮你说服你父母。这样行吗?你可以试一试,好吗?

做完节目我往南园茶楼赶,我知道老莫还有王俊他们一玩就没个完,有时还喜欢通宵喝酒。可是茶楼里不见他们踪影了。因为是铁哥们,我准备给他们打电话。我刚拿出手机,手机就响了。是王俊打来的。王俊让我赶快赶到开心火锅城,说他们都在,正准备喝啤酒。王俊又说,老莫不行了,要寻死上吊。

我知道老莫是能出点故事的人,就不当回事地来到开心火锅城。他们正吃火锅喝啤酒,也没人跟我打招呼。我看一眼老莫,老莫眼泡红红的,像哭过。王俊像老大哥一样地对我说,你们怎么回事?我说什么怎么回事?王俊说,中午你们到哪里喝酒啦?我说,不是你介绍沙河口那个小鸡店?老莫带我去吃了小草鸡。到这时候,我猜得八九不离十了,老莫还是为那个叫陆荣荣的小姑娘伤心。艺术家的心都很敏感又很脆弱也很不着边际,这我知道,老莫还因为爱情而自杀过。不过那个服务员陆荣荣,有什么值得他如此动情如此认真呢?老莫有时候让我们大家都莫名其妙,也让我们匪夷所思,要知道,人家可是正眼都没有瞧他,凭哪门子就自作多情了呢?

这时候,老莫说话了。老莫说,你问问老陈,老陈,我们中午还看到陆荣荣的,你说是不是?我们还跟她聊了会儿,她还说……

老莫哽咽着，说不下去了。

我说是啊是啊，那是个不错的姑娘。

根据我对这帮家伙的了解，他们一定在我做节目的时候，去沙河口小鸡店了。事实确实如此，他们吃了两只小草鸡，却没有看到陆荣荣。老莫一定在王俊他们面前说过陆荣荣多么的漂亮。而由于王俊他们没有亲眼见到，对老莫的话表示怀疑，为此老莫十分伤心，觉得朋友们对他不信任了。现在，让我们来听听老莫是怎么说的吧。老莫说，你们看过博乔尼的画吗？博乔尼，就是那个意大利人，未来主义的代表人物，你们都知道《长廊里的狂欢》，还有《笑》，还有《空间中独特的连续形体》，还有什么什么的，可那是他未来主义作品，是油画或雕塑。你们看过他早期的《美人塔利娅》吗？你们都没有看过，你们要是看过了，你们就会惊讶的不知所措，你们就会觉得，真是白活一场了，你们就非想自杀不可。甚至，你们一个个直接就去上吊、投河、割腕。我怎么也没有想到，美人塔利娅复活了，她现在就在沙河口小鸡店里。她现在改名叫陆荣荣了。她现在是服务员，沙河口小鸡店的服务员。她不是陆荣荣，她就是美丽的塔利娅……塔利娅……

我们不知说什么好，因为我们看到，老莫眼里有泪珠滚下来了。老莫的眼泪流过脸上那片开阔地，流进森林一样的胡子里去了。老莫的眼泪一流就不可遏制。我还以为，他的眼泪会穿越那片胡须，一直向脖子里流去。但是他的胡须真是深不可测，把老莫的泪水全部吸收了。老莫端起啤酒，咕咚就是一杯。王俊给他添满酒。王俊说，老莫，我理解你，敬你一杯。老莫又喝了一杯。周老板的女朋友摇摇周老板的胳膊，说，让老莫别喝了。周老板说，你不懂。周老板反而敬了老莫一杯。

老莫连续喝了几杯啤酒，继续说，她坐着的姿势，她的神情，她忧郁的眼睛，她丰满的嘴唇，还有白森森的牙齿，她的牙齿多整洁啊……塔利娅……

我看到，周老板女朋友小刘的眼里噙着泪花。我也有一点伤感，因为我没看过《美人塔利娅》，也没有发现陆荣荣有多么的漂亮，如前所述，我还觉得她是一个平庸的女孩。我相信王俊也有同样的感受，因为他就是我们去沙河口小鸡店的始作俑者，不是他的介绍，老莫也不会带我到那个偏僻的地方。就是说，王俊此前是去过沙河口小鸡店的，他也看到了服务员陆荣荣，至少，陆荣荣也没有引起王俊的注意。此外，老莫真是被爱欲的烈火烧糊涂了，他竟然用白森森来形容陆荣荣漂亮的牙齿。显然是用词不当。不过，陆荣荣的牙齿的确细密而整洁，闪着玉色的光泽，甚至有一种透明的感觉。

老莫还沉浸在对塔利娅的回忆当中，他喃喃地说，怎么就会不见了呢？她不会故意躲着我吧？她不会是天上的仙女，不巧沦落人间，又飞到天上去了吧？

这时候，小丁来了。小丁是开心火锅城的老板，也是我们圈子里的朋友。他不知道桌子上发生了什么事，拎着酒瓶，哈哈哈地冲进来，大叫一声，喝酒！小丁看没人响应他，就在老莫的对面坐下。小丁是聪明人，他看阵势不对，便说，我先自罚一杯，然后给你们算一卦。小丁在我们朋友中号称半仙，打卦算命看手相，都能做到半瓶不响基本准确。他喝一杯啤酒，说，老莫，你最近有点变化，你两只耳垂变胖了，下垂了，发红发紫了，说明你要发达要交桃花运了。不过发财对你来说已经司空见惯，我不去多说，我现在看你左耳垂发红，问题就不一样了。你们看看，跟樱桃一样，说明咱们老莫真的交上了桃花运。老莫，机不可失，时不在来；光阴似流水，一去不复还；抓住机遇，迎接挑战；刀山敢上，火海敢闯；只要决心大，风高浪急都不怕……

我们以为，小丁的油嘴滑舌，会引起老莫的反感。没想到他像找到知音一样连敬了小丁两杯，然后，他站起来，把酒杯摔在地上，扬长而去。

我们都担心他要出事，便叫了一辆出租车跟着他。但是他什么事都没有出。他把破奔驰一直开进了话剧团的院子里，停车，关门，然后钻进话剧团的仓库里睡觉了。我们也放心了，回去又喝了一会儿。

但是老莫还是失踪了几天。老莫的失踪完全可以理解。他的失踪和沙河口小鸡店的陆荣荣有关，我们都这样想。这在后来也得到了证实。

那几天，我们和老莫都联系不上，他也不跟我们联系，手机不是忙音就是不接。我们还到话剧团找过他。我们透过残破的玻璃，向话剧团仓库里张望。偌大的仓库堆满了箱箱柜柜，各种道具也都乱七八糟随间摆放。在一个角落里，我们看到了那张床——也是道具。那儿就是老莫的家。当然，家里没有老莫的影子，在他床上，只有几只老鼠在找方便面的残渣吃。周老板的女朋友小刘有点变了声地说，不会出事吧。小刘说，老鼠会吃了他的。我说，不会。王俊也说不会，王俊说他肉里都是酒精，老鼠才不稀罕了。后来，王俊果断地说，我们到沙河口小鸡店去找他！

沙河口小鸡店的小草鸡还是那么鲜美，可并没有老莫的影子，连陆荣荣也不知道到哪里去了。我们慢慢地啃着小草鸡，喝着啤酒，期待着奇迹的出现。最着急的是周老板的女朋友小刘，这个医院的小护士一心想看看美丽的塔利娅的芳容，看看她是如何打动老莫的。但是最终还是让小刘失望了。我问那个四十岁左右的女人，怎么就你们在忙？你家女儿呢？四十岁左右的女人面露得意之情。她说，你是说我家小陆荣荣啊，她练琵琶了。我说，她不是不念书了吗？四十岁左右的女人说，她们姐妹俩不学好，尽给我添乱，我就把她俩拉下来开小饭店玩了。她的话让王俊感兴趣，开饭店就开饭店，怎么会说是玩呢。我是从王俊的脸上看出他的疑虑的，我代四十岁左右的女人说,她家先生搞建筑,是大老板,现在手里有上千万的工程正在干,不缺钱的。四十岁左右的女人说,这小兄弟猜对了。我说,你家陆荣荣学琵琶去啦?这孩子真上进。四十岁左右的女人说,你说谁是孩子,你不能乱说啊,看你也不大点岁数,还是只小草鸡吧?我家陆荣荣要叫你大哥的。我想起我那天做节目时接到的热线,毫无疑问,那个不愿意透露姓名的女孩就是陆荣荣了。我说,你不是不让她学琵琶吗?四十岁左右的女人说,那是她不学好,再在那学校待下去会出事的。又说,其实她学琵琶我是不反对的,这不是,来了个老师,是市里剧团的,我让他在家里教她俩琵琶了。我们都知道,那个市剧团的老师,就是老莫了。老莫现在幸福死了,他收了两个女学生,关键是,他的塔利娅也在身边了。我们心就放下了。但是,这里有一个问题,细心的读者也发现了,和陆荣荣一起学琵琶的,还有一个女孩是谁呢?我问四十岁左右的女人,陆荣荣还有一个妹妹吧?她说,不,是姐姐,她俩是双子。双子就是双胞胎。周老板的女朋友终于找到插话的机会了,她说,那她俩是不是很像?四十岁左右的女人得意地说,那当然,站到一起你们都分不出来。

至此,所有问题都应刃而解。唯一让周老板的女朋友小刘遗憾的是,她没有目睹陆荣荣的美貌,甚至连她的双胞胎姐姐都没有见到。

沙河口小鸡店我们还常来。有时候我和王俊来,有时候我和周老板来,有时候我和周老板和他女朋友小刘一起来,有时候我们四个人一起来,我和别的朋友也来过。总之,我们来沙河口小鸡店,已经不仅仅是为了吃小草鸡了。我们还关心老莫。但是,无一例外的,我们都没有见到老莫,也没有见到陆荣荣。有一次,我们在沙河口小鸡店看到了老莫的破奔驰,我们惊喜异常,我看到,小刘的脸都兴奋得红了。但是很失望,依然没有老莫和陆荣荣。更让我们失望的是,老莫的奔驰车易人了。我们再打老莫的手机,老莫的手机已经停机。我们最后一次看到老莫是在开心火锅城，我们最后一次听到他的声音是偶然一次打通了他的电话。他在电话里说，我现在很忙，已经没时间跟你们玩了，不过快了，我们很快就能在一起喝啤酒了。在打电话的时候，我听到电话里传来琵琶声，好像是《十面埋伏》。这说明，老莫是一个敬业的老师。

没想到，我们后来得到老莫的消息，竟然是从周老板的女朋友小刘那里。是老莫主动到医院里找小刘的。老莫的身后还带着一个女孩。用小刘的话说，她一下认定那就是陆荣荣了。她真是一个美若天仙的女孩，无论长相还是身段都无可挑剔。小刘说，老莫让我帮忙给陆荣荣做人流的。

这件事情，放在别人身上，我们都无所谓。但是放在老莫身上，无论在过去还是现在我们都不能容忍。他是一个崇尚艺术、崇尚美的家伙，他怎么干都可以，他怎么能让一个美貌女孩流产呢？周老板愤愤不平地说。但是，更让周老板愤怒的是，老莫在短短六个月的时间里，竟让陆荣荣人流了三次。在六个月里让一个女孩三次怀孕，简直不是人干的事情。我们就对小刘说，如果老莫再带陆荣荣去做第四次人流，你告诉我们，看我们不去把他揍扁！

然而，我们没有机会把老莫揍扁了，老莫再一次从我们视野里消失了。算起来，我已经大半年没有看到老莫了。老莫的那把大胡子，他的披肩长发，一度是我们非常熟悉的风景。他那辆破旧的大奔驰，曾经载着我们在市区的各条干道上奔驰。他也曾坐在我们电台的直播室里，面对无数听众侃侃而谈。所有这些，都成记忆了。我们找遍了全城，我们打听所有认识他的人，都不知道他的下落了。

到了来年春天，在我差不多都要把老莫忘了的时候，周老板，风度翩翩的周老板，非常落魄地对我说，老陈，你带我去喝酒吧，我都好久没喝酒了。接下来他才告诉我，他生意做砸了，现在无家可归。我说小刘呢？他唉声叹气，说，就连夫妻，都像同林鸟，大难来了各自飞,何况女朋友?小刘和一个驯马师好上了。真是世事无常啊,想起周老板和小刘,这对让人羡慕的帅哥靓妹,当初是多么的亲密,天天形影不离。安静的小刘,跟着我们到处玩玩,出入大小饭店、酒吧、茶楼、歌厅、露天温泉,她除了喜欢摸奖,也实在没有别的什么爱好啊。我们都以为他们的琴瑟和鸣是我们的榜样。可是一眨眼,和一个驯马师好上了,而且只知道好上,并不知她今日嫁于谁家了。

我们打的,来到了沙河口小鸡店。我们没有过收费站,就在废工厂的院子里下车了。一下车,我们就闻到飘荡在空气中的鸡香味。有服务员领着我们来到一个包间。包间上还悬挂一个油漆斑驳的小牌子,上面写着书记室。沙河口小鸡店的老板实在牛,还是沿袭过去的老房子,根本不去重新装修。隔着我们书记室,依次是,厂长室、工会、团委、妇联。过去的各间办公室里,现在都坐满了吃小草鸡的客人。我和周老板只两个人,我们临窗而坐,视线之内是云雾缥缈的云台山,山上许多人家都散养着大群的小草鸡。

我们面前摆上一盆热气腾腾的小草鸡了。周老板说,老陈,喝。周老板的口气,就像他请我一样。我们喝着啤酒,聊着过去的许多人和事。我们自然就聊到了老莫,还有沙河口小鸡店的陆荣荣。王俊回上海去了——那是他的老家。我们过去的朋友,如今只有我和落魄的周老板了。

我们喝了十几瓶啤酒,就有服务员来跟我们说,你们是第一次来沙河口小鸡店吧?老板要来敬酒。

周老板酒意很浓地说,谁说我们第一次来?我们……

我打断周老板的话。我说,是啊,我们是第一次来,让你们老板过来吧。

老板来了,让我们大吃一惊的是,她竟然是陆荣荣。我惊讶的有点不知所措。我看到周老板也张大了嘴巴。

陆荣荣好像不认识我们似的，她笑容可掬地端着半杯啤酒，说，欢迎光临，希望多提意见。

我说，你……不认识我们啦？在收费站那边的小鸡店，你……想想看？那个老莫，我是老陈啊……

我看到陆荣荣收敛了笑容，她甚至还皱了下眉尖想了想。显然，她不愿意提起令她难忘的往事，大约也不想提起老莫吧。

我说，你是不是学过琵琶？

陆荣荣真的很生气了。她说，你才学琵琶了。

你不认识老莫？

你才认识老莫了。你怎么骂人？

这几句话，完全不是一个开饭店的老板的做派啊。我纳闷了，只好试探着说，你不是陆荣荣？

你才是陆荣荣了。也许，她觉得，用这种口气说话，是对客人的不礼貌吧，终于改口说，陆荣荣是我妹妹。我叫陆芳芳。对不起了朋友，你们慢用啊，再见！

我想起来了，这是双胞胎姐妹。我记得那个四十岁左右的女人说过，她把两个女儿分在收费站两边的店里了。没想到，姐姐陆芳芳荣任了老板。那么陆荣荣呢？是不是也在收费站那边的小鸡店当老板？我问服务员。服务员讳莫如深地说不知道。我想从这儿了解有关老莫和陆荣荣的消息。但是你知道，我是一无所获。

又过了一年多，时光已经流到2002年春天了，我陪新婚不久的妻子从时代超市出来，在路边我意外地看到了老莫。

老莫穿着一身整齐的新四军军服，腰上扎着皮带，腿上打着绑腿，一枝手枪斜挎在肩上，身后还背着一枝三八步枪。这些都是话剧团的道具，我一眼就认出来了。见到老莫我百感交集。我对我妻子说，芳芳，你看。陆芳芳说，疯子。我说，你仔细看，那是谁。陆芳芳又看了一眼，说，他疯了活该，我妹妹就死在他手里！

我爱上班

1

乔雪妹到半夜还没有睡着。她把眼睛闭得很疼了,还是不能入睡。这种情况,只有在她下岗的那年才出现过。

乔雪妹的身边躺着丈夫。她丈夫的鼾声已经很均匀很响亮了。

乔雪妹又翻了一个身。她把手搭在丈夫的身上。她想把丈夫弄醒。可她实在有点不忍心,明早五点钟,他就要去食品站拿肉了。明天是星期六,买菜人多,猪肉销售量就大,要拿两头猪,虽然是三轮车,可来回几里路还是很辛苦的。况且,丈夫的鼾声多喜人啊。乔雪妹都是在丈夫的鼾声中进入梦乡的。丈夫的鼾声就像小夜曲,悠悠扬扬催人入眠。但是,她还是想把丈夫弄醒,这件事对于她来说,真的是太重要了。她最初接到通知,激动得心跳仿佛停跳了几下。都八年了,她由一个大姑娘,成了小媳妇。如今,女儿都上学了,她和丈夫在菜市场已经打拼出一片天地了。每天,丈夫在前台卖肉,她在后台操作绞肉机,给客户绞肉丝切肉片,钞票就是这样赚来的,日子也就是这样过去的。乔雪妹从来不去多考虑什么,她觉得生活就是这样的,有事情做,有钱赚,你还能要求怎么样呢?所以她吃饭是香啊,睡觉是香啊,就连日子也是香喷喷的。

乔雪妹不知是第几回翻身了。她心里就像她熟悉的绞肉机在不停地绞，把她心都绞成肉丝那样又碎又乱了。

乔雪妹把床头灯打开，悄悄起床，悄悄拿出牛皮纸信封。

雪妹，你有什么事，到现在还不睡！

丈夫王一民说话了。丈夫王一民是在均匀的鼾声中说话的。王一民的突然说话把乔雪妹吓了一跳。乔雪妹手里的牛皮纸信封掉到了地上。

妈呀一民，你想把我吓死啊。你不是睡跟死猪一样吗？我还以为你睡着了呢，你不是正打着呼噜呀？

你翻身打滚的，我能睡着呀。那是什么，拿来我看看。王一民已经坐到床沿上了。王一民说，我睡着了都睁着眼，你别想在我跟前捣鬼！拿来！

看你脸冷跟白皮一样，凶什么凶啊，你以为是情书啊。乔雪妹把牛皮纸信封捡起来，她把信封抱在怀里，突然就哭了。乔雪妹抽着鼻子，说，一民，厂里通知我去上班。乔雪妹用手背抹着泪，很认真地哭着。

王一民看罢牛皮纸信封里的通知，哈哈大笑了。王一民揽过乔雪妹，说，雪妹，就为这事啊，真是笑死我了。你下岗都几年啦，算算看。

乔雪妹哭着，嘴张一下，没说出来，眼泪涌得更凶了。

我帮你算。

乔雪妹在喉咙里说，算什么啊，八年。

八年，日本鬼子都被赶出中国了，哎呀，咱雪妹，也终于熬出了头，等来了上班的通知。好吧，我王一民也正式通知你，不去上班。

乔雪妹趴在王一民肩上。乔雪妹已经不哭了，可眼泪还在脸上。乔雪妹说，一民，我想去上班。

王一民睁大着眼，像不认识她似的。

一民，我想去上班。乔雪妹说，那年，是厂里停产，我才下岗的。我不是干不好才下岗的，我是好工人，他们都这样说。

王一民说，你有毛病啊，咱这日子有滋有味，你是缺钱还是缺穿？这厂里也真是的，停产都八年了，还来添乱。

一民，你不能这样说，你要这样说，我就生气了。

好吧，我不说，可你也别再提上班。王一民朝床上一躺，说，都三点多了，我再眯一觉，别忘了喊我去拿货。

王一民话一完，鼾声就响起来了。

2

王一民把卖剩下来的一块肋条肉扔到冰柜里，把尖刀砍刀还有钱箱都放到冰柜上。王一民身高体壮，说话像打呼噜一样嗡嗡响，干活也是三下五除二地干净利落。王一民把三轮车上的东西收拾好了，这才说，雪妹，你今天是怎么回事？要不是我发现的早，那张一百块的假钱，就让你给收下来了，咱今天就白干了。还有那个尖嘴女人，我看她就不地道，你多找她一块钱她伸手就拿住了，一点也不脸红。雪妹啊，你连这个账都算不上来，你真该去上班了。来，趁现在没事，好好算算，十四块五毛钱的肉，人家给你一张二十块钱的票子，是找五块五还是六块五？王一民没听到回话声，在屋里扫了一眼，也没看到乔雪妹。王一民喊道，雪妹，雪妹。王一民到卧室里，电视机前没有乔雪妹。王一民又到小院子里，还是没有她的影子。王一民自己对自己说，刚刚还跟着我回家的，一转眼就不见了。

要是往日，王一民就洗把脸看电视了，可今天，他要去找找乔雪妹，再教她一遍怎么算账。王一民觉得乔雪妹脑子有时候不好使，简单的账也会算错。

王一民走出家门，五十米以外的小巷口，黄黄的路灯下，他看到乔雪妹坐在石凳上。

乔雪妹一只手顶着下巴，看着小巷上的天空。乔雪妹的姿势有点怪异。

王一民走过去，说，雪妹，你在这里发什么呆，喂蚊子啊。

乔雪妹不说话，跟着王一民回家。

王一民在路上说，要算账回家算，我看你是应该好好学学算账了。你怎么不说话？我也没怪你什么，错就错了，我这么聪明人还会算错账呢，别当心思啊……好了好了，不说了，回家做饭吃！

乔雪妹回家也没有做饭。她坐在电视机前继续发呆。

王一民说，你要不想做饭就算了，我上街去吃小武凉皮，要不要我给你带一份？

乔雪妹还是没有说话。

王一民看乔雪妹脸色真的不好看，就自己出去了。

王一民吃完凉皮，回到家看乔雪妹还是坐在那里发呆。王一民就有点吃惊了。王一民说，你是怎么啦？哪儿不舒服？

乔雪妹说，我好好的。

王一民说，我看你不像是好好的。

乔雪妹说，王一民，我真的想上班。

王一民松一口气，你是为这个啊，真是的，上班能拿几个钱？还要受这个管看那个脸的，哪有咱自己干自在。

乔雪妹说，王一民，我想去看看她们。

谁？和你一起下岗的那些人？你还以为她们都是你啊？还不知能有几个人去呢。

乔雪妹说，王一民，我想看看那些机器。

真有意思，机器有什么看头，冷冰冰的，还不知道锈成什么样子了。

乔雪妹说，王一民，我想听听咱们厂机器的声音。

毛病啊，轰轰隆隆的，吵死了，倒贴钱我都不去听。

乔雪妹说，王一民，我都八年没到厂里去了。

这算什么，你不是活得有滋味有味嘛。

乔雪妹说，王一民，我想去看看，就是想……看看。

王一民有点生气了。王一民一生气就有点不讲理。王一民大声说，你去上班，我一个人卖肉啊，我一个人怎么卖？啊？我看你有意想叫这个家散伙！

乔雪妹不跟他发火。乔雪妹依然温情地说，一民，我也不是想去上班，不接那个通知，我想都没想过。可是一接到通知，我心里就乱了。我十八岁到厂里，二十三岁下岗，下岗就跟你结婚，然后咱就一起卖肉，过日子，就这么简简单单。

你是不是说，你不下岗就不跟我结婚啦？八年前你就这样说过，你以为你那个厂是做金条的啊。八年前我不就对你说啦，你在厂里下岗，在我这里上岗。

不是不是，一民你想歪了，我是说，我一辈子就在一个厂干过工人，好歹也是上过班的人……一民啊，我也说不清楚，我心里乱死了，我是真的想到厂里去看看啊。乔雪妹忍不住，又哭了。

王一民脾气大，火气大，可他最不能看乔雪妹哭。当初乔雪妹下岗，一个人在家发呆，王一民对她说，雪妹，嫁给我吧。乔雪妹就哭了。乔雪妹一哭，王一民心就软了，发誓要让乔雪妹过上舒心日子。这一回，王一民的火气被乔雪妹的哭声中和掉了，口气软了下来，说，我不管你了，你要去上班，你就去上吧，可毛毛怎么办？

毛毛是他们的女儿，上一年级。因为上学方便，平时都吃住在她外婆家。乔雪妹显然早就想好了。乔雪妹说，毛毛平时也不在咱们身边，星期天带她来家玩玩就是了。再说，厂里离她学校又近，离我妈家也近，比现在还方便哩。

3

乔雪妹的厂叫塑料三厂，是区办企业，在一条僻静的小街上。乔雪妹穿上她最漂亮的衣服，骑一辆踏板摩托车，早早就来到了厂里。一进厂门，乔雪妹就看到厂办门前有好多人，大约都是接到通知来上班的工人。乔雪妹支好摩托车，陈露露和白桦就围上来了。她两人是乔雪妹一个班组的，又是最要好的朋友。陈露露当年在厂里最漂亮，白桦身材最美，而乔雪妹被公认为又有身材又漂亮的厂花。陈露露和白桦已经不像小姑娘时候叽叽喳喳了。陈露露拉着乔雪妹的右手，白桦拉着乔雪妹的左手，三个三十多岁的女人执手相看，她们眼里都有闪烁的泪花。终于，陈露露说话了。陈露露说，雪妹，听说你卖猪肉，发财了，我们都以为你不来了呢。白桦也说，都八年了，你一点没变，还那样漂亮啊。你瞧我，胖成什么了。乔雪妹说，你吃什么好东西啊，胖成这样？当初那小蛮腰哪去啦？你老公不会也是卖肉的吧。三个女人这才大笑起来。白桦说，我老公要是卖肉的就好了，他是大事做不来小事又不做的东西，下岗了，在家专业打麻将，靠我做保姆吃饭，我当初算瞎眼了。三个女人说了阵男人孩子的闲话，这才扯到上班的事上来。乔雪妹说，我把上班的通知都带来了。白桦说，我也带来了。陈露露说，可不是，我一直就揣在身上。于是三个女人从不同的包里拿出牛皮纸信封，她们上班的通知就整齐地装在信封里。乔雪妹说，厂长不知是什么模样。白桦说，模样不模样我们不管，只要有活干，有工资发，就是好厂长。陈露露说，听说是研究生，不到三十岁。三个女人的话里，充满了对工厂的满心希望。

九点整，开会了，厂长果然是个年轻人，自我介绍姓刘，自谦让大家以后叫他小刘就行了。刘厂长做了一番很有煽动性的动员，又分配了工人的岗位，任命了班组长。最后，刘厂长宣布，明天正式开机，希望大家共同努力，振兴塑料三厂。

动员会结束后，许多工人都没有走，他们都到自己的岗位上看看。让乔雪妹、陈露露、白桦开心的是，她们三人又分在了一个班。乔雪妹抚摸着机器，脸上红红的。八年没有见到机器了，就像分别八年的亲人一样。她在心里说，我们的厂，停产了八年，我还是回来了。乔雪妹鼻子酸酸的，她想哭。她看一眼陈露露，陈露露咬着唇，已经泪流满面了。白桦抱着陈露露的肩。白桦说，陈露露，你哭什么呀，你不要哭啊，我们好好工作啊。陈露露说，我不哭，我们齐心协力，好好工作。白桦说，可你还在哭，陈露露，你一哭，我也要哭了。白桦说着，就泣不成声了。乔雪妹忍了好久的泪也就涌了出来。

4

中午是在厂里吃的饭。晚上一下班，乔雪妹就赶到菜市场，看丈夫忙割肉忙收钱，应付也很自如，乔雪妹就没准备去帮他。乔雪妹想，反正你以后要一个人干的。但她还是走上去，说，王一民，我回家做饭啊。

王一民手上忙事，没有理她。

乔雪妹就说，鬼样。

乔雪妹切一块猪肝，本来想在切肉机里切成片的，但她犹豫一下，说，还是我回去切吧，手工切的肝，做出菜来，香啊。

晚饭时，王一民喝一杯白酒，然后就呼呼大睡了。

乔雪妹这天开心，可以说一直处在亢奋的情绪里，很想和丈夫亲热，可他的鼾声像雷一样滚过。乔雪妹便心疼地说，这个死猪，真的累了。

可是半夜里,王一民却把她推醒了,然后,王一民说,我要找一个帮工。

乔雪妹说,你一个人不是忙过来么?

王一民说,鬼啊,想把我累死不是?

乔雪妹说,那你找吧。

乔雪妹又说,你找男的还是女的?

王一民说,不一定,看吧,能干活就行。

第二天晚上,乔雪妹再路过菜市场时,王一民的身后,在乔雪妹用了好几年的绞肉机前,就有一个小姑娘了。乔雪妹看这个姑娘穿很土气的衣服,模样也丑,心就放下了。

乔雪妹没有急着回家做晚饭,而是帮王一民忙了一会。实际上,她是在观察这个小姑娘。小姑娘十八九岁的样子,乡下人,手脚还利索,嘴也甜,阿姨长阿姨短的,特别亲。乔雪妹也跟她闲聊几句,知道她姓张,名字叫小桃,她父母都是菜农,她还有一个姐叫小梅,在职大念书,马上就毕业了。乔雪妹问她为什么不去念书。她说学习不好。她说她爸说了,这么笨,还不如来家种菜。她说她不想种菜,就来打工了。乔雪妹觉得,这孩子还算诚实,连自己笨,连学习不好都说了,要换别人,会说自己不想念书,而不去说学习不好。乡下孩子就是实在,乔雪妹说,小桃,你以后就不要叫我阿姨了,就叫我乔姐吧。小桃就欢欢喜喜答应了,还脆脆地叫她一声乔姐。乔雪妹一高兴,就说,有空到我家包饺子吃,把你姐也叫来玩。

没过几天,小桃的姐姐小梅,就真的来玩了。过后又连着来玩过几次,也不过就在肉摊前站站。小梅和妹妹不一样,不爱讲话,腼腼腆腆的样子,一笑就露出两颗小虎牙。乔雪妹对姐妹俩都喜欢。而王一民却缺少人情味地说,你跟她们啰嗦什么!

几天后的一个晚上,乔雪妹在家剁肉馅包饺子。乔雪妹说,我说好让小桃来家里包饺子吃的,一次也没让人家来过。口气里,有点内疚。

王一民说，还是少跟这些人啰嗦吧。

人家不是帮咱干活嘛。

那也要分得明白啊。顿一顿，王一民又说，雪妹，你不要再去上班了，还是回来跟我卖肉。我觉得吧，有你在我身边，踏实。

乔雪妹说，厂里接了不少单子，客户要货紧，我们下个月就要加班了，我哪能这时候当逃兵啊。

王一民脸上冷冷的，心里明显的不痛快。

又过几天，王一民说，雪妹，我还是想你回来。

乔雪妹就说，是不是那个小桃不想干啦？

王一民说，不是，小桃干活还行。我就是觉得，你这个班上不上也没意思。你想想，你去上班，说是能拿一千五六百块钱一个月，可我请小桃帮忙，也要开一千块钱给她，这笔账你算没算过，实际上你只拿五百块钱一个月。一个月才拿五百多块钱，你算笔账看看，多没意思。

乔雪妹觉得王一民的话有道理。可她还是觉得上班好，那是厂啊，自己的工厂呢。刘厂长不是说过，爱厂如爱家吗。刘厂长还说，今天不努力工作，明天就要努力找工作。刘厂长的话真是对极了。这么说，你就知道了，乔雪妹是多么爱她的工厂啊。她看到机器，听到机器的声音，都很亲的。乔雪妹就对王一民说，上班还不到一个月，哪能不去呢，上班跟咱卖肉不一样，想不来就不来。上班了，就得有上班的样子。

实际上，自从上班那天起，乔雪妹就没有想到会不干。她是真的把厂里的事当成自家的事的。不一样的是，自家的事她说了算，厂里的事是厂长说了算。

王一民说，我看，你那个厂迟早也不行。你们那个刘厂长，我见过，常到对面的第一楼喝酒，都是一大帮子人。什么样的厂能经得住喝？你们又是小厂，要不了几天，会让厂长喝倒的，你迟早还得下岗。

乔雪妹说，厂里来客户，要应酬，该喝不喝也不行。

王一民说，话是这么说，可喝一顿千把块，是你一个月工资啊，那还是纯利润，一天喝两顿，这笔账你算算看。

乔雪妹说，就你会算账，以前天天叫我算这个算那个，现在又替我们厂里算了，就跟我们厂里没有会计一样，就跟我们会计不会算账一样。

王一民说，你们厂里有会计，肯定会算账。可我跟你算这个账，我是有道理的。

你有鬼道理啊，你以后不要再跟我算账了！

5

厂里的形势真是越来越好了，新招了工人，改成两班制，还经常加班。照这样，这个月要拿不少奖金的。上个月，就是上班第一个月，乔雪妹就拿了一千五百多块钱，还有五十块钱奖金和二十块钱加班费，工人们都说，这个月，要比上个月多拿好几百。厂里的姐妹们都是劲头十足的。

可是，厂里的形势一片大好，乔雪妹家里却出事了。王一民要跟她离婚。

那天，是周末，她第二天正好是调休，就回母亲那儿把毛毛带回家了。王一民那天对女儿特别亲，跟毛毛说了不少话。乔雪妹脸上喜洋洋的，告诉王一民厂里的事情，说上海，还有杭州的客户，都在厂里等货，单子都排到下个月，销售科的人都不敢在厂里露头了。

那天晚上，王一民和毛毛玩了好长一阵，问毛毛暑假作业写没写好，问毛毛和哪个同学要好，还讲毛毛小时候的笑话，拿毛毛小时候的照片给毛毛看。直到很晚,毛毛才爬到她的小床上睡觉了。

乔雪妹那天并没有发现王一民的反常,她预备好了要和王一民好好亲热一番。为此,她还用新买的沐浴露洗了澡,她自己都闻到身上散发出的青草的香味了。可是王一民却冷冷的。后来,王一民就冒出了那句话。王一民说,雪妹,我们离婚吧。

乔雪妹说,死一边去吧,说什么离婚。乔雪妹以为王一民跟她说着玩玩的。

王一民说,我不是跟你说着玩的,我就是想离婚,我都想好了,这日子越过越没意思。

乔雪妹把灯开了,支起身子,说,你没有毛病吧?

乔雪妹的乳房搭在王一民的肩膀上,王一民用手推一推,就像推掉不相干人的一只胳膊。王一民说,我天天都累死了,想个帮手都没有。

不是有小桃。

你老提小桃干什么?她又不是自家人,那能一样?

好啊,你是不是外边有人啦?

我就知道你会这么说。

乔雪妹重重地躺下,说,我不离!

你不离我离。

那你一个人离吧。

乔雪妹穿衣服。乔雪妹不声不响地把衣服穿好了。

王一民说,你干什么?你现在不要走,跟你商量事情你走干什么?

乔雪妹不说话,她收拾一点东西,到毛毛的屋里睡了,第二天麻麻亮,就带着毛毛回娘家了。

6

后来，乔雪妹想想，要不是自己脾气倔，要是那天不冒冒失失就走，要是能软一点跟王一民好好商量商量，多沟通沟通，也许就不会离婚了。

现在，说什么都没用了。她和王一民离了。快刀斩乱麻似的，说离就离了。

现在是秋天里，深秋了，乔雪妹和陈露露，还有白桦，去桃花涧玩。桃花涧在城郊的山上，涧沟里常年都有水在流。这是未开发的景区，很少有人光顾这里。三个女人叽叽喳喳蹦蹦跳跳，就像孩子一样在山沟里大喊大叫。陈露露跑在最前面，她要去找桃花女，民间传说，谁要是先看到桃花女，在她身上摸一摸，来年会交桃花运。陈露露一心想交桃花运，可惜她遇到的男人都很坏。这是她自己说的。白桦就让她去找刘厂长。白桦说刘厂长有学问，又年轻，又是厂长，你把他勾上手，我们姐妹都有好日子过。陈露露说，你以为我不能啊。白桦说，你又不是款婆，他要傍你？人家身边的美眉还不知有多少呢？我们又没钱资助你。陈露露说，这倒也是。陈露露就盯着白桦看。白桦说，你看我干什么，我腰有水桶粗，勾不到人的。陈露露说，刘厂长会喜欢的。白桦被逗得大笑起来，说喜欢水桶腰啊，那他眼光有问题了哈哈哈！

陈露露和白桦的话，乔雪妹听了心里很难受。自从离婚以后，她就不能听别人谈男人女人的事。她觉得自己没有资格谈，仿佛连听的资格都没有了。陈露露和白桦才不管她的感受了。陈露露说，乔雪妹你快点啊，白桦你快点啊。白桦说，爬不上去了，我累死了，是你要交桃花运，我不去跟你抢，要抢也是乔雪妹。陈露露说，我才不自私了，我要把桃花运留给乔雪妹。乔雪妹，我等等你啊……

差不多到了,桃花女就在这一带,我来过的。

陈露露站在一块岩石上,她在山涧的四周观望。乔雪妹站到她跟前,说,你乱说什么啊,我就这样过一辈子。在岩石下面的白桦听到了,大声说,不行,你要找一个好男人,气死那个杀猪匠。乔雪妹真的不愿意说这些。王一民又结婚了,就在不久前。新娘是小桃的姐姐小梅,那个职大毕业的大专生。白桦说,大专生算什么,大专生是狗屎!乔雪妹,你不找一个研究生,起码也要找一个本科毕业的。陈露露说,乔雪妹,真的,你瞧你身体一点也没变形,找个大学生没问题。乔雪妹说,你们都要干什么啊,再说我就回去啦?陈露露说,好了好了,不说了,爬山!

陈露露突然大叫一声,看,桃花女!

白桦一下瘫在地上,哎哟妈呀,原来到了,省得我再爬了。

陈露露扭着屁股,三下两下就窜到那块奇妙的石头边。这块石头确实有点怪,有点像人形,还有点像猴子。但说是桃花女,似乎有点言过其实。

白桦又开始大叫了,陈露露,你别动!

陈露露说,蠢样,我不知道呀。乔雪妹,上来呀。

乔雪妹知道她俩是什么意思。但她说,上去干什么啊,看看就行了。

不行,要来亲手摸一摸。

乔雪妹就说,好好好,要是交不了桃花运,我把你们两个撕撕吃掉。

下山的路上,陈露露和白桦一唱一和,少不了又骂了一通王一民,顺便把小梅也骂了。说年纪轻轻的,又是大专生,就稀罕一个卖猪肉的,这世道真是怪了。又说都是小桃作的怪,那个小丫头人丑鬼大,说不定和王一民也有一腿。这王一民也真有艳福,老婆小姨子一起办了。乔雪妹说,你们乱说什么啊。陈露露和白桦就一起骂她。陈露露说，都这样了，还护着他，要是我，拿杀猪刀把他捅了才解恨！白桦说，捅了便宜他了，让他断子绝孙才好！乔雪妹也被惹笑了。乔雪妹又忧虑地说，以前听说，这桃花女，男人摸才有用哩。陈露露说，一样一样。白桦也说，男女都一样。然后，她们又说厂里的事情。最忧虑的还是乔雪妹。她说，你们发现没有，这几天，来厂里拉货的汽车少多了。白桦说，你操什么心，你又不是厂长。乔雪妹说，这笔账我算过，以前，一天至少来三辆汽车，都是大吨位的。现在是三天才来一辆汽车，还是小吨位的。陈露露说，你算什么账，你又不是厂里的会计。乔雪妹说，我真的算过了……乔雪妹的话没有说完，打住了，她心里突然的难受起来，觉得怎么把王一民的口头禅给学来啦。

7

乔雪妹的担心还是有道理的，厂里的形势每况愈下，仓库、车间都堆满了产品。厂长也愁眉苦脸的，使出了浑身解数，天天不是抱着电话找老客户，就是往区里跑寻求帮助。

终于有一天，厂里停产了。虽说是暂的，但是乔雪妹的心头还是堆积了一层厚厚的阴云，有一种不祥的预兆。

工人们都回家去了。厂长宣布停工待产，每月只发五百块钱生活费，而且也只发三个月的。

乔雪妹带着女儿，住在父母那边腾出来的一间平房里，等着厂里通知去上班。可是冬天等过去了，明媚的春天也如期来临了，厂里依然没有恢复生产。有一阵子，乔雪妹不放心，以为是人家忘了没通知她，就一个人悄悄来到厂门口，向厂里张望几眼。厂里静悄悄的，门上已经上了把大锁，一点没有恢复生产的迹象。即便是这样，乔雪妹对厂里还是抱有很大希望。她觉得这么好的一个厂，上班是迟早的事。但是，不好的消息不断地传来，先是说刘厂长接受不少好处费，压低了出厂价。为了减少成本，只好用劣质原料，致使产品质量下降，最后导致产品滞销、积压。后来又说，厂里每个月的招待费十多万，工厂被吃倒了。还有什么什么，所有的问题都集中在厂长身上，似乎厂里现在的这个样子，就是厂长一个人的事。乔雪妹在这些风言风语中，也有点沉不住气了。乔雪妹开始想想自己的出路。这时候，她自然就想到了从前的生活，想到了前夫王一民，觉得这个人确实是不坏的。可是，现在想这些又有什么用呢？王一民已经结婚了。他还在那儿卖肉。她远远地望过他，看他还是在利利索索地做事，大概算账也是仔仔细细的吧。那个大专生小梅不知是做什么工作的，在绞肉机旁边绞肉的，还是那个小桃。后来她听说了，小梅在一家电脑公司做文秘工作，还挺着一个大肚子。不知为什么，一想到这些，乔雪妹心里就有点隐隐地疼。乔雪妹就再也不到那个菜市场买菜了。

  终于还是没有上班的消息，乔雪妹在家里也闲得无聊了。有一天，她在人民广场那儿看到了白桦。白桦正在卖豆浆。豆浆豆浆热豆浆，喝了美容又健康。这不是白桦喊的，这是白桦放在车筐里的喇叭喊的。白桦从保温箱里拿出一杯豆浆，请乔雪妹喝。乔雪妹不喝。乔雪妹说，我还以为你又去做保姆了。白桦说，卖豆浆也不错，一杯能赚一毛五。白桦说，你呢？在家干点什么？乔雪妹说，还没。乔雪妹说，我以为厂里很快就会上班的。白桦说，别做美梦了，厂长都被抓起来了。乔雪妹说，不是说厂长到轻工公司当副总了么？白桦说，谁知道啊，可能先去当了几天副总，最后还是被抓了。白桦又说，你知道陈露露干什么啦？乔雪妹说我不知道。白桦笑着，讳莫如深的样子，又不说了。乔雪妹说，陈露露干什么去啦？白桦说，你要是不知道，就当不知道算了。乔雪妹说，你这个人，说半截话。白桦说，乔雪妹，你应该再到菜市场去卖肉。乔雪妹说，我不想看到王一民。白桦说,你不能到别的菜市场啊。乔雪妹嗫嚅着,我怕我不会算账,我笨……我都快笨死了,上上班还差不多。白桦说,哪有那么多班上,还是自己想点办法吧。白桦又说,乔雪妹你最亏了,要不是去上那几个月班,你和王一民还是好好的。乔雪妹说,说这些干什么啊,这都是命……乔雪妹心里一软,鼻子就酸了,眼睛也红了。白桦看到了,就说,算了算了,都是我们命不好,我家那个还是不知死活,天天赖在麻将桌上。

在乔雪妹和白桦说话的时候,白桦车筐里的小喇叭还在不停地喊,豆浆豆浆热豆浆,喝了美容又健康。这期间,白桦卖了三杯豆浆,收了一块五毛钱,净赚了四毛五。乔雪妹把她算得好好的。乔雪妹说,白桦你去忙吧,我到那边人民菜场去转转。白桦说,对啊,去看看,有合适和摊位租一个,你卖过猪肉,熟悉那行当。白桦说这话时,乔雪妹已经走进人群了,谁知道她听没听到白桦的话。

饭 友

二十多年后,我见到老莫的时候,他还是那个样子。我这里所说的那个样子,不是指他的性格脾气,而是说他的模样。他和二十多年前一样年轻,一样红光满面。

我和老莫经常在食堂见面。我已经不像年轻时那么年轻了,最显著的变化就是没有脾气了,而老莫依然像年轻时那么爱冲动,爱使性子。你没有见过二十多年前的老莫,那时候的老莫啊,是多么的风光,多么的不可一世。不过没有见过也不要紧,二十多年前的老莫和二十多年后的老莫,不要说你,就是我,也分不出前后有什么变化的。我对小蔡这么说。小蔡是我们共同的饭友,她大学刚毕业,小模小样,天天笑嘻嘻的,说话也细声细气,对什么都感到新鲜,一点也不像什么都懂的新新人类。小蔡把筷子含在嘴里,夸张地说,你们都认识二十多年啦?老天爷!老陈你有多大?看不出来啊!

现在,你知道了,老莫虽然是四十多岁的年龄(事实上,他已经五十岁了),却有着二十多岁的心脏。难道不是吗,只要他在食堂吃饭,小小的饭厅里,必定洋溢着欢声笑语。他精神抖擞,声若洪钟,妙语连珠,嘴里不停地发出嚓嚓的咬嚼声,连喝汤也是呼呼的,就像冬夜刮来的西北风。

我们正在吃一份鱼丸,毫无预兆的,老莫就轰轰大笑了。老莫嘴里的鱼丸在舌头上摇晃。老莫眼睛盯着小蔡，却对我说，老陈，我女儿被选进特长班了。我说，你女儿真不错，四年级就长了一米六五，将来一定能进国家女排。老莫放声大笑，差不多差不多，她现在是校队的主力二传。老莫接着又纠正道，我女儿不是一米六五，是一米六七，比小蔡要高半个头。小蔡，不好意思噢。昨天我刚把女儿量过了，一米六七。老陈，你记不记得吴荣？就是那个……吴荣啊？我说，吴荣我怎么不记得？是不是在上海的那个？老莫说是啊是啊，我女儿，和吴荣长相一模一样，就连身高都是一米六七。

老莫提到吴荣之后，再次放声大笑了。

请朋友们原谅，在大笑这一点上，老莫和二十多年前还是不一样的。

正是老莫毫无节制地放声大笑，才让我想起二十多年前的那个老莫。

想起二十多年前的老莫，我就在心里不由自主地感叹着。那时候老莫不喜欢大笑，连一般的微笑都很难见到。那时候的老莫啊，经常的行状是哭，放声大哭，就跟他现在放声大笑一样，毫无节制。

二十多年前，老莫的身份还不是晚报记者，老莫是话剧团的调音师，我们一起在机关管理局的食堂吃饭。能和老莫这样的艺术家相识，可以说是我食堂生活最大的收获。那时候的我也不是晚报记者，我是群艺馆创作员，年轻气盛，什么都敢写，相声、小品、歌词、故事、笑话、快板书、朦胧诗、对口词，还一口气写了一部长篇小说。在我兼任群艺馆夜校老师的那段时间里，我甚至还迷上了音乐。我弹琵琶，弹吉他，吹小号，吹单簧管，拉二胡，拉小提琴，总之，群艺馆现有的中外乐器，我一样不落地都迷。在女馆长的指导下，我一度还迷上了作曲。我通宵达旦，挑灯夜战，忍受蚊虫的叮咬，写了十几部交响乐，对于肖邦、马赫、莫扎特、贝多芬、施特劳斯、西贝柳斯、肖斯塔科维奇等艺术大师，我崇拜他们，又对他们不屑一顾。在那些精力充沛的日子里，我把我那部近百万字的长篇小说全部谱上了曲。至今想来，真是人有多大胆地有多大产，如果在交响乐的伴奏下，由帕瓦罗蒂、多明戈、卡雷拉斯来演唱我那部长篇小说，真不知道会引起多大反响。当老莫得知我把小说谱曲以后，突然号啕大哭起来。老莫的号啕，让我不知所措。食堂里不止我一个人目睹了老莫的哭。午饭高峰期早就过了，剩下的几个饭友稀稀拉拉分布在几张桌子上，他们不约而同地向我们望过来。老莫并没有在乎他们的张望，依然嘹亮地哭着。老莫的眼泪就像泉涌一样，从脸上流下来，有一行泪已经流到他嘴里了，可他并没有顾及这些。我真不知道老莫为什么如此伤心，难道老莫的大哭和我有关？难道他认为我把小说谱成曲是贬低了音乐？我只好歉意地说，老莫，对不起，我不该让你伤心。老莫说，不，不关你的事。老莫说不关我的事，我心就放下了。我说，老莫啊，凡事要想开一些。我只能这样泛泛地安慰他。老莫说，你不懂，你陈巴乔根本不懂。老莫又呜呜两声，说，陈巴乔，你发现没有，吴荣，她已经三天没来吃饭了。老莫说完，站起来，随便地抹了把泪，摇摇晃晃就走了。在食堂门口，我听到老莫鬼一样地怪叫一声。

至此，老莫号啕大哭的原因已基本弄清，老莫是因为吴荣而哭。

你知道，在机关管理局的食堂里，是不缺美女的，她们一个个都像淑女一样安静地排队，小口吃菜，小声说话，老莫对她们都比较熟，并且按他的审美观点给她们逐一编了号。如果长相气质都差不多的，还像一台大戏的主演一样，给她们分A角B角，有时候还有C角。食堂吃饭人很多，走马灯一样轮换，所以号码错乱得连老莫自己都分不清了。有一天，我们一眼就发现了吴荣。当时没有人知道她叫吴荣，她悄悄地排在队伍里，悄悄地随着队伍向前移动。机关管理局的食堂有四个窗口，排八行队，吴荣就在我们相邻的队伍里。我用膝盖抵了下老莫的屁股，示意老莫注意一下吴荣。谁知这家伙看报纸入迷了。你知道，老莫虽然是话剧团的调音师，但对看书读报却特别有兴趣，在他身上的各个口袋里，都有书或者报纸。不过他很少在排队买饭时看报纸，一般情况下，他是一边排队，一边和就近的女孩说话。和就近的女孩说话，可以说是老莫的一大乐趣。但是今天真是怪了，队伍里突然多了一个美女，他却看起了报纸，好像他突然改变了脾气，对美女熟视无睹起来。恰巧这时候吴荣前面的那个女孩子跟老莫要了一张报纸看。那是个名叫珍珠的女孩，在老莫的心目中是七A，就是说在女孩子中，她排第七，还有一个女孩并列第七，于是她就是A角了。老莫跟我们解释过她排第七的原因，说她本来能排第五的，因为她脖子粗了一点，嗓音也粗了一点，只好屈居第七了。我发现珍珠已经盯着老莫的报纸好久了，她跟老莫要报纸，也许并不是喜欢看报纸，也许她只是想跟老莫套套近乎什么的。老莫是个怜香惜玉的家伙，他把手里的报纸全给了她。就在这时候，老莫发现珍珠身后的吴荣的。我发现老莫愣了下神，随即，老莫就镇定了。老莫把左手伸进怀里，又从怀里掏出另一份报纸。老莫就把这份报纸递过去，说，给你也看一份。吴荣笑一下，就很给面子地接过了报纸。老莫得意而从容地把右手伸进怀里，又一份报纸出来了。老莫这次没有把报纸送人，而是问，还有谁看？老莫说完，就自己打开报纸看了。接下来的情况，你知道了，老莫、珍珠、吴荣，坐在了一张桌子上吃饭了。因为借了人家的报纸，打了饭，是要把报纸还给老莫的。这就是老莫聪明过人的地方。

我们不得不钦佩老莫。这不，刚来的美女，就被他盯上了。统计局的小丁还狠狠地骂了他一句。

隔着几张桌子，我们看到老莫和珍珠和吴荣，一边吃饭一边说着什么。珍珠吃吃的笑声还不时地传过来。

她叫吴荣。后来，老莫跟我们严肃地说，口天吴，光荣的荣，矿大毕业，学金融。我问老莫，陆荣能排几号？老莫说，从现在开始，废除排号了。小丁问他为什么。老莫说，这还用问么？有了吴荣，排号还有什么意义？老莫又后悔莫及地说，以前真是笨啊，还给她们排什么号？分什么ＡＢ角？她们在吴荣面前……老莫说不下去了，痛苦地摇摇头。小丁说，我看吴荣也就是这么回事。老莫说，你说什么？你再说一遍听听？你良心都叫狗吃啦！你能说出这样的话，你还讲不讲良心！小丁用筷子指着老莫，有你这样说话的呀？我不过说着玩玩，跟我认什么真？老莫不依不饶，狠狠怒斥了小丁一通。小丁也不买他的账，两人纠缠了好长时间。老莫余怒未消，把饭碗往桌子上一掼，发表一通谬论。他嗓门很大，说话充满了辱骂和恐吓。不过我们已经习以为常。倒是邻桌的几个不相干的饭友，不安地向我们张望。小丁说，好了好了，我不跟你计较，吴荣是仙女，行了吧。老莫说，不行，你话里有情绪，不是真心的。小丁苦笑着，求援地望着我。我说，吴荣……她的确很漂亮的，的确。

在老莫和小丁争吵不久后的晚上，我们在食堂排队吃晚饭，有人在津津乐道地讲着老莫的趣闻轶事，这时候，老莫扛着一把打气筒进来了。老莫把打气筒放在桌子上，排在了队伍的最后边。我们一时都没有多想老莫的打气筒，我还以为那不过是他新买的打气筒而已。但是吃完饭，我震惊了。我看到，老莫在食堂的门口，正给吴荣的自行车充气。吴荣站在一边，手里卷着报纸，那无疑是老莫的报纸。吴荣亭亭玉立地站在灯光里，温情地微笑着。这件事情让我们想了好久也议论了好久，究竟是吴荣的自行车需要充气，还是老莫要给吴荣的自行车充气。或者，老莫新买了打气筒，碰巧吴荣的自行车又需要充气。情况也可能是这样的，吴荣事先就和老莫打了招呼，要让他给她的自行车充气，老莫才去买一把打气筒的。究竟是哪一种可能，我们最后都没有得到落实。不过有一点是肯定了，他们不仅仅是局限于食堂的相处，他们说不定已经谈恋爱了。

老莫的号啕大哭，证实了我们的判断。

我在晚上来到了老莫的宿舍。老莫住在话剧团的仓库里，在一大堆破破烂烂的道具里，有一张道具床。老莫趴在床上，正在写一首诗。老莫说，巴乔，你看看我这首诗。我拿起老莫的几张纸，轻声念了几句。老莫对我干巴巴的念白非常气愤，他说，亏你还是写诗的，哪有这样念诗的，你听听，应该这样：

> 我取出一把打气筒
> 放在食堂的圆桌上
> 在春夜的清香中
> 仿佛一朵玉兰花
>
> 总有这样的玉兰花
> 来自童年的村庄上
> 芳香是永久的芳香
> ……

老莫的诗没有念完，就哭了。老莫很容易就哭，哭对老莫来说就是家常便饭。在那一段时间里，老莫的哭已经不让我感动也不让我吃惊了。老莫的哭就像自来水龙头，说来就来，而且一哭就不可遏制。老莫泪流满面地说，巴乔啊，吴荣都三天没来食堂吃饭了，三天啊！你知道她出什么事了吗？你肯定不知道，你怎么能知道呢，连我都不知道啊……巴乔，这个城市，这个城市完了……这个城市失去了吴荣……吴荣啊，她是不是和别人谈恋爱去啦？这不可能，不可能，巴乔，我说这不可能，这个城市有人能配上吴荣吗？你说，你说说看，算了，不要你说了，吴荣她不属于这个城市，我敢肯定，要不了多久，吴荣就会离开这个城市了。老莫的哭声在空旷的仓库里回响。老莫的话也让我不知不觉伤感起来。老莫抓起一件新四军军服，把他的鼻涕和眼泪擦擦，眼睛就出神地望着墙角的几枝步枪和两门迫击炮。老莫停止了哭泣。他停止哭泣时，脸上还是哭泣的样子。我不知怎么安慰他，我只好说，老莫，你为她多写几首诗吧。老莫对我怒斥道，胡说，几首诗算什么，几首诗就打发她啦？老莫又流泪了。老莫再次说话时，声音有点不对，像气流。我感到一股气流在我耳边慢慢回荡，老莫说，吴荣那双眼睛，像人事局的小朱；吴荣的脖颈，像组织部的小刘；吴荣的手，像地震办的小郭；吴荣的鼻子，和农行的小夏一模一样；吴荣的嘴唇，像党史办的小陈；吴荣的牙齿多整齐多洁白啊，像政府办的小王；吴荣的皮肤，像林业局的小张；吴荣的屁股，像保险公司的小何；而吴荣的体型，有谁能跟她比比呢？还有她那气质，呵呵呵……老莫的哭声已经不像在哭了。我有点替老莫担心，他说的那些小王小刘小何什么的，都是我们的美女饭友，都曾让老莫编过号，他把吴荣的肢体拆卸了，一件一件地和那些美女比。哪能这样比呢？像这样，老莫精神会垮掉的。我说，老莫，想开点，想开点。老莫重重地推了我一把，你懂个屁！我说，是啊，我真的不懂。老莫长叹一声，又说，反正我也不准备待在这破地方了，在这个破城市，找不到我的位置。巴乔啊，我和你不一样，你是准备在这地方干下去的，准备在这个破城市扎根的，而我是个乱想乱动的人，我适合到文联、艺术研究所这样的单位工作。既然这个城市失去了吴荣，既然这个城市没有我的位置，那我不走还干什么呢？我猜想老莫在说气话。老莫是叫吴荣伤透了心的。我做了一个切合实际的想象，如果吴荣知道了老莫此时的心情，那她会怎么样呢？

  我再在食堂见到老莫的时候，他还是一副郁郁寡欢的样子。有人跟他开玩笑，老莫，今天没把气筒带来？老莫，给张报纸看看。老莫听到这些调侃，就跟没听到一样，他默默地排队，默默地打饭，默默地吃饭。

就在吴荣失踪的第六天，或第七天，吴荣又在食堂出现了。我感到欣慰。可是鬼使神差，今天老莫却没来。也幸亏老莫没来，在吴荣的身边，还有一个个子不高的男青年。吴荣为他打了一份饭。这个形迹可疑的青年，要是让老莫碰到，他又不知怎么想了。

吴荣的饭桌和我的饭桌相邻，我听到吴荣和那个男青年用方言在说话，他们操一口滨海一带的口音，我听不懂他们在说什么。他们或许是小学的同学，或许是青梅竹马的朋友。我感觉到，吴荣失踪的原因，可能与这男青年有关。就在我认为老莫不会出现的时候，老莫从门口匆匆进来了。不消说，老莫一眼就看到了吴荣，也一眼看到了和吴荣一边吃饭一边说话的男青年。我看到老莫的眉毛跳一跳，还似乎犹豫（或停顿）了一下。老莫没有做任何表示，就到碗柜那儿了。老莫没有找到他的碗，当他回过头来时，吴荣微笑着跟他举了下手。老莫走到吴荣的饭桌前，就看到自己的碗筷了。他的碗筷正被男青年使用着。这一点非常重要，吴荣没有在碗柜里借别人的碗，而是借老莫的碗。为了这个细节，老莫在后来不厌其烦地跟我们强调了多少遍。我们看到老莫脸上那难得的笑容。老莫不知是对吴荣还是对那男青年说，你好。老莫在吴荣的身边坐下，他们开始用普通话说话了，声音不大，有一句没一句的，我们没听清。饭后，老莫神秘地对我说，你知道那个青年是谁？那是吴荣弟弟，因为爱情，差点自杀。吴荣回家了几天，就是处理这件事的。

几个月后的一个晚上，老莫来到我的宿舍。我的宿舍在群艺馆的顶楼，也是一间仓库。时候已是夏天了，我刚从南艺进修回来，对绘画特别入迷，特别是油画，又特别是人体。我此时正在修改我在南艺的一张作业，老莫就闯进来了。老莫闯进来就哭了。老莫呼呼啕啕地哭一阵，说，巴乔，我要走了。我说，你要到哪里去。他说，还能是哪里，深圳。我说事先也不讲一声，哥儿们好送你啊。老莫说，来不及了，我明天就走。这个鬼地方，我一天也不能待了。

老莫又说，你不知道吧，吴荣，她考进复旦了，读新闻研究生。老莫说着，又哭了。老莫断断续续地说，吴荣，不简单啊，她弟弟，就是用我碗吃饭的那个，到底还是自杀了。爱情可以死掉一个生命，一点不费劲，可我不想死，死了又有什么用？死了也是白死。可吴荣她还是化悲痛为力量，考上了研究生。我说过，这破地方，没人能配得上她，我说过是不是？我说是啊是啊，可是，可是吴荣考上复旦了，你应该到上海去啊。老莫说，不，到上海我会想起吴荣的，我会影响她学习的，我还是到深圳去合适，我不能耽误吴荣的一生。

老莫就是这样从朋友们视线中消失了。我们再也听不到他毫无预兆的大哭了。

但是，没想到，二十多年后，我们会在晚报相遇。二十多年前机关管理局食堂的饭友，现在又成为晚报食堂的饭友了。如前所述，老莫还和二十多年前一样，单从年龄上是看不出变化的，这给我的印象，仿佛二十多年他是白过了。唯一的变化，就是他不再大哭了。他用大笑来取代大哭，这能不能说是生活在发生变化呢？让我感到惊讶的是，他提到了吴荣。吴荣可是一个震荡过我们五脏六腑的美女啊。如果不是老莫提起来，如果不是老莫说他的女儿像吴荣，有谁还能想起她？你知道，老莫并没有女儿，他所说的女儿，只不过是他认的干女儿而已。就是说，老莫现在还是单身一人。而我们对他干女儿不便多说什么，我们对他干女儿的母亲特别感兴趣，有事没事会拿他干女儿的母亲开玩笑，怎么称干女儿的母亲呢？干老婆。我们会说，老莫，和干老婆吃饭没有？又和干老婆散步啦？老莫好脾气，说轻了说重了老莫都会哈哈大笑一阵。笑，已经成了老莫的常态了。

奇怪的是，老莫不止一次提到吴荣，除了说他的女儿像吴荣而外，他还说我们晚报的小蔡也像吴荣。不明就里的人还以为小蔡的确像美女吴荣，但是我却心知肚明，小蔡哪一点能和吴荣相比呢？

这让我对老莫的审美标准产生了怀疑。但是，老莫嘴里经常提到小蔡，这是我们大家都知道的。

老莫轰轰大笑着，对我说，真有意思，小蔡长牙了。老莫笑着，露出一嘴错乱的牙齿。二十多岁还长牙，疼死她了。说话时，小蔡也端着碗走进了食堂。小蔡捂着腮，打了一点饭，坐在我们身边。老莫说，长牙啦？好。不过拔掉也行。不过最好不要拔，你牙这么好。你让巴乔看看，巴乔你看看，小蔡的牙齿，和吴荣是不是很像？老莫笑着，等着我做出肯定的答复。但是我无法把吴荣的牙齿和小蔡的牙齿相比较，她们俩给我的共同感受，就是都有一嘴白森森的牙齿。小蔡说，你说呀？我说，唔，是像。小蔡说，像谁？谁是吴荣？我说，我怎么知道。老莫再次哈哈大笑了。

有一天，外面正下着雨，吃饭人不多，老莫穿一件牛仔风衣，从雨中冲了进来。老莫没有马上排队打饭，而是在我们旁边坐下了。老莫看看我们碗里的饭菜，说，这个菜啊，你们慢点吃，我去搞个小炒。老莫要了一个肥肠，靠近小蔡坐着，看着我们吃饭。老莫望着外面的雨，突然又大笑起来。我们都知道，在老莫大笑之后，就要有话说了。老莫说，今天我送了两件大衣。小蔡说，我看你是送雨衣吧。老莫说，不，是大衣。我来了个外地朋友，看上步行街一家品牌店打折的大衣，很好看，就买一件送给她了。小蔡说，是男朋友女朋友？老莫说，当然是女朋友。我看到小蔡撇一下嘴。老莫又进一步解释道，是女性朋友，不是那种女朋友。小蔡又做了一个不屑的表情。我说，你不是送两件吗？老莫说，是啊，上午送出去一件，下午又送出去一件。我说，你这个女朋友也太贪了，好意思要你两件大衣？老莫说，是两个人的，上午来了一个女朋友，下午又来了一个女朋友。小蔡酸酸地说，你幸亏来两个女朋友，你要是来三个女朋友，把身上风衣都送出去了。老莫说，不用，我有钱。我说，你应该再买两件，给小蔡也买一件，你自己再穿一件。你瞧你这牛仔大裙，二十多年前我就看你穿了，现在还穿着。老莫说，小蔡，送一件给你，要不要？小蔡说，要，为什么不要，你不要说我穿了大衣就像吴荣了吧？老莫大声笑起来了。老莫的笑声轰轰的，在饭厅里回荡。老莫说，你穿了大衣也不像吴荣。小蔡说，不像很好，姑奶奶不稀罕。小蔡端着碗走了。老莫说，唉，请你吃肥肠。小蔡没理他，扭着小屁股出去洗碗了。我说老莫，你得罪人家小蔡干什么。老莫说，我得罪她啦？我说，你老提吴荣，这不好。老莫说，这怎么不好啦？吴荣就是吴荣，小蔡就是小蔡。我说，吴荣确实不错，你心里面装着她，容不得别人了。你是应了那句老话，失去的，都是美好的，吃不到的葡萄，就把葡萄想象得格外的甜。其实，失去的，不一定就是美好的，吃不到的葡萄，也可能是酸的。老莫轰轰笑着，什么意思什么意思，这点小道理，还用你来教导我？老莫又说，巴乔，听说你在写一个舞剧？我劝你不要搞那东西了，你跟我不一样，你在这报社干干，就不错啦。我是个一心想动动的人，说不定哪天，我就走了。我说，你少这样子，小蔡不错的。老莫大笑着，跟我摇手，说，你不懂你不懂。

　　时令很快就到了早春二月，老莫邀了一帮人去爬花果山。老莫自然是我们的头，他事先设计好了路线，从大青涧上去，爬上玉女峰，再从玉女峰往老龙头爬。这可是一段艰险的路，从玉女峰到老龙头，据说还没有人能爬过去。我们一共七个人，三男四女，每人手里折一根树枝，在险峻的山路上艰难行走。小蔡个子小，又背一个大包，样子就很吃力。同行的雪说，老莫你有眼没有，帮小蔡背包去。老莫就停下来等小蔡，小蔡爬到他跟前，眼泪汪汪的。老莫轰轰地笑着，说小蔡啊，哭什么，这点苦都不能吃啊。小蔡呼呼喘着气，说，你不要笑好不好，我一听你笑就起鸡皮疙瘩，成天笑笑笑，有什么好笑的。小蔡说着就真的哭了。小蔡说，我不是不能吃苦，你看看我手，都划破了，你看看，一道，两道，三道，都成什么样子啦。老莫说，算什么啊，你看，我手也破了。我们都围上去，纷纷展示自己被划破的手。我们的手上，都被树枝划了一道道血痕。小蔡看过我们伤痕累累的手，心里可能平衡一点，擦擦泪，小屁股一扭，就又继续爬山了。

已经没有路了，满山遍野都是一人多高的荆棘，我们猫着腰，在荆棘丛里谨慎地爬动。好不容易爬到了一片乱石岗，在一块大岩石上我们稍事休息。老莫大叫着，人都齐了没有。我们说齐了。老莫说，小蔡呢？没有听到小蔡的声音。我们这才发现小蔡没跟上来。老莫嚎叫一声，小蔡。没人应。我们每人都嚎叫一声小蔡，只听到山谷的回声。

小蔡丢了。

我们来不及抱怨老莫。我们终于听不到老莫轰轰的笑声了。他脸上有一块皮被刮了下来，像染红的透明胶带挂在脸上。老莫的脸因此有点变形。老莫向来路望着，又嚎叫一声小蔡。老莫说，我回去找找。老莫走到岩石边，刚要往荆棘里钻，老莫轰轰的笑声就在山谷里回荡了。我们看到，老莫从荆棘丛里把小蔡拖了出来——累瘫了的小蔡，原来就在我们身边。

我们坐在岩石上喝水，吃东西。老莫轰轰笑着，说小蔡啊小蔡，我以为你叫脱灰蛇吃掉了。小蔡说，吃掉就好了，省得连累你们大家。老莫说，脱灰蛇不是一口吃掉你，脱灰蛇是一小口一小口地吃，看看，就是这样。老莫在面包上咬了一点点，又咬了一点点。他的样子，就像他自己是一条脱灰蛇，很认真地吃小蔡。小蔡说，还不知道谁吃谁呢。小蔡说，我决定了，你们都走吧，我在这儿做野人！有人说，你不怕身上长绿毛？小蔡说，长红毛我都不怕。又有人说，小蔡，让老莫陪你。小蔡说，那我就惨了，他一笑，我就死定了。我们听了都笑了。老莫也轰轰地笑。小蔡就把耳朵捂了起来。不知是谁打头，学着老莫也轰轰笑两声，跟着，大家都学，一时间，山谷里怪怪的笑声此起彼伏。但是每个人学得都不怎么样，有的是嘀嘀的，有的是嘿嘿的，有的是咻咻的，有一个更夸张，竟笑成了嗡嗡嗡。这样一比较，就比出了高低，每个人都认为自己学的最像。为了证实谁更像，我们一致要求老莫再笑一遍。可老莫就是不笑。他说什么也不笑了，弄得大家都很扫兴。闹了一阵，吃饱喝足，我们开始猛批老莫了。我说，老莫，你太不像话了，差一点就把小蔡丢掉。雪说，从现在开始，我们把小蔡托付给你了。大家一致赞成包干到人，实行责任制。小蔡没有别的选择，只好任由我们把她配给了老莫。

没想到，我们真的和老莫失去了联系。

在趟过一片乱石岗和荆棘交错的山坡后，我们就看不到老莫的影子了。此前，他在我们侧面，或者前面，拉着小蔡的手，或者在后面托着小蔡的屁股，或上坡或下坡，都在我们视线之内。总之，他已经很尽心地在照顾小蔡了，这让我们都感到欣慰。但是，在下一个更为崎岖的山坡后，我们目光就没有找到老莫。当然，和老莫同时消失的，还有小蔡。我们都停下来，大声地喊着老莫和小蔡，连群山都跟我们一起喊了。很遗憾，他俩都不答应我们。这时候，我们多么希望能听到老莫轰轰的笑声啊。雪拉着我的手，半靠在我的肩上，说，不管他们了，死不了的，我们走。其实，我们不是担心他俩会死。可我们担心什么呢？

回到单位，一连两天，我都没看到老莫，小蔡倒是很安静地上班了。我在食堂碰到小蔡，问她，老莫呢？小蔡说，你问我我问谁啊？没看到他。

我没提那天在山上失联的事。我看到小蔡圆圆的眼睛还是那样惊惊诧诧，她跟我笑一下，对我的问话并不反感，就低头一口一口地吃饭了。

我在食堂再度见到老莫，已经是第五天了。见到老莫我就想笑。

老莫脸上新伤旧痕一道一道，横横竖竖错落有致，能想象出当初的血肉模糊。我猜想老莫这几天没上班，是不是躲在家养伤了。老莫也看看我，突然就大笑了。老莫轰轰地笑着说，巴乔啊，你脸上那么多伤啊。我说，你还说我啊，你看你那张脸，还叫人脸？老莫骂一句，把手又伸给我看。老莫手上的伤痕更是密集。我知道那天的爬山，我们都在一片带刺的矮树林里迷了路，没有谁能够"全身而退"。但是我看到老莫手上有一圈伤痕还是特别可疑，明显是两排牙齿印嘛。便说，你手上怎么像是被咬一口啊。老莫说，胡说，你才被咬了。这时候，小蔡敲着碗，叮叮当当进来了。老莫跟我认真地说，巴乔，我们都认识二十多年了，对你说句真话，我不想在这鬼地方干了，我想换个环境。老莫说完就夸张地大笑了几声。

我以为老莫不过是说着玩玩的。老莫已经不算年轻了，像他这种年过半百的年龄，已经不适合乱跑乱动了。但是老莫就是老莫，他突然就从我们视线里消失了。后来有人说，老莫到一家研究所去了，编一份什么什么杂志，还是什么什么主编，虽是内刊，毕竟也是主编啊。

老莫就这样，和我再次失去了联系。老莫是我二十多年前的朋友。那时候，他会毫无缘由地号啕大哭。二十多年后，他开始笑了。他早把哭泣这回事忘得干干净净。生活对于他来说，突然就变成他那种特有的轰轰大笑了。但是，无论是大哭还是大笑，对于我来说，都只能是一种记忆了。生活并不因为缺少了这种大笑或大哭而改变什么。我们在食堂吃饭时，还会谈到老莫，还会怀念他轰轰的大笑，有人对他脸上的伤痕和手上的牙齿印产生怀疑，认为那是小蔡给他留下的。这样的推断不无道理。但是，随着老莫从我们的记忆里越走越远，证实这个还有什么意义呢？倒是小蔡，表现还和从前一样，圆脸圆眼睛圆鼻子，一副笑笑的样子，还是有真没假地跟我们开玩笑。

就在我差不多忘记老莫的时候，老莫又悄然在我的生活中出现了。

七三七研究所要搞庆所五十周年大庆，需要一个反映研究人员奋战在第一线的话剧小品。这家很有名气的研究所托人找到了我。你们知道的，我曾经是个什么都能写的群艺馆万金油式的创作员。他们找我就找对了。我的小品很快就得到了所领导的认可。彩排那天，所领导请我去吃饭，他们很客气，把我安排到他们食堂的小包间。在通过大厅去小包间的时候，我看到了老莫。这一发现让我大为吃惊。我以为，再次见到老莫还是需要二十年的，没想到只隔几个月，我们在七三七研究所的食堂里，再度相遇了。我没有和老莫打招呼。我发现老莫一个人独自坐在饭厅的一个角落里，出神地看着桌子上的什么东西。他桌子上没有报纸，也没有碗筷，他就盯着饭桌在看。老莫眉头紧锁，像是在思考什么。他在思考什么呢？

我在包间里喝酒，心里想着外面的老莫。我还在想，他在思考什么呢？他除了大哭和大笑，他也学会思考了。敬酒时，我问所领导，你们家是不是有一份杂志？所领导说，有。我说，是不是有一个主编姓莫？所领导说，他现在改名叫东方晨曦了。旁边一个负责宣传的女同志说，东方晨曦是我们引进来的一个学者，他以前姓莫，这个人虽然不善交往，但很有点思想，天天沉默寡言的，一点也不张扬自己，在他负责下，我们的杂志较以前大有起色。我真想问问他们，老莫，不，东方晨曦，不再大笑了吗？我想了想，没有问。沉默，也许不是老莫最好的状态，如果非要让我挑选，我更喜欢老莫大哭时的样子。

老莫再一次改变性格是我始料未及的。我借故上洗手间，再一次看看老莫。他还是一个人坐在角落里，只不过他面前多了一份饭，还有一盘炒肥肠。他面色严峻，眼神呆板，脸上有了刀刻般的皱纹。我希望他能抬起头来，看到我。但他始终目不旁视，保持一个姿势。

二六式女车

1

到了暑假，袁雅晨就高中毕业了，她念的是职业高中，学美术装潢。

故事开始的时候还是春天，袁雅晨在轻工公司下属的一个商场里实习，这段时间，她的兴趣又转向了服装设计。

这个城市的春天多雾，早晚和中午悬殊的温差给爱打扮的袁雅晨带来不少烦恼。譬如今天晚上的约会，袁雅晨就颇费脑筋，穿那套自己设计的果绿色套裙，固然新颖别致，但似乎过于靓丽，何况晚风吹来，阵阵凉意会叫人极不自然甚至有些狼狈。选来选去，她还是穿上了那套牛仔装。晁波说她穿牛仔装显得青春活泼，其实袁雅晨知道晁波的意思，那是怕她显高，一米七三的袁雅晨穿上牛仔装就显得不那么高挑了。晁波一米七八，典型的美男子，其实大可不必怕袁雅晨显高。

袁雅晨大约走了十分钟，就到苍梧桥了。桥上有三三两两的情侣走过去，她没有看到晁波，也没有看到晁波的自行车。袁雅晨有些奇怪，看看表，差十分八点了，怎么会不来？袁雅晨怨艾地嘀咕一句。

银白色的路灯下，笔直的马路从远方延伸过来，袁雅晨看到远方的神州宾馆彩灯闪烁。晁波说好今晚带她去神州宾馆的舞厅玩的。晁波说他的一个同学在神州宾馆做保安，关系很铁。袁雅晨没有去过这些高档的舞厅，她很想感受一下高档舞厅浪漫抒情的氛围。

　　可他到现在还没来。

　　一直到八点过一刻了，晁波才推着自行车匆匆走上桥头。

　　你怎么到现在才来？袁雅晨本想不理他，然后再好好责备他个痛快，但看到晁波气喘吁吁热汗淋淋的样子，又有些不忍了。

　　这老破车，偏偏这时候坏了，链条老是掉，满手是油。晁波急于表白，连说话都有些结巴了。

　　袁雅晨看他一眼，说，你这辆车，哎，和我那辆差不多，不骑还好。

　　这时候正好有一对情侣骑着自行车从桥上飞驰而过，女的坐在车架上揽着男的腰。那是一辆二六式金狮牌女式彩车，袁雅晨的目光随着彩车走了很远。

　　雅晨，晁波说。晁波本想说，等他拿到那笔奖金，首先给雅晨买一辆女式彩车。晁波话说到嘴边又改口说，咱们走吧，到神州玩去，说不定老同学都等急了。

　　晁波和袁雅晨推着自行车走在人行道上，老式长征牌自行车已经很破旧了，因为一路上坏了几次链条，现在还不停地发出咔嚓咔嚓声。袁雅晨想，等我有了钱，送一辆新车给他。

　　到了神州宾馆门口，找地方放好自行车，晁波从车筐里拿出两本杂志和几张报纸，晁波说这期的《演讲与口才》没意思，选的几篇演讲稿很一般，和我正在构思的《现代服饰与市民的文明风范》差远了，有机会我一定把这篇文章操作出来。

　　袁雅晨笑笑。她是个内秀又敏感的女孩，对晁波的才华很欣赏，她一点也不怀疑晁波能写一篇文采飞扬的演讲稿。其实，因为约会的迟到和破自行车问题，晁波已经少说了不少话。

晁波把手里的报纸和杂志塞给袁雅晨，说你先等我两分钟，我看看情况，叫老同学把我们带进去就行了。

袁雅晨看到两个穿红色制服的服务员拉开玻璃门，让气宇轩昂的晁波走进去。袁雅晨心跳有些加快，不知道紧张还是兴奋，她的目光就不时地扫过玻璃门。约莫过了五分钟，晁波出来了，两个穿红制服的服务员还跟他鞠了一躬。

晁波走近袁雅晨，很绅士地伸开手耸耸肩，就像欧美电视剧里的贵族一样。晁波用标准的男中音说，很抱歉雅晨，老同学有事没来上班，咱们改日再来玩吧。

有一种淡淡的失落，开始萦绕在袁雅晨的心头。三个月来，她第一次产生这种失落感。

晁波看出来了，袁雅晨的一举一动逃不出晁波的眼光。晁波想摆脱由于自己的粗心而可能给袁雅晨造成某种不良印象。但是他越强调，越给袁雅晨造成这种错觉，这就是，晁波根本没有本事把袁雅晨带进神州宾馆。晁波这所以这么做，无非是想表白一下自己有多大能耐，或者在于讨好袁雅晨。

2

你知道，袁雅晨在结束和晁波的约会，独自回家的时候，是多么的孤独和伤心，夺眶而出的泪水仿佛小溪一样不断地涌出。袁雅晨就是这样的女孩，脆弱的心思常常无端地伴随着她，何况她是怀着怎样的心情赴约的啊。

袁雅晨一边落泪一边检点着三个月来和晁波的交往。应该说，晁波是个各方面条件都不错的男孩，俊秀，英武，能言善辩。袁雅晨第一次见到他就被他的风度所吸引，被他的口才所倾倒。那是她同学的一个生日宴会，他们俩座位紧挨在一块。同桌的几个男孩在热烈地争论什么是成功与成才的时候，晁波挥着有力的手势作了总结性的权威论述。他说，成才意味着即将成功，或者说是成功的先决条件，而成功则是成才的事实见证；成功是人的综合能力达到一定境界的必然结果，是对人的知识水平的综合考验，是检验成才的根本依据；一个人经过艰苦努力，付出一定代价，不断获得成果，成为栋梁之才，这就是成功。只有获得成功的人，才能算是成才。晁波低沉浑厚的男中音博得了阵阵热烈的掌声。袁雅晨注意到晁波在慷慨陈词的时候眼睛不时地瞟着自己，晁波像是征求意见似的对袁雅晨说，小姐你贵姓？袁雅晨腼腆地一笑，小声报了自己的姓名。晁波接着说，袁小姐刚才说到机遇，是的，这也是一个不容忽视的问题，机遇与成功或者说机遇与成才的关系，就像齿和轮的关系那样密不可分，是成功与成才的重要因素。那么，关于机遇，我们不妨这样说，看准机遇，靠观察；把握机遇，靠胆识；抓住机遇，靠魅力；发展机遇，靠智慧。晁波的话再次赢得热烈的掌声。晁波在落座时对袁雅晨那声得体的谢谢，使袁雅晨的心里产生一种无限的满足和兴奋。她一下子认可了晁波，认可了眼前这个潇洒俊秀的男孩，从高二开始默默寻找的那种心灵的归宿在这一瞬间仿佛有了明确而实在的结果。

在那天晚宴结束后的舞会上，晁波和袁雅晨成了好朋友。

袁雅晨一点也不否认自己对晁波的一见倾心，那的确是她心中的白马王子，即便是当她了解到他家生活非常贫穷而他自己也不过是铸造厂一名普通翻砂工时，她仍然非常爱她。她认为爱情是没有贵贱的。何况自己家也并不富裕，何况晁波又是个非常有理想有抱负有事业心的上进青年。但是今天，确切地说是今天晚上，袁雅晨坐在自家的小屋里，对晁波产生了一点点另外的想法。她突然地觉得，晁波有点太虚假了，太不真实了，就像泡沫一样，不知道什么时候就会消失。

桌上的闹钟刚刚指过十点，按照她原来的打算，现在正沉浸在舞池里。可是……

袁雅晨坐了一会儿，觉得无聊，想到母亲的房间去看电视。电视是黑白的，没多大意思，她就随手拿起床上的那张市报。这是和晁波分手的时候晁波让她带回来的，晁波说句什么她也没有听清楚，当时她把报纸卷卷握在手里就走了。

袁雅晨翻着市报，对那条招聘时装模特的广告很感兴趣，各方面的条件都仿佛以她为标准似的，她决定去报名。但是，她又想，晁波会同意吗？也许会同意的吧，这又不是什么丢人现眼的事，况且，真的被聘上了，这一月两千元的收入为他买辆自行车还不是小菜一碟？

袁雅晨的情绪少有的这样快乐，觉得清晨的空气别样的新鲜。当她推出那辆飞鸽牌自行车弹去灰尘时，发现前后轮胎都瘪了。要是以往，她心里会十分的悲苦而沮丧，情感上少不了一阵失落失意又羞于见人。但是现在，对于这辆破旧、灰暗而猥琐的飞鸽牌女车，倒有一种生活丰富多彩的感慨。

十五分钟后，袁雅晨骑着自行车汇入到长街的人流中。

袁雅晨的破自行车似乎和靓丽的她有些不协调，但今天袁雅晨情绪好，也就没有在意自行车问题。她很自信地绕过几条马路，来到富豪夜总会的门前广场。这是一家电影院改装的夜总会，外观富丽堂皇，是全市最高档的娱乐场所，昨天市报上招聘时装演员的广告就是富豪夜总会做的。袁雅晨从没有这样自信过，她对成为富豪夜总会一名时装演员很有把握。

事情果然如预料的那样顺利，五名主考员都以赞许的目光关注着袁雅晨，并给了她的高分。当女主考官宣布进入复赛的十二个人员名单时，袁雅晨列在第一位。

3

春夏之交的富豪夜总会，晃波坐在石阶上看报纸或看杂志，神情有些期待又有些迷惘。他在等她女朋友袁雅晨。现在正是训练时间。富豪夜总会从南京请来的老师正在训练模特们走台步，做造型。门是关着的，晃波没资格进去观摩。从大厅里飘出的幽雅或激昂的乐曲，时不时地让晃波产生许多联想。在晃波看来，袁雅晨正在走向成功，电视上经常出现的时装表演，报纸上接连不断报道的时装模特成为影视演员或歌星的消息，都深深地刺激着他。他一点也不怀疑她会成为一个出类拔萃的时装演员。相比之下，他一个翻砂工的地位太有些低下和渺小了，当务之急是要改变目前的状态。所幸厂里效益不好，处于半停产状态，他有被精简下岗的可能，这给他重找机会带来很大方便。他每天都要在晚报的分类广告里翻捡适合自己的职业。但是好像很少有让他感兴趣的职业。那些分类广告，不是招聘旅馆、饭店的服务员，就是私营企业的短期工人，他怎么会做这些工作呢？他理想的职业是节目主持人或某公共场所的主管，就是那些能让他施展口才的地方。但事实是，他每天只能骑着破旧的自行车，来这里等他的女朋友雅晨，别的，他还能干什么呢？是啊，还能干什么？雅晨实在是个善解人意的女孩，每天训练一结束，她就出来和他一起回家，就是训练中途的休息，她也出来和说几句话。晃波的讲话仍和以前一样有板有眼，很有逻辑性。唯一让晃波不安的是，在后院停放的一溜自行车里，有十多辆鲜艳的女式彩车，这显然都是那些时装演员的自行车，只有袁雅晨的自行车破旧而寒碜，很不协调的停在一边。晃波心里时常有一点尖锐的疼痛。

一天下午，晃波在晚报上看到一则颇具诱惑力的广告，康平商厦招聘总经理，年薪十万元。

你知道晃波看到这则广告时心情是何等的兴奋，他的脑海中自然地出现许多美妙的幻觉。他迅速而准确地设计了一套应聘演说，仿佛他就是康平商厦的总经理，对于舞厅、酒吧、餐厅、客房等一一列出详细的管理计划和经营策略。

晃波首先要把这个喜讯告诉雅晨。在富豪夜总会的后院，当他看到雅晨和一群如花似玉的姑娘走出侧门的时候，他情不自禁地喊道，雅晨，过来一下。

袁雅晨瞟他一眼，脸色有些愠怒地走到他跟前，小声说，你乱喊什么？现在不比以前了，讲话做事要有修养。没看见我们有任务吗，袁雅晨说完，扭头就走了。

晃波愕然地看着袁雅晨和一群姑娘钻进了一辆面包车。面包车在一辆皇冠车的引导下一溜烟开走了。晃波有些失望，觉得雅晨有些过分了。晃波只好再次坐到了石阶上，他把袁雅晨的冷淡理解成受了领导的批评或者和同伴们闹了别扭的缘故。晃波心里的感觉是内疚和不满的混合体，他希望雅晨能够克服所有的困难，勇往直前地走向成功。

到了晚上七点，雅晨她们还没有回来。她们是干什么去了呢，演出？晃波最后把她们的行踪定格在参加某单位的剪彩仪式并被留下来吃晚饭这一常见的活动上。事实是，晃波的结论是正确的，她们是第一次作为礼仪小组被邀请参加一家塑料制品厂的开业典礼。晃波一直等到八点，面包车才载着姑娘们回来。晃波站起来，在不太明亮的灯光下依然看到他期待而欣喜的神情。姑娘们神采飞扬地从面包车里鱼贯而下，她们小声地说着什么，得体的笑声不时地飘过来。晃波发现袁雅晨今晚特别的美丽，姑娘们都以她为中心朝富豪夜总会门厅里走去。晃波想喊她一声，可挥到半空的手又停住了，落在后面的一个姑娘恰巧看到晃波这一欲言又止的动作。晃波听到那个姑娘唤了一声雅晨。雅晨转过脸来，看到了晃波。姑娘们笑着说,王子在等你了。

雅晨很快走到晃波面前。雅晨脸上的笑容渐渐消失。雅晨说,我以为你走了的。晃波虔诚地说,我在等你回来,我有话告诉你。雅晨说改天再说吧,我们今晚还要排练,明天就正式演出了。瞧她们,都在看我们呢。晃波说,那么,我等会儿送你回家。雅晨有些不悦地说,不用你送了,雅晨说完,又小声嘀咕一句,转声走开了。

晃波从这时候开始,才猛然感到他们的爱情出现了危机。是什么原因造成这样的局面晃波百思不得其解。在富豪夜总会后院朦胧的灯影下,晃波思绪难平,他一会儿走到大门口,那儿的热闹和嘈杂很不适应他,他又缓慢地走回来,皱眉凝思,或仰天长望。他一度曾推动自己的自行车准备决然地离开,但是他没有走。最后他在雅晨的自行车旁站定,抚摸着雅晨破旧的自行车,心里突然有一种失落和悲伤感,想到雅晨就是骑着这样的自行车行进在繁华的街道上,晃波鼻子忽地酸了,眼泪掉落在车座上。

4

此后的几天,对于袁雅晨来说是愉悦而浪漫的,有人给她送来几张她参加某企业剪彩仪式的彩色照片。照片上的袁雅晨得体大方,气质优雅。袁雅晨没有想到,做时装模特还有这么多开心事。

有一张照片引起袁雅晨的注意,那是一张放大的七寸彩照,照片上的袁雅晨,脸上露出妩媚端庄的浅笑,在她旁边,有一个西装革履的青年,他就是某塑料制品公司陆经理。准确地说,这是一家中外合资的公司,以生产牙刷为主。那天袁雅晨她们参加完剪彩仪式后,陆经理留下她们吃了便饭,席间,陆经理还专门敬了袁雅晨一杯酒。

袁雅晨很快就接到陆经理打来的电话。电话里,陆经理的装腔作势令袁雅晨十分讨厌。陆经理用一种媚俗的声音问她收到照片没有。袁雅晨觉得这个人非常可恶而危险，明知自己派人送的照片，这不是明知故问吗。但袁雅晨还是客气地谢了他。对于这样的小插曲袁雅晨很快就遗忘了。但她忘不了门外还有一个英俊的年轻人在等她。老实说，晁波还是不错的青年，袁雅晨这样想。袁雅晨也不明白为什么突然烦他，突然对他有一种无端的厌恶。现在她觉得自己很充实了，表演时不停地更换时装使她有一种特别的快感，对男人们丰富的爬来爬去的目光也很容易地接受了。尤其是同事以及领导对她的信任和尊重，这对十八岁的袁雅晨来说，还有什么比这更满足的呢。

这年的夏天对于晁波来说是躁动而不安的，他在百货商店、东方大厦等各商业区的自行车商场以及本市几家有名的五金公司间穿梭来往。那些排列整齐花色各异的一辆辆变速彩车，造型越来越新颖华丽。晁波在欣喜之余，却又大失所望，这些车的价格太贵了，每辆都在六七百元左右，有的近千元一辆。晁波所在的工厂濒临倒闭，一个月只有百余元收入，除去买书和抽烟，晁波积存多年的有限资金，只够买半辆自行车。不过晁波还是东凑西借买了辆黄色十变速自行车。他从百货公司推出这辆变速女车时，心情是多么愉悦而清冽啊，就像雨后的青山和蓝天。雅晨，你可以扔掉你那辆怪异的破车了。晁波的脑海中飘出一个靓丽而高挑的女孩骑着一辆黄色女车，自豪地从长街上飘过，所有的风都为她吹，所有的人都为她侧目。

雨季对于城市人来说已经司空见惯，但是对于晁波来说似乎有些不合时宜。晁波终于新买一辆自行车了，这不是一般的自行车，这是一辆二六式女变速车。现在，晁波把女车停在富豪夜总会的后院，雨已经落下来了，是那种常见的牛毛细雨。飘飘扬扬的牛毛细雨把后院的自行车淋得似乎鲜亮了不少。晁波心情略有烦躁，手里玩着一把三折自动伞。晁波把自动伞打开又收起，如此反复。在他躲雨的廊沿下面，已塞满了自行车，他一眼就看到雅晨的旧车也停在廊沿下。晁波有些好笑，看着雨中的黄色女车，觉得事情有时候非常滑稽。晁波看一眼表，已经下午五时了，再有一个小时雅晨就下班了。对于雅晨的变化，晁波还不能判断其性质。但他对时装模特似乎是了解的，很多时候，她们自信地走在台上，夸张地扭着胯部，不断地变换着做作的姿势和怪异的衣着。雅晨无疑是最楚楚动人的女模特之一了，晁波每每想到此，心情就有些激动和兴奋。他想象着雅晨那端庄而大方，具有典型东方风韵的脸蛋，修长的美腿在音乐节奏中走动犹如大海起伏的波韵。但是晁波也担心雅晨年轻而稚嫩的心会随着时装的变化而呈现出流动的状态。

是啊，晁波除了担心还能做些什么呢？今天也许就是最后一次机遇了，晁波的心情有些像天气那样阴晦了。他反复地玩着自动伞，反复地想，雅晨肯定没有带雨伞来，她最爱忽略这些小事了。小雨最好不要停，一直这么下着，等雅晨出来了，就帮她撑着伞。奇怪的是晁波一直等到下班时间也没见雅晨出来。白天，富豪夜总会是没有生意的，只有到了晚上，在八点以后，时装模特们才开始在舞曲的间歇表演时装。那么雅晨他们下午并不在富豪夜总会，她会到哪去呢？一般情况下，白天她们都在排练，特别是在雨天，下雨天不会有企业开业、剪彩一类的仪式的，这虽然也是她们的一项服务内容，不过今天绝没有这类生意的。因为小雨会阻碍这类喜庆的户外活动。

雅晨她们不在富豪夜总会是晁波始料不及的。他第一次花三十元门票走进夜总会时心情为之一震，富豪夜总会不愧为全市一流的歌舞厅，室内空间大，装潢典雅华贵，舞台布置精巧，舞池地板不是大理石而是木质的。晁波没有心思欣赏他们的舞姿，他在寻访打听时装表演队的人，结果没有发现一个时装演员。他向一个送饮料的服务员打听,服务员只说好像今晚没见着她们。

晃波没有在舞厅里呆多久,他放心不下那辆新买的二六式女车。晃波又回到廊沿下。雨还在下,雨中的二六式女车和廊沿下雅晨的自行车一样的安然无恙。

晃波最后靠在一辆自行车上睡着了,直到被人惊醒。富豪夜总会的舞客们陆续推走了他们的自行车,最后只剩下那辆新买的黄色二六式女车和雅晨她们的自行车了。

雅晨最终没有回来。

晃波最后看一眼廊沿下雅晨的自行车,心里渐渐升起一种莫名的悲凉。他推着新买的二六式女车离开了富豪夜总会。

要说晃波没有想法是不可能的,但晃波毕竟是一个有修养有文化的青年,晃波认为雅晨她们一定接受了一项特殊的任务。

第二天近午时分,晃波骑着二六式女车来到富豪夜总会的后院。他正在想象着雅晨见到小巧灵便的黄色女车时是何等的兴奋的时候,雅晨从夜总会侧门走了过来。雅晨化过妆的脸上氤氲着浮泛失真的表情。雅晨有些漠然地瞟他一眼,说,晃波,我说过我最近心情不好,你以后少来找我了。雅晨说完,看都不看他一眼就走了。晃波绝望地喊道,雅晨,你等等,你太不了解我了,瞧,我给你买了辆自行车,黄色变速车,专为你买的。雅晨又站住了,雅晨轻蔑地说,你自己骑吧,我不需要。晃波几天来憋在心里的话终于喷涌而出了,不,你需要。晃波迅速走到雅晨面前,晃波扶着她的肩膀,很动感情地说,雅晨,我知道你现在瞧不起我了,我什么都懂,我不是白痴,但我有我的目标,我是强者,强者,懂吗?由于种种条件的不同,人们在竞争的道路上往往是处在不同的起跑线上。有的人经过努力,很快就成为事业上的佼佼者。而有的人在不停地奋斗啊,奋斗啊,甚至奋斗了一辈子,才刚刚取得一点成就,但不能说他是失败者。我们不能用一个标尺来衡量每一个人的人生价值。对于我来说,对于一个强者来说,每天升起的都是一轮新的太阳,每天迈出的都是一个新的步伐。雅晨,你要相信我,我已经报名参加康平商厦总经理的竞争了,那是一个非常适合我的职业,你知道的,我一定能被聘上。晃波心潮激荡地还想演说下去,但被雅晨的哭声打断了。雅晨突然地恸哭使晃波无所适从。雅晨蒙住双眼抽泣着只说一句说,不要演说了,收起你那一套吧。雅晨哭着跑走了。晃波看到有几个富豪夜总会的时装演员表情丰富地观望自己。晃波把涌到喉咙的悲哀又狠狠地咽了回去。

晃波的初恋就这样结束了。

晃波推着他新买的二六式女变速车走出了富豪夜总会的后院。他最后看了眼富丽堂皇的富豪夜总会,嗓子有些发涩。

5

在此后的日子里,有人看到城市的长街上,一个英俊而自信的男青年骑着一辆黄色女变速车来来去去。他就是我们熟悉的朋友晃波。晃波的不幸接踵而至,他的女朋友和他莫名其妙地分手了,接着康平商厦总经理也没有竞争入围,更令他失望和沮丧的是,他被红光铸造厂除名了。晃波现在成了无业者。但是你知道晃波是个有理想的现代青年,他并没有沉湎于悲观的情绪中,相反他觉得这座城市的人都疯了,这座城市没有一个慧眼识驹的伯乐。他正在起草的一篇演讲稿题目就叫《良驹与伯乐》。顺便说一句,他的文章(主要是演讲稿)还没有一篇被公开采用。只是在不久前参加的一个团市委主办的首届"金穗杯"演讲竞赛中荣获第一名。那天富豪夜总会的模特小姐被请来做发奖的司仪,奇怪的是袁雅晨没有参加那天的礼仪活动,这无异于在晃波受伤的心上又撒了把盐。

在夏天还没有结束的时候,又发生了一件令朋友们不解和伤心的事，晃波失踪了。晃波在一天午后骑着二六式黄色女车，在大街上遇到袁雅晨驾驶一辆红色木兰牌女式轻骑从他身边抒情而优雅地擦过。晃波回首望了好长一阵，他只是痴痴地笑笑，然后神情如西湖的秋水一样异常的平静安逸，心里涌起一种辽远的开阔的哲人般的冷静。第二天，晃波就失踪了。晃波一去杳无音信，虽然到了秋天，有朋友带来消息，说在南方某个城市里，晃波的事业很兴旺，但人们仍然将信将疑。

城市的冬天如期而至。富豪夜总会一群靓丽的时装模特，互相簇拥嬉笑着来到百货大楼广场。这儿正在举行第三届城市运动会有奖募捐。姑娘们每人拿着一叠钞票有说有笑地翘起兰花指，矜持地捏起那一片片草绿色小方牌。她们的举止不像来碰运气，仿佛在进行一项慈善募捐或干脆在做一件开心的游戏。很多姑娘只得到一块口香糖或一柄牙刷类的鼓励奖，但这丝毫没有影响她们欢乐的情绪。当袁雅晨最后摸一张奖券时，主持人祝贺她摸到了一辆自行车，姑娘们突然地欢呼起来，袁雅晨兴奋的神情也溢于言表。主持人现场推来一辆二六式女车，这是一辆黄色的变速女车。姑娘们在纷纷祝贺她时，袁雅晨的脸色却渐渐黯淡，明亮的眼睛里流露出深深的失落和悲伤。袁雅晨轻轻地叹了一口气，转身跑开了，接着就是一阵悲痛的号啕。主持人以及众多群众十分震惊地看着跑远的袁雅晨，说她怎么啦？姑娘们不知说什么好，当着这么多陌生人，富豪夜总会的姑娘们总不能告诉他们袁雅晨失恋了。袁雅晨的确失恋了，她最近被她的男朋友，就是那个塑料公司的经理，像扔一柄旧牙刷一样随手扔掉了。袁雅晨的号啕大哭可能是黄色二六式女车引起的。二六式女车使她想起她从前的男友，富豪夜总会的姑娘们都知道袁雅晨以前的男友晃波，解释只能是这样的，姑娘们知道的也仅局限于这些。

没有人知道袁雅晨是如何处理这辆二六式女车的。偶尔有人在大街上看到她,她仍然骑着那辆木兰牌轻骑。袁雅晨还和以前一样漂亮,一样温婉斯文,卓尔不群。

  故事就这些了,袁雅晨是在这年夏天从一个装潢班毕业的。秋天过去了,冬天过去了。现在,袁雅晨是富豪夜总会时装表演队的演员,业余爱好是时装设计和骑车远足。

女孩麦娟

1

三年前我和麦娟在北京的一所学校进修。

这种所谓的进修，实际上是很轻松、很闲散的一种学习方式。我和老桶疏于学业，逛遍了北京城大大小小的景点。当我们收下心来，坐在教室里打开课本的时候，一年的进修时间已所剩无几，还有不到两个月，我们这些来自五湖四海的同学就要各奔东西了。

关于老桶，我不知道他三年师院（这次进修的两个班110名学员全部具备中专以上学历和一年以上教学经验）是如何混过来的，也不知道他如何为人师表，谆谆教诲几十名学生的，他的行为和举止，和我理想中的教师称号相去甚远。他抽烟，喝酒，打牌，赌博，肆无忌惮地讲一些笑话和黄段子。他朝宿舍中央一站，每人发一根烟，然后吆喝你过来打牌（也许这与教师之称并无本质联系）。关键是，这家伙腰包特鼓，隔三差五会陪你到校门口的小饭馆喝酒吃饭，而每次都是他愉快地买单。谁还敢讨厌老桶呢，即使你真正讨厌他，也因为他哪天猛不丁地从背后拍你一下肩膀，说，走，喝酒去！那你的嘲笑显得多没有意义啊。

老桶不是凡人，我们都知道了，他在开学后不久，就和水房管卫生的那个老太太的女儿勾搭上了，这让我们大为吃惊，同时也值得好好庆贺。但是那个来自京郊密云山区的塌鼻子姑娘竟然认真地要和老桶在校园里勾肩搭背，我们的老桶就不愿意了。老桶征求我的意见。那天晚上我们二人喝一扎啤酒，我也没有给他什么建议——这种事情，局外人无法插话。所谓如鱼饮水，冷暖自知，最后还是他自己拿了主意。

后来的事，聪明的人都知道了，我受老桶的指使，一天朝水房跑好多次，和塌鼻子姑娘没话找话说。在水房老太太厌烦我的时候，我给塌鼻子姑娘写了封信，这封信故意错送给了老太太。

几天后，塌鼻子姑娘消失在我们视线中，据说，是哭着让老太太送回密云山区的。老桶为我们预谋的成功又请我喝了一次酒。但是我对于我扮演的角色很讨厌。

这顿酒喝得极其没劲。

一直到这时候，麦娟还没有进入我们的视线。她淹没在众多进修的女生中而不被注意是理所当然的。我这样说，并不是说对她一点都不了解，而是没有引起我足够的关注。的确，看起来，麦娟并不出众，说她是一般的姑娘也不为过。难道不是吗？有些女孩子的美丽，不属于惊艳的那种，而是需要常看才能看出来的。麦娟就是属于经得住看的那一类，她有一张光滑而整洁的脸，我们不注意她是因为类似的女孩子太多了。迄今为止，我们回忆不起来她说过什么话，好像她只喜欢一种折纸的游戏，好像她还喜欢弹琴。我看过她背着吉他穿过操场，然后在体育馆门前的草在上，和另几个女生弹琴唱歌。别的，我还知道她爱躲到教学楼后边的小树林里，参照一本《折纸游戏》的书叠各种小动物。她在做这些的时候，都是认真的，投入的。同时她认真、投入的情态深深地感染了我。

这天我和老桶就是在麦娟做过折纸游戏的地方说到麦娟的。

老桶不解地问我，你说谁叫麦娟？

我想了想，举起在长椅上捡到的天鹅，说，那个喜欢折纸的。

老桶接过天鹅，说，一只小鸭子，她名字就叫募娟（我们方言中募、麦是同一个音）。

我纠正他，是麦娟。我又说，这是小天鹅。

老桶笑笑，老桶把折得漂亮的绿色小天鹅塞给我，说，是哪一个？让我想想……那么你爱上她了，哈哈哈，是不是？

我们当时的视线被一堵绿色的爬山虎遮挡。三号教学楼后面的这片林子是我们少来的地方。这是一幢灰砖红瓦的老楼，旺盛的爬山虎一直爬到三楼。我和老桶坐着的这张椅子上，也是麦娟经常坐的地方。可是老桶说，你爱上她了。我的眼里只有一片绿色，是一片旺盛的墨绿，它们遮挡了三楼整整一堵墙。我发现那些爬山虎变成了一个个问号，我的心里也有一个问号，大大的问号。

五月四日那天（青年节），我们在食堂里再一次提到麦娟，原因好像是中国姓名学一类的话题。娟，是一个普通的汉字，中国妇女姓名中这个字使用率很高，但叫麦娟就非同寻常了。麦——娟，听听，多么动听的音节。我们在水槽里洗碗，老桶把碗筷弄得哗啦哗啦响。麦娟，老桶又说。他的声音被冲击的水声和碗筷声撕扯得支离破碎。麦娟，老桶再一次重复女生的名字（他那天真的犯邪了），她缺少什么呢？麦娟，募捐，这么厚颜无耻明目张胆要我们大家为她募捐，我看她什么也不缺，缺的是跟我们一块喝酒，跟我老桶一块喝两杯……但是，老桶的话音突然软下去，他把"杯"字含在唇上，想收回肚里收不回去了。我同时也惊奇地看到，麦娟，已经站在了我们面前——中间只隔一道水池，她脸上是一种持久而温和的笑。她显然听到了我们的话，显然听到了老桶的话。老桶要请她喝两杯，这件事要当面提出来不失为一个诱人的话题，可是前提有些厚颜无耻和明目张胆。我当时就不知道麦娟要用什么话来回敬老桶了。我私底里以为，麦娟要好好训斥几句老桶的。这家伙的话，不但冒犯了麦娟，也冒犯了我。

我看到老桶也愣在那里不知所措，似乎在等候或者接受麦娟的呵斥或者辱骂。但是，麦娟一直那样微笑着（后来我们都为她那微笑的杀伤力而震惊），她眼睛里散淡出来的无形的魅力同样感染了我。她就那么静静地站在那儿，辫子安静地搁在肩上，那由内心牵动的双唇，模棱两可、含蓄悠远的微笑和琢磨不透又穿透力极强的目光。老桶被击中了。有人把碗里的水泼在老桶的脸上，老桶才追骂着逃离现场。

麦娟，她背着书包，走进教室要穿过一片树林。五月四日以后麦娟穿一件牛仔裤，她腿部和腰部线条非常优美，走路时胯部很有力量。我们都知道她是内蒙姑娘，她喜欢彩色折纸游戏，还喜欢弹琴，据小道消息透露，她唱歌也非常好听。

我开始注意麦娟了。我经常看她背着吉他，从树林穿过或者沿着操场边缘的草地急走的身影。五月四日以后的日子非同寻常，内蒙姑娘麦娟开始走进我的视线。这时候，离我们毕业还不到两个月。时间突然地珍贵起来，我认识到时间的珍贵是从五月四日开始的。

你已经知道了，在临到毕业的这段时间里，开始了我和麦娟的故事。

2

五月四日以后的首都北京，我的感觉是阳光灿烂，花红柳绿。这都是因为麦娟。仿佛一夜春雨桃花开，麦娟一下子走进了我的视野。而这时候的老桶，却像春天的虫子一样蠢蠢欲动。他为麦娟写了一首诗，诗名叫《折纸游戏》。诗中写道：

不知为什么

你是花香

　　你是树绿

　　折纸游戏啊

　　告诉我的是什么？

我是在老桶的座位上发现这首诗的。老实说，这首诗太菜了，简直就不是诗，简直就是狗屁！

我把这首诗拿给老桶看，老桶吃惊地说，是她给你的？

我说，谁？

谁？老桶看着坐在前排的麦娟。

我说，在你座位上发现的。

老桶就有点沮丧。

我知道了，老桶写给麦娟的诗，让麦娟退回来了。但是老桶也许不这么认为，他也许觉得是麦娟让我转交给他的。我意识到这点时内心有些小小的得意。

老桶把诗拿在手里，问我，这诗……怎么样？

问题不在诗的本身，我说，而且，真的不怎么样。

老桶泄气了，把诗揉揉，塞进口袋里。好像把他的心也揉成团。他坚定地说，我还要写。

我看到老桶眼里爱情的火花，像出炉钢水喷薄而出，淹没了他痛苦而忧伤的神情。后来老桶又写了一首诗，诗名还叫《折纸游戏》：

　　把心折叠成纸船

　　纸船生长三只翅膀

　　飞到白云之上

　　纸船在蓝天里沉没……

这是一首长诗，老桶说，我要写一首比长城还长的诗，你代我交给她吧。我知道他让我交给谁。我看到老桶一下苍老了许多。老桶可不是这样的人啊？他什么时候受过爱情的折磨呢？他会在我肩上拍一下，豪气地说，走，喝酒去。可是老桶在我肩上拍一下，说，拜托了。老桶的嗓音沙哑而沧桑，一句沉重的拜托，我听出了其中的分量。

3

麦娟从宿舍的方向走过来了。阳光在麦娟的身上光辉灿烂。她从花圃那儿拐过来的时候应该穿过一片小树林，树林里有石板铺就的曲曲弯弯的小路，这是拙劣的园艺工人为抒情和浪漫调制的佐料。可是麦娟沿着校园的柏油路一直走来。她没有朝教室的方向走去，也没有到操场去，而且在外国文学研究所的台阶上站了片刻，那里也是阳光满地。麦娟左右张望几眼，抬起手臂掠一下齐肩短发。她是在等人吗？我肩负老桶的重托，我要把老桶的诗亲手交给她。可是，看现在的情形，似乎有些不合时宜。麦娟跳下台阶，朝校门口方向走去。这使我有些始料未及，她要是走出校门，我的任务就无法完成了。麦娟的确是朝校门口走去的，她身上背着她常背的书包，她的步子迈得挺大，手臂有力地摆起来，白色运动鞋在阳光里不停地跳动。从现在开始，我用百米冲刺的速度追上她，似乎不成问题。问题是，我在校园里用这样的方式为朋友送去一封信，确切地说，应该是一首诗，一首情诗，看起来，是多么滑稽、荒唐而可笑啊。我为什么选择在她上课途中的冬青后面，其目的就是在途中截住她，以无意撞见的姿态交出老桶的诗。看来这一招失灵了，我和老桶共同策划的这一招失灵了。

在我有点失望的时候，我突然觉得老桶的行为有些古怪，他那么有本事为什么要让我送信？这种事他自己完全有能力解决（要么他心里存在某种障碍）。何况，从内心说，我并不希望麦娟投入老桶的怀抱。老桶曾哈哈地问我是不是爱上她了。真的，我没有想过。但我只觉得为朋友做好事是应当的。

且慢，麦娟她没有走出校门。她在即将走出校门的当儿又回过头来了。

就这样，我和麦娟在图书馆左侧的不宽的柏油路上"不期而遇"。路两侧的冬青有一人多高，冬青旁边是大树，阳光被大树遮挡了，我们站在狭窄的绿色走廊里。但是我真切地感受到麦娟身上的阳光气息。麦娟看到我时脸上露出惊喜之情。

麦娟说，我正要找你。

麦娟的话吓我一跳，她就站在我对面一步开外的地方，那么真切地微笑着。她的一只手抓住书包带，另一只手在腰间和臀部慌乱地抚摸。我还看到，她的脸红了一下，像朝霞掠过寂静的水面。但是那种散去的红晕依然依恋在脸上。我的右手伸在裤插里，手里捏着老桶的一叠诗稿，我想把诗拿出来，可是拿出来的只是一只手。麦娟说，你也没去上课？麦娟又说，我想出去一下，我想请你把这个交给你朋友，你们叫他老桶的那位。

麦娟的手里拿着几张稿纸，在手里被风抖响了。

麦娟把那叠纸交给我又转身走了。

我被麦娟的行为弄得不知所措。麦娟走出林荫道，又重又走到阳光里了。

我知道我的任务没有完成，我本能地喊一声，我是喊"喂"，还是喊"哎"，我记不清了。

麦娟站住了，她回过头。她说，美术馆民俗展览，你去吗？要去下午啊。

我一时不知如何回答。麦娟跟我一笑，退着走两步，然后，转身蹦蹦跳跳地走了。

麦娟的话一直在我耳边响着。其实,对麦娟的话我还缺少足够的理解,同时,麦娟托我的事我也要尽快完成。但我听出麦娟话里的意思,如果要去的话,最好下午和她一起去。

我把麦娟给我的稿纸送给了老桶。稿纸上写满了漂亮的钢笔字,还有一个正方形的图案,图案上面画满一个"米"字虚线。这是几张毫无保密内容的文字,除了那个"米"虚线,内容如下:1. 把一块正方形的纸沿虚线所示折四下,然后再展开。2. 沿对角线对折。3. 把右边的角向左折90度。4. 打开。5. 压平。6. 把左边的向右折。7. 与右边的三角形重合。8. 左半部分也同样折,重复3～7的过程。9. 压平。10. 从6开始打开的角向上,沿虚线折一道印。11. 右边垂直拉起。12. 打开。13. 压下……32. 把左右两侧打开。33. 在18的褶处往里折,膝头和脚的图形就出来了。

我和老桶躲在操场边的石椅上,后来又躲进宿舍,我们用一张纸反复演练麦娟开给我们的折纸游戏,可是,我们就是叠不出我们满意的图案。实际上我们连一个基本成形的图案都叠不出来。这样,我们就不知道麦娟的信的内容了。或许,这封信的内容是一个爱情密码,是的,我们认为这是麦娟开给老桶的爱情的密码。但是我们破译不了它。

我跟老桶撒了谎。老桶写给麦娟的诗仍在我的口袋里,我却告诉他我已经交给麦娟了。老桶请我在校门口的小酒店喝了两瓶啤酒。这次啤酒的味道不正,老桶没有找到感觉,我也糊里糊涂心神不安。

4

北京春天的风沙在我的记忆里较为温和。那时候,我们还没听说过沙尘暴,而那天的情况,北京人说风沙不小,我却感到阳光依然美好。我快速行走在北京的街道上。我是赶着去看一个展览的。本来我不大喜欢这类活动，但是鬼使神差，我决定到美术馆去，那里有民俗展览，而且，麦娟也去看展览了。我换了几趟车，最后在西四上了109路公交车。

在美术馆门前台阶上，我看到了东张西望的麦娟。

麦娟是在等人吗？我不知道她在等谁。她脸上沁出细小的汗珠。她把书包提在手里。

麦娟把手高高举起来，大声喊道，哎！

她的声音响亮而清脆。

我站在和她平行的台阶上。我也不得要领地把手挥挥，也想大声说一句什么。我想说，我来看展览的，民俗展览。可是我把手挥在半空，看到麦娟紧抿双唇，眼睛盯着我的那种忍俊不禁的笑。她想把笑憋回去。她的眼睛里有一种金属般的光泽。她用这样的眼光看着我。她似乎一下子看透了我的心思。但是她脸却红了。她还是忍不住笑了出来。她把书包挎在左肩。她的整个身体就向右微倾过来。她朝前走一步，确切地说，应该是跳一步。她把我的胳膊抓住了。走，看展览去。她的声音爽爽亮亮，就是我们常说的磁性很强，很撩人的那种。

看民俗展览的人不多，两个展厅也不算大。展览的内容出人意料，是我们那儿常见的草编家用品。用蒲草编的蓑衣、蒲团、筷笼、麦秸扇子、棒皮绳、草席等等。麦娟认真地看，我也认真地看。麦娟说，我以为有民间折纸的。麦娟的话里并没有失望的意思。

现在是下午。上午我和老桶在操场边上。后来又躲在宿舍按照麦娟开给我们的程序折纸。我们什么也没有折成，把老桶弄得灰心丧气。麦娟又提到折纸，我就不失时机地说，老桶他没有折成什么，你开给他的折纸程序把他搞糊涂了。

麦娟的笑有些矜持，而且笑过就结束了，并没有接着我的话往下说。

在那天下午，我和内蒙姑娘麦娟看完民俗展览后又去了故宫。我们都去过故宫，可我们那天又去了一趟。在看故宫的过程中，我们都说了许多话，我们不知该说些什么，我的话，她的话，我只记得我们都十分愉快。我只记得我们后来讨论了吃饭问题，我建议吃盒饭。麦娟说吃不惯。我说那就下馆子吧。麦娟看着我说，那要花多少钱？我说总要吃饭吧。麦娟说，我请你吃米糕吧。麦娟从书包里拿出两块米糕，就是我们食堂里卖的那种米糕，麦娟用纸包起来，她分一个给我，说对付点吧。

对付完麦娟的米糕，我们开始往回返。车上人很多，正是客流高峰，我和麦娟被人流赶到车尾的角落里，后面的人像海潮一样拍在我的背上，我的背像防浪堤，护着麦娟。我用胳膊把麦娟圈起来，用力支撑着来自身后和两侧的巨大压力。车尾很颠。在停了一站又挤上来很多人之后，我终于支撑不住了。这样我和麦娟就挤到了一块。这样的拥挤适合于恋人或陌生人，像我和麦娟的关系，互相连动一下都不敢。我只感觉到麦娟的头发弄得我脖子痒痒的。我没有看麦娟的脸，猜不出她的表情。但是麦娟的手和我的手碰到了一起，我们两个人的手就紧紧地互相抓住了。

我和麦娟挤了几趟车，在校门口下车时，已经是晚上8点多了。我们是手牵手下车的。

校门口有一排小饭馆，是专门针对大学生开的，饭菜价格都很便宜。麦娟走在我前头，她也闻到扑鼻的饭菜香了。麦娟转过身来，说，如果你现在请我吃饭我不反对，嘻嘻。麦娟的话让我感动。就是说，我可以请麦娟吃饭了。我可以和她面对面坐在一张桌子上，一边喝点啤酒饮料什么的，一边就像无数初恋情人那样，小声而谨慎地说着话，然后就可以堂而皇之地接吻和拥抱。可是，事情却有些出人意料。我们在走进一家叫"人间茶社"的小吃部时，看到不大的饭厅里只有两个人相对而酌。那个男的我认识,中分头,戴眼镜,身材高挑而匀称,挺直的鼻梁略有弧度,单从嘴唇及周围肌肉的造型上来看,还是个羞涩和腼腆的小伙子(他这种假象曾迷惑无数姑娘)。不用说,麦娟也认识他。他就是老桶。上午我们还在一起玩折纸游戏的。另一个人,你猜对了,是个女孩,我敢说,她比麦娟漂亮,有点古典美人的味道,我和老桶经常看她从图书馆那边夹着一摞书走过来,样子有些弱不禁风。我们曾猜想她是哪个系的,学什么专业。后来老桶在经过一番活动后悄悄告诉我,她是图书馆系的研究生,学图书情报,正在准备论文。

要说老桶,真叫我钦佩,他见到麦娟,见到我,他见到我们的时候,是那样得体的热情和从容。他站起来,说,是你们俩啊,来吧,我们一块儿吃。

我连连摆手。我说不不不……

老桶说,麦娟(他仍把麦读成了"募"),你先坐,看他还敢说不。

麦娟走到桌边,和女研究生说,你好。

麦娟坐下了。

麦娟坐下我也只好坐下。

老桶又去吩咐加菜,加餐具。经老桶介绍,我们知道那女孩叫沈雪,北京姑娘。沈雪的一口京腔证实了老桶的话。沈雪不善言谈,和我们印象中的北京大妞完全是两种人,如果她毕业要搞什么情报工作,怕是不能适应,她喝半杯葡萄酒就脸红了。

5

在行将毕业的匆忙中,我和麦娟忙于约会。我们约会基于两个目的,游览北京的各个景点和名胜。依傍而走或者接吻。在首都北京,我们发现依傍而走的青年有很多,他们还有什么新的恋爱方式我们不得而知。我和麦娟挽着臂或者牵着手,在北京的大街上追赶公共汽车,或者拥挤在各种公共汽车里。

我们这种进修的学习方式,说紧张也紧张,说轻松也轻松。开始说考试很严格,全部闭卷,两门课不及格拿不到本科文凭。但是,进入实质的考试阶段,情况就不一样了,不但可以翻书翻笔记,甚至还可以互相讨论。

考完试,麦娟似乎有些忧郁。我看到她眼里那丝淡淡的哀愁。我们在北京东跑西颠的时候,似乎都有意避开毕业后的话题。我们明知道毕业后天南地北,她依然回到她执教的那所蒙语中学去教汉语,我还是那座沿海城市的乡村小学教员。我们都有各自的工作,都有各自的生活圈子。

著名的万里长城,我们去过八达岭,我们说好再去别的野长城或潭柘寺、龙门潭等较远的地方,但是,在考完试那几天里,我们谁也没提游览的事。

老桶和沈雪的关系似乎日渐密切了。老桶经常半夜三更回来就是确证。就在昨天,老桶那个拥有紫菜加工厂的父亲还汇来一万块钱。老桶不知疲倦地快乐地说话,他的言谈竟然离不开书评书话和图书广告一类专业性很强的内容,他甚至说××读书台,×××读书处,说刘半农发明了"她"字,说辜鸿铭留辫子,说李贺千年绝唱哑谜诗……我们原来头疼的这些东西现在让他津津乐道了,这些都是那个女研究生的必修课。看来他和那个女研究生关系确已非同一般了。

老桶拍拍我的肩。他知道我在假寐,他连续几个晚上看我早早躺在床上已大体知道是怎么回事了。他说,那个内蒙女孩怎么啦?我说,没什么。老桶也伤感地说,不对吧?我继续说没什么。老桶也继续说,不对吧?我说真没什么。老桶沉吟半刻,拿出一些钱,说,这个,你先拿去用。老桶是个善解人意的人。可是我不缺钱,我真的没有什么。我说,还有两三天,就回去了。老桶说,毕业了,天南地北。时间真他妈快。我也附和着,是啊,真快。

我和老桶又聊了一些不关痛痒的话题。后来,老桶说,你知道麦娟写给我的折纸游戏是什么内容吗?

我说,不知道。

老桶说,是一只青蛙。

我"哦"一声。

老桶说,什么乱七八糟的,我理解是癞蛤蟆,癞蛤蟆想吃天鹅肉!

我说,我弄糊涂了。

老桶说,多亏了沈雪,我请教沈雪,按照麦娟开列的程序,叠成了一只青蛙,沈雪说什么青蛙,就是一只癞蛤蟆。

麦娟的折纸内容是只癞蛤蟆,这是我始料未及的。

6

分手前,我和麦娟又约会一次。

这可能是最后一次约会吧。我们从对方的情绪上都发现这样的感觉。

在教学楼后面的小树林里,在我捡到一只小天鹅的那张长椅上,我们已经坐了好久了。我没有什么话说(事实是不想说),麦娟也没有什么话说。我们面前一大片翠绿的植物在夜晚的灯影中显得无足轻重。我们就这么坐着,似乎很快,天就亮了,晨练的人在树林外的道路上跑过去。麦娟说,天亮了。我说,天亮了。麦娟说,瞧那些爬山虎。我看到,三号教学楼整整一堵墙面上全部被绿色遮盖了。这是一幢老式的三层楼房,麦娟说,今天毕业联欢会,你有节目吗?我说,没有。麦娟说,你多会儿走?我说,还没定。我又说,等你走了我再走。我们还说了一些话,我们的谈话越来越沉重,越来越若无其事。我们各自都装得若无其事的样子,而接下来的沉默就成为我们唯一的状态了。

后来我们还是拥抱了一下。麦娟带了一把劲,说,常写信。我也说,常写信。

我从未感到像这篇小说这样艰难的写作,像麦娟这样的姑娘,因为太熟悉,就好像近在咫尺,怎么描写都仿佛不是真实的。她的一言一行,她的笑貌举止,就像画面一样在我眼前晃动,而且只能是画面,一旦落笔成篇,就觉得不像我认识的麦娟了。老桶要是在,我可以找他聊聊,因为只有老桶才熟悉那段生活。可是他毕业后没有回到我们置身的那座城市,而是留在了北京。先是做生意,听说不太成功,后来是他父亲出资帮他在北京开一家食品店,搞紫菜批发和进出口贸易。再后来,就不知道了。按说,我是要感谢老桶的,要不是他,我也不会和麦娟有后来的故事。他的出现和他后来的行为,构成了我对老桶印象的一种曲线认识,同时也改变了我对他的最初印象。老桶的工于心计和为人热情还表现在他对朋友的赤诚和知心。在毕业的第二天,我估计他已经离开北京或和沈雪在北京街头喝啤酒的时候,他却突然出现在我面前。他上来就给我一拳头,他把拳头捣在我的肩窝里,让我感到接受他热情和关心的代价。他说,老乡,他又说,不能叫老乡,老乡老乡背后打枪。叫"同情兄"吧,不过这么说也不够准确,赵辛楣的心上人是苏文纨而方鸿渐爱的是唐晓芙。我叫你同情兄,是我曾经打过麦娟的主意!老桶在我的肩上又重重地拍一下,我不知道这家伙喋喋不休要说什么,他这时候提麦娟,不是恶作剧吗?他在我肩上拍一下,大声说,走,咱们到一个好地方玩它一回。

老桶的热情让我顿生疑惑,我吃惊地问,你和沈雪玩完啦?老桶苦着眉,说别提了。老桶又大苦大悲地说,世事无常啊!我看出他内心正受到某种煎烤,那种痛苦和悲伤全写到脸上了。咱们到密云去玩一次吧，那里有一个水库，山凹里到处挤满碧蓝的水。老桶又说。

去那里干什么？太远了，而且已经毕业了，我们马上就该回去了。

老桶说，毕业后接着不是暑假嘛，不急着回，你就当陪我一次吧。北京，以后也许就不会再来了，就算再来，也不会这么从容了。

老桶的话也勾起了我的情绪，老桶心里有一块巨大的空白，我心里何尝没有一个巨大的空白呢？可是，密云的青山绿水能填平我们心中的沟坎吗？不管如何，我是不能拒绝老桶的，我们的友谊需要更多的时间来巩固。我想一想，到密云去，到几近原始的山水中去，不正符合我现在的心境吗？麦娟是我见到的最好的女孩，我们的爱情（？）就像许多比我们年轻的大学情人一样，分离是注定要完成的一种仪式，不必有太多的在意。倒是老桶的痴情令人扼腕和同情，那个漂亮的北京姑娘，那个学图书情报的研究生，那个具有丰富的现当代文学史知识的沈雪，她还是不能了解我们的老桶。说到底，她还是不能免俗。

老桶选择旅行的地点让我吃惊，在去密云的火车上（乘火车也是老桶的主意），我突然想到那个住在密云山区的塌鼻子姑娘，那个水房老太太的女儿。他去密云，是不是和她有关？是不是要重续旧情？糟糕，我怎么早没想到这一步。我看看若无其事的老桶，他的眼睛正盯着窗外，窗外已经是连绵的山峦了。

在密云车站的月台上，老桶的笑有些怪模怪样，还有些讳莫如深。在我被他的表情弄得不知所措的时候，我看到了麦娟，和麦娟身边的沈雪。麦娟也看到了我和老桶。

我们四人走到一起的时候，麦娟盯着老桶，我也看着沈雪。我和麦娟说了同样一句话，你们搞什么搞啊！

老桶说，成功了，哈哈！

沈雪截住老桶的话，说，我和老桶要来密云水库玩，没人作伴，我们就想到你们俩。沈雪笑吟吟的，这是老桶的主意，我说要一起乘车的，他说要单独邀请。等会我们每人揍他一拳。

罚他拎包！麦娟说。

就罚他拎包。沈雪说。

于是老桶就像小学生受到表扬一样高兴地把麦娟和沈雪的包挂在脖子上了。

后来麦娟送给老桶一个词，兴高采烈。我也送给老桶一个词，得意忘形。麦娟说我用词不当，至少不够精确。因为他得意并未忘形，他还知道他叫老桶，他还清楚很多事，总的来说，这家伙是个危险分子。我基本上同意麦娟的话，危险分子用在老桶的身上是恰如其分的，他说的一些话往往令麦娟和我不能接受，因为我和麦娟的关系并非他和沈雪那样。要不是沈雪给他使眼色或点他一指头，这家伙嘴里不知还会吐出些什么话来。好在我和麦娟都能很好地控制并表达自己的情绪。其实我觉得麦娟也是用词不当。但是我又觉得追究这些都毫无意义，因为我们当时都处在尴尬的境地，不过随便说一句而已。

密云水库的四周是安静的山峰，山峰和山脊上有古长城的断壁残垣。老桶无疑是我们这次游览四个人中最为兴奋和最有主见同时也是最愚蠢的一位，我们都习惯听任于他的指手画脚，因为我们都太知道这样的团体必须有一个头。这个头麦娟和沈雪是不能担当的，我更无心挑头，何况，还要花一些钱，甚至替女孩拿包。我们沿着水库边小心地行走，我们感到水的凉意。水库的水是黛色的，让人想像不出水有多深。你只相信这些水已经存在水库好多年了，那种从水底冒上来的凉气让你不能不相信大山深处无底的黑洞。我们走着，然后就和水面拉远。我们错落在山凹和山梁上，不时地互相搀扶一把，汗水也开始从身上冒出来了。老桶开始抱怨说那山头明明不高，怎么爬到现在还是那样？老桶的话没人回答，大家都气喘吁吁了。那天登山值得一提的也就是后来登上一座古城堡了。站在城墙上，可以看到山皱里巨大一处还是水。湖水安静而深邃，湖面吸收和反射的阳光迷离而虚幻，捉摸不透的还有那湖中倒映的层层山峰。我不知道老桶和沈雪精心策划的这次旅行对我和麦娟会构成什么样的意义，也许，这儿才是生活中现实和浪漫的交界，也许这儿才是恋人们的理想去处。我和麦娟显然是多余的角色，我们的话语没有超过以前的范围，我也弄不清楚我们彼此的关系因此而变得更亲近还是更疏远。这次密云之行，我不打算写进小说，但是，因为在下山时，我和麦娟有过几次肌肤接触（所谓上山容易下山难，因为一些悬崖、陡坡或巨石，麦娟跳下来正好落进我的怀里，我们想像中的那种女孩大呼小叫，在麦娟和沈雪那儿得到恰如其分的表达），我们都不约而同地感到生分和拘谨，甚至有些无所适从，谁能相信一个星期前我们还曾拥抱和接吻呢。我的感觉就像误入了某个排练场，我们并不是这儿的角色，聚光灯突然照耀，留给我们的除了惊慌失措，就是故作姿态了。所以老桶的这次花费，我觉得他有点冤，倒是沈雪和麦娟的互相热情，给我们的旅行增添了一些色彩。

那天我们很晚才回到北京，火车上沈雪说了一句意味深长的话，青山绿水，蓝天白云。我倒是觉得老桶和沈雪的苦心算是白费了，他们以为所有的爱情都要有完美的结局，其实也未必，就像我们熟悉的日子，我们认定的世界，都未必是我们原想的那样。但日子就是日子，生活就是生活。

穿 香

我同事朱香是个对服饰特别讲究的女孩。她和我坐对面桌，我每天都要看着她换一身不同于前一天的衣着。我感觉她至少有三百六十套美丽的时装，要不，她怎么能有一天一换的资本？当然，女人们喜欢穿好看的衣服，像孔雀一样天天开屏，这是女人的天性，无可厚非。我在这里也不是要批评朱香，相反，我还要赞美她。

但是朱香穿衣服并非都是为了好看，有时候，是穿给别人看的。简单说，就是穿给小黄看的。比如今天，她刚坐下，就嘟囔着说，什么东西，什么东西。

她说什么东西，好像是她受了委屈，实则上，委屈里，隐含着别的内容。

她做出认真生气的样子，叫我不得不拖完地，又抹桌子，还把报纸夹到架子上，就连饮水机开关，都是我打开的（这些活儿，从前我们是分头干的）。当我泡好一杯茶坐下来的时候，她才对我说，老陈你说气不气人，我前天穿那条开岔的红格子裙你看到了吧？我刚穿半天，死小黄昨天就穿了，她个子那么矮，穿红格方，人就矮下去半截了，你说难看不难看？还有啊，她把小肚子裹那么紧，看不到腰了，全是肚子，敢跟我撞衫，什么东西！你说说，她是不是难看死啦？

我不想回答她的话。她的话难以回答。我无论说难看,还是说不难看,都要得罪人。不是得罪朱香,就要得罪小黄。你也许会说,小黄不在场,可以给朱香点面子,顺着朱香的话说,就说小黄难看得了。可这不是我的风格。何况在我看来,小黄穿什么衣服都正常,小黄圆鼓鼓的小腹,我倒觉得挺性感。

朱香的眼睛灼灼逼人地望着我,等待我的回答。

我只好喝一口还滚烫的茶水,以示掩饰。

朱香却不依不饶地看着我,似乎我不给她一个满意的回答她就不收目光。

她眼珠有些黄,我害怕她那样看人。我顾左右而言他地说,小黄昨天还敢跟我下棋,我下了他五比蛋,差点输了屎淌。

朱香说,那是男小黄,我是说女小黄。

我说,啊,女小黄怎么啦?

朱香皱了皱眉尖,说老陈你烦死我了,不跟你说了,没劲。

我装疯卖傻收到了成效,也巴不得她不跟我说。我不反对她穿衣服,却反感她说话。真是奇怪,她的每句话,在我听来,都是有所指的,不是针尖就是麦芒,感觉她没有一时半刻心平气和的时候。我手里有一大摊工作要做。我是一个喜欢干具体工作的人,不喜欢跟领导的风,也不参与同事间的明争暗斗。哪有时间哄那些和自己不相干的人啊。对于朱香一天一换的时装,更多是带着欣赏的眼光来看待的。朱香不漂亮,五官也不周正,具体说,就是左眼有点高,右眼有点低,她要不做精心的化妆,把左眉毛描低一点,把右眉毛描高一点,让她的一双眼睛尽量地对称,我想很多人都会看出来她天生的缺陷。她鼻子和眼睛的三角地带,还有许多细密的小雀斑,这些小雀斑,有种媚人的感觉,反给她增添了许多风致和魅力。她小脾气也多,动不动就使小性子,好像全世界的人都要宠爱她。我跟她共事一年多,基本上已掌握了她的习惯性脾气,对付她,大都能游刃有余。说真话，她每天一换的衣裳，就像每天一变的风景，养人的眼睛，我内心里还是喜欢的。

朱香说不跟我说了，她就真的不跟我说了。以小人之心度小人之腹，我想，她是很想跟我说的。她受不了女小黄的气。在她看来，小黄是存心跟她作对。小黄只要穿朱香穿过的那种式样的衣服，哪怕在色彩和造型上类似，她也要耿耿于怀，好像小黄在拆她的台，影响了她的形象。朱香的行为和言论，简直是无稽之谈。但是究其原因，我还是略知一二的，这就是，小黄越来越受到丁总的器重了（也许欣赏更准确些），而这种待遇，朱香原来是差一点得到的。

朱香果然在生气状态中。不知是生我的气，还是在生小黄的气，抑或在生丁总的气。朱香把圆珠笔在手上绕来绕去，一会儿说，气死我了。一会儿又说，气死我了。

朱香说，老陈我不能在这里干了，这里的人老是欺负我，丁总欺负我，小黄欺负我，你老陈也欺负我。我要跳槽，我要去做时装设计师，我要去做健美操教练，我要去做模特儿，我就是去要饭，也不在这里干了。老陈我跟你说半天话了你都不理我，老陈你是不是跟小黄一条腿？

我一听就笑了，我说你这是哪对哪啊，你这衣服不是很漂亮嘛。颜色特别，像荷花色又不像荷花色，造型也别致，很适合你。

当然啦，我衣服没一件不漂亮的，我哪件衣服不漂亮？配衣服，要讲究色彩和造型，色彩啊，造型啊，我都是行家，我都是做过研究的。再说了，我衣服，都是我亲自到专卖店挑的。我不像有些人，靠别人送，算什么本事。衣服哪里能靠人送啊，别人怎么知道自己喜欢什么衣服啊，靠别人送衣服，档次太低了。

说到衣服，朱香快乐了，但是她说着说着，到最后，又损了小黄一把。

小黄比朱香漂亮。虽然在朱香眼里，小黄很矮了，其实，小黄至少也有一米六二，而且可以用亭亭玉立来形容。尽管朱香已经一米七了，由于走路有些虾，还有些晃，身高对她来说，似乎不是什么优势。当然，此话没有人跟她说，她自我感觉依然在身高优势上。如果小黄再在穿衣上抢了朱香的风头，也难怪朱香于心不甘了。

说话间，小黄来了。小黄穿着很简洁，黄T恤，白短裙，简朴的半高跟鞋，加上素面朝天，给人很凉爽的感觉。小黄是企划处的，和我们企管处经常有业务上的交叉，因此往来也多一点。她一进门，哟一声，说，小朱你这衣服好晃眼啊，漂亮，漂亮啊小朱。

朱香脸上就充满喜悦之情。看来，人都是喜欢说好的。但是小黄接下来的话，就让朱香消受不了了。小黄说，我也有一条裙子，也是荷花色的，和你这条差不多。我知道小黄这话要惹祸了。果然，朱香一下就冷了脸。不过，她还算克制，没有使点小性子给小黄看。小黄呢，就像是有意要气朱香似的，说过就转到我这边了。她说陈处长，丁总让你把上个月的报表再给他一份，他明天要到上海去谈项目。

我答应一声，就在电脑上调文件。我偷偷看一眼对面的朱香，朱香挂着脸，不吭声。

我把上个月的报表打印一份，递给小黄。

小黄说，丁总刚去过上海，又要去了，真没意思，到别的地方还好玩玩。

小黄话里话外的意思我全听懂了，她也要跟丁总一同去上海，而且她去过多次了，不想再去了。

小黄走后，朱香不屑地说，我就看不得这种人，太张狂了。你说呢老陈，上海有什么好玩的，还不是想丁总送套衣服给她。丁总的衣服也不是白送的。

我能听懂朱香的话外音。我笑笑，没有明确的表态。

朱香对我的应付显然不高兴，但是也不好对我说什么。我知道朱香曾经是丁总的红人，或者，丁总是想把朱香培养成红人的，就是红颜知己的那种红，就是最红最红的红颜知己。可是，后来不知哪根筋搭错了，丁总对她突然就失去了兴趣，就把她和小黄对调，小黄到企划处了，朱香就到我们企管处。我们单位的企划处是对外的，全称叫企业规划发展处；企管处是对内的，全称叫企业内部管理处。企划处是经常外出的，企管处恰恰相反，长年足不出户。所以，朱香一到我们企管处，就怨声载道，工作也不积极，可又不便明说。我这个代理处长，拿她也没办法。

朱香拿出镜子，补一点妆，不着边际地说，其实我无所谓，老陈你知道我现在干什么？

我说不晓得。

猜猜看。朱香自己倒是饶有趣味的样子。

干什么啊？大不了又是减肥。

老陈你真俗，减肥也好拿出来说啊。老陈本来我是不想对你说的，我对谁都不说，我自己活出质量来就行了，可我实在看不得那些人的张狂劲，我气死了，我只对你说老陈，我在工人文化宫时装模特训练班训练。老陈你没觉得我最近变啦？

我想了想，想想她走步，想想她身材，想想她脾气，都没觉得有什么变化。但是我还是不能免俗，违心地说，唔，你不说我还不知道，原来你是接受了模特训练了，怪不得。

朱香一听，来劲了，惊诧地说，真的啊？我才去两个晚上哎，才训练两堂课哎，老陈你真看出我变啦？我是不是腰直啦？胸挺啦，屁股翘啦？走路有弹性了是不是？

我只好把谎言撒到底了。我说是。我说你漂亮很了。

朱香像受到表扬的三岁儿童，拍着手，跳起来。朱香说我就知道我会变的，我们的模特训练师，是从南京请来的，主要以塑型为主。我太喜欢跟她学走猫步了，老陈我走两步给你看看不要紧吧？

朱香还没等我说话，随即就走起了猫步。办公室空间不大，走不了三四步，就要收势、转身。又走不了三四步，又要收势、转身。朱香还做着造型，一只手搭在屁股上，一只手在前边摆，手臂摆动的幅度很大，从丰满而性感的小腹上绕过去了，再夸张地绕回来。朱香乐此不疲的表演我不能不看，因为观众只有我一个人，而且她还不时地看我一眼，冲我一笑，似乎在问，怎么样？

朱香的表演让复又进来的小黄看到了。小黄先是吃惊，后就热情地说，跳舞啊小朱？还是表演节目给陈处长看？

朱香像是藏着很深的秘密，说，你不懂。

朱香累了，坐下来，喝口水，咻咻地喘气，旁若无人地说，怎么样啊老陈？

我哈哈地和着稀泥，说，两个字，非常很好。

小黄说，不对啊，非常很好，三个字啊。

朱香撇一下嘴，说，还三个字，明明是四个字嘛。

我和小黄都笑了。我拧着脖子，问小黄，有事啊？

小黄掠一下头发，说，怪了，我是来什么事的？瞧我这记性，这个这个……这个，不好意思陈处，等会儿想起来再来说。

小黄临走时，跟我做个鬼脸。好像在说，她不是不懂，是什么都懂。

朱香在小黄走后，用鼻子笑一声，说，老陈你知道小黄是来做什么的？

我说不晓得。

我晓得。朱香又用鼻子笑一声，讳莫如深地说，我晓得她是干什么来的，我不说。

不说就不说吧。我得忙我手里的事。我心想。

一天总算熬过去——下班了。

我在厂车上和小黄坐前后位。这是早就排定的座位，目的是上车不乱,也避免车间职工争抢座位引发矛盾。小黄在我坐好后上车了。我想起小黄在下班之前找我,怕有什么重要事情,就说小黄你是什么事找我啊?小黄转回头对我笑一下,说,我一下就忘了,真是怪事。小朱还以为我故意进去的,还以为我窥探你们什么秘密的,嘻嘻,我不是乱说的人……怎么就你一个人啊?小朱呢?我听出来小黄话里的别的意思,好像我和朱香有着什么特殊关系,就像形影不离的鸳鸯一样。我只好正经地说,朱香应该来了吧?我这么一正经,等于是承认了小黄话外的意思了。我就佩服这些女孩子的心眼真会拐弯儿,她们总是比男人多几个心眼。男人的心眼是笆斗,不漏水,女人的心眼是箩筐,密密麻麻的全是小洞洞。因为不想在大庭广众之下表现出我和朱香之间有什么瓜葛,我就掩饰地朝车下望去。我看到夕阳下的朱香,在宽阔的广场上,走着猫步,一咏三叹地向厂车走来。我忍不住想笑。可已经有人笑了。笑的人说,你们看那是谁?不是朱香嘛,好好的腿有毛病了,哈哈……朱香走路的样子确实滑稽。不过她好像知道车上人在注意她似的,很快又恢复了常态。可惜小黄没有看到,小黄像天鹅一样伸长脖子,说,哪?哪?哪里啊,这不是好好的么?车上人又轰地笑了。小黄在笑声中抱歉地瞟我一眼,好像她惹大家的笑污辱了我,她要负什么责任似的。我觉得小黄有些怪怪的,我能感觉出现在小黄和从前的小黄之间细微的变化。远的不说,远的时候我们还是一个办公室的同事,就说不久前,我们还常常谈正常的工作,开可笑的玩笑。可自从她因为穿衣和朱香引发矛盾以来,小黄的话里不是带着钩钩,就是拐着弯儿,有时候还不是拐一个弯儿,七拐八拐拐了好几道,让你根本摸不着北。小黄明天就要和丁总去上海了,否则,我要跟她谈谈,我和朱香什么事都没有,就跟我和你小黄一样。

朱香前脚一上车,车厢里就飘起一阵香味。朱香身上的香是一成不变的。我开始闻不习惯她的香,后来习惯了,在办公室里竟闻不出她的香了。我被她那种淡淡的清亮的香所同化了。不过，从办公室转移到厂车上，我的嗅觉又灵敏起来。我知道朱香不同于别人的气味，就像她名字一样。

有人说，朱香要换工作啦？嫌我们庙小，去做模特儿？

朱香似是而非地说，你不懂。

模特儿是要赚大钱的。

朱香还是似是而非地笑着，说，你们不懂。

她不说你，而是说你们，面积就大了，包括了一车人，也就等于回答了一车人的的问题，所以，车上便没有人再跟她说话。

不过后来，朱香的猫步，不仅在办公室里走，在广场上走，竟然一直走到厂车上了。在车厢的走道里，她恰如其分地发挥了窄小的空间，猫步走的有点像那么回事。大家都会心地笑着，看着她从身边表演过去。人们很错觉地认为，她会和那些职业模特儿一样，脱掉某一件衣服，做一个造型的。让人失望的是，她在该做造型的时候，屁股一扭，坐到自己在后边的座位上了。

很可惜朱香的猫步没有坚持走下去，她突然就不走了。

朱香这天上午坐在办公桌前发呆。我才发觉，她猫步没走。昨天上午没走，下午也没走。这可是她的大变化，我却没看出来。朱香呆了一会儿，跟我说，老陈你怎么不跟我说话？

我说我忙死了。

朱香眼睛跟我眨巴眨巴，一副不理解的样子。

你没看到我都忙残废啦？我说。

朱香对我的调侃没一点反应，她有些怨艾地说，你除了干工作，你还能干什么？你没看出来人家情绪不好么？

朱香的话就像我真跟她有什么似的，你情绪不好，我就非要关心你吗？我不干工作，就要干别的？我知道我有些恶毒了。我打岔说，是吗？情绪怎么啦？小黄还没有回来，她不会又跟你撞衫了吧？小黄到上海都是要买好多新衣服的。

朱香的鼻子里发出一种古怪的声音，说，你提她干什么？真没劲，什么撞衫啊？是她在跟我学。她那眼光能穿出什么好看的衣服？上海的好衣服是不少，把街都压塌了，可也有烂衣服，凭她的眼光，她会把烂衣服当时装的，你信不信老陈？老陈我知道你护着她，她从前是你办公室的人，她比我好是不是？你是不是老拿她跟我比？你不要摇头，我知道你就是这样想的，好了好了，我们不说小黄了。老陈我对你说，你看我是不是有一米七三？

我说我一米七六，我感觉你比我还高。

就是啊，我还要穿高跟鞋哩。朱香怨恨地说，可她们有眼无珠，脑子里进水了，居然不要我。工人文化宫时装模特队不要我，说我要是再高三公分就好了。不就是三公分，一米七三和一米七，有多大区别啊，老陈你看我像是一米七的身高吗？

朱香说着，站起来，拉着裙角，很婀娜地做一个旋转。

我怕拍马屁拍到驴腿上，赶快说，不止，你做模特正好，太高了人会晃，你不高不矮，而且不胖不瘦。

就是啊，不要我拉倒，我正好也不想去，我……朱香诡异地笑了，她说，老陈，你知道我要参加一个什么活动？

不晓得。

想不想晓得？

还没等我回答，朱香又说，我本来不想对你说的，我看你这几天表现还不错，我就透露给你。老陈你这样，今天不是星期五嘛，你在后天，就是星期天的早上，到乔伊斯家具城去，跟我们一起参加活动。

我问她什么活动。

朱香说，要说出来就没意思了，你准时去就是了，别忘了，星期天早上八点半，乔伊斯家具城。不能对不相干的人说啊！我们的口号是，我的地盘，我做主！

我暗暗有些好笑，觉得朱香能搞出什么名堂来？什么我的地盘？

中午在食堂吃饭时，碰到小黄，她什么时候悄悄回来了我都不知道。那么，丁总也回来喽。小黄果然穿一件别致的连衣裙。按说，现在的连衣裙，时尚女孩很少穿了。由于小黄的连衣裙是属于变异的那种，主要变化在腰上，而且没有袖子，领口也很低，又是"凵"形领子，很深的乳沟显得神秘莫测，让人不禁浮想联翩；颈部还有一件小饰物，好像是为了中和过于暴露的胸部，实则起了反作用，反而让她的胸部更为迷人（也许这才是真实效果）。小黄就排在我的前边，我闻到她身上淡淡的薄薄的香气。她身上的香气和朱香不一样。朱香的香和她名字一样，有些张扬，也有些"猪"，而小黄的香更多是含蓄，是那种可以意会的体香。她的美人肩就在我的眼皮底下，她的波浪般的长发像水流一样散下来。我跟小黄打声招呼，说回来啦？小黄说回来啦。小黄拧过脖子在饭厅里打量一眼。我猜想她是找朱香的。有人从后边伸过脖子，同时伸出手，在小黄的身上碰一下，说，漂亮死了，在上海买的？小黄说，哪里漂亮啊，随便带一件穿穿。小黄的话确实是随意的。她和朱香在对待时装上，表现出两种截然不同的态度。如果是朱香，她一定会说，当然啦，我买的时装，哪有不漂亮的，我家里还有更漂亮的。而小黄呢，却是轻描淡写的，效果却是殊途同归。甚至，小黄的话，更让别人容易接受。小黄的连衣裙穿在小黄穿身上真是妖娆，和她的气质、身高、皮肤、脸型，甚至发饰都非常匹配，就像是为她量身定做一样。我也下意识地在饭厅里扫一眼。我想朱香要是看到小黄穿这么漂亮的时装，她心里又非常难受了。不过我知道朱香中午不来吃饭了，她带了一只苹果，还有两只核桃，她把苹果和核桃当成午餐了。

我买一份红烧肉，一份素炒水芹。

小黄示意我坐到她那桌去。

我坐在小黄的对面，小黄调皮地说，怎么没看到小朱？

我对小黄老是拿我问朱香，有些反感，好像我是朱香的拐杖，能够指引朱香的行动似的。其实，小黄肯定是误解我和朱香的关系了。我考虑有没有必要跟小黄解释一下。再一想，解释又干什么呢？又怎么解释呢？不过既然小黄问了，也有她问的道理，我和朱香毕竟是一个办公室的，她跟我打听朱香，也是理所当然的，何况她还做个鬼脸呢，何况她让我坐她对面让我全面欣赏她的大面积暴露的胸脯呢。我说，朱香啊，不吃了，是要减肥吧。

小黄说，她还要减肥啊，瘦得跟剪刀一样，对了，你办公室有剪刀吧，下午借给我用用。

我不知道她是指朱香，还是真要剪刀，我第一次听她把朱香比作剪刀。剪刀，说的还真像，朱香的腿有些剪刀的意思。我说你要用剪刀？我抽屉里有一把，等会儿我送给你。

不用，我去你办公室拿。小黄用筷子在菜碗里挑两下，说，香菜你喜欢不喜欢吃？我不知道豆腐里放香菜了，我不喜欢香菜，主要是不喜欢这种味道，你拿去吃啊？

小黄把菜碗推我到面前，说，又难闻又难吃，跟朱香身上的香味差不多。

我觉得小黄是拐着弯在说朱香，也许并不是香菜真的不好吃。

我在吃小黄给我的香菜的时候，小黄又说，陈处长跟你说件事情，你不要怪我哦。

我说不会吧，什么事这么严重？说吧，我不怪你。

小黄说，看你大义凛然的，也不是什么大不了的事，说起来笑死人了，我不过说朱香在办公室练功，还有在车上走时装步，丁总就不高兴了。

我说，这和我有什么关系？

就是啊，丁总骂了你。

我觉得，小黄的话没说完。一定是她在丁总跟前说了我和朱香什么什么的。也许小黄的本意并不是要损害我什么，而是针对朱香的，贬损朱香的。但是丁总可不是这样想。丁总喜欢漂亮的女孩子，他没有把朱香弄上手，并不是说他不喜欢朱香，是留待机遇，就像朱香是他的定期存款，时间越长利息越高。此前我从朱香的话中，已经感觉到朱香后悔的迹象了。朱香不能容忍小黄，原因也是丁总。小黄这么一说，我心里倒是真有点负担。我们是小企业，丁总可是一手遮天的，他拿个借口，就能开了我。

吃过中午饭我和男小黄躲在会议室下了几盘棋。男小黄的棋和我差不多，我发挥好了，能赢他三比零，他发挥好了，能赢我三比零，要是我们两人都发挥好了，能连下几盘平局。今天男小黄高兴，连赢我两盘。我发着狠说，我要再赢你三比零。男小黄说，那我不下了。我说不行。男小黄说，好吧，那就再赢你三盘，上次你赢我五比零，这回我要让你服气，还你个五比零，来而不往非礼也，何况，我就要调到你手下了呢。男小黄的最后一句话，让我没心思下棋了。我说，什么，你要调到我手下？男小黄说，是啊，你还不知道？装的吧陈处？我说我真不知道，那朱香呢？你跟朱香对调？有意思。男小黄说，有什么意思啊，你天天面对美女，有人嫉妒你了。我说你别瞎讲，丁总才不是那种人，她什么女人没见过？朱香真要调过去，那也是工作需要。男小黄笑笑，说，企划处就是三个女人了，三个女人一台戏，一个美丽的女处长，带着两个小妖怪，朱香小黄，瞧她们好戏吧。

男小黄的话不知是真是假，也许不是空穴来风吧。

下午刚上班，女小黄就到了（为了便于叙述，女小黄前边就不加女了）。朱香还没有来，小黄就在朱香的椅子上坐下了。我把剪刀从抽屉里拿给她。就在这时候，朱香来了。朱香一进门，就说，哟，小黄啊，你坐你坐。朱香说着，眼睛还是不由得多看几眼小黄身上的漂亮衣服。我猜朱香是不会当着小黄的面夸小黄造型别致的连衣裙的。因为朱香今天的衣着也很别致，一条浅色低腰七分裤，配紧身小T恤，露出长长的一截小肚皮。我感觉她这条裤子在一个多月前穿过。这可不符合朱香的个性。不过她那么多衣服也难免有不重茬的。朱香没跟小黄再客气，她在小黄让给她的椅子上坐下了。朱香整理案头的东西，眼睛看都不看小黄。小黄对我挥一下手，说，我走啦。小黄款款地走出了我们办公室。本来我想问问小黄，证实一下男小黄的话。可因为朱香的到来，不便说了。

朱香一直目送着小黄走出门外。朱香说，星期天的活动你跟她说啦？

没有啊，我说。

你可不能说，这种活动，不是一般人都能参加的。再说，你就是说了，小黄那种人也不一定能理解，你瞧她身上的衣服，三年前就流行过了，现在还来摆脸，笑死我了。老陈你说小黄的衣服好看不好看？算了，不问你了，你也不懂，小黄的衣服，太黄了，你们男人不都是喜欢这种带黄的人嘛。丁总的眼光啊，真是越来越俗了，超级俗。

我总算明白了一点道理，两个女人，明的在为穿衣互相较劲，实则可是醉翁之意不在酒啊。

不过我关心的是朱香是不是真的要调走。我说，朱香你也不够朋友，是不是我对你照顾不周，要调到别的部门啦？

我没说她要调回企划处去。

朱香就快乐地笑了，她说，你知道啦？丁总真是讨厌死了，什么话都跟你说。

至此，男小黄的话得到了证实，朱香确实要回企划处了。她原来在企划处少不了和丁总一起出差，因为人所共知的原因，她没有得到丁总的宠爱，而被打回到企管处。现在，她又杀回企划处了，而且,听话听音,还是丁总亲自过问的。我的理解是,她做不成丁总的红颜知己,也不能看着别人跟丁总做红颜知己。那么,小黄呢?小黄知道不知道朱香要回去?

星期天早上,我本来忘了朱香约好的活动,朱香又给我手机上发一条短信,提醒我。我只好如约来了。乔伊斯家具城门口已经围了一堆人,大约离家具城开门还有十多分钟吧,来人都一声不响地站着,安静得像事先有人打了招呼。我在人群里,自然也看到了朱香。朱香毫不例外地又是一套新时装,她也看到我了。她看到我就跟没看到一样。我正想跟她打招呼,她在她丰满而鲜艳的嘴唇上竖起一根手指,示意我不要说话。我不知道她是什么意思。我看周围的人都是一脸庄重的样子,我便也庄重起来。不过,我还是不时地看一眼朱香。朱香就像变了一个人,安静得就像一个淑女。

八点半,家具城开门了,这门外的几十口人,不慌不忙、从从容容地走进家具城。

我敢肯定地说,家具城的经理,还有售货员,看到一大早就有这么多人等在门口并涌进家具城,一定以为来了大生意了,可他们没有想到,朱香他们这些人进来以后,找了一张沙发就坐下来。家具城的每张沙发上,都坐着一个人,有男的,有女的,都是一样的表情,安静,严肃。另外,还有像我这样事先得到邀请的"顾客",严肃地走在店堂里。我注意到,售货员们有些诚惶诚恐,他们被这些人的阵势吓呆了。有一个胆子大一点的女孩,她试图问一个男人,可她问了三声,这个男人就像没听见一样,熟视无睹。我还看到,售货员们也自觉地聚拢到一起了。半个小时以后,人们开始陆续走出去,和进来时一样,都是从容的。我也跟着他们,一起走出去。我听到一个女售货员在我身后说,神经病。

我用眼睛寻找朱香。让我非常吃惊的是,我在找到朱香的同时,也看到丁总了。朱香和丁总在一起。丁总原来也是我们这帮"神经病"里的一员。

我孤陋寡闻,不知道这是一项什么活动。但是,什么活动不重要了,重要的是,在朱香的安排下,我看到了丁总。丁总是我们的老总,我看到他并不难,问题是,我在这种场合看到他,其意义确实非同一般。因为他的手,其时正搭在朱香的腰上。

不出意外,传闻变成了事实,朱香重新调到企划处了。男小黄调到了我们企管处。

现在,我和男小黄坐对面桌。在我们楼下,就是企划处。朱香和小黄同处一室了。我不知道,朱香一天一换的时装,会给小黄带来什么样的心理压力;或者,暗中和朱香较着劲的小黄,还会使出什么解数来折磨朱香,她应该更能把握对方的心理。无疑的,朱香能够调回企划处,在心理上已经占据了优势。但是,我相信,小黄绝不是等闲之辈。现在,要考验朱香和小黄的,并不是朱香和小黄自己,而是丁总。丁总高超的用人艺术,就像不久前我参与的发生在家具城的那次活动。说不清道不明的活动中,暗藏玄机。是的,当丁总看到两个女孩为自己争风吃醋(也许还有女处长,谁知道呢),他会怎样的暗中窃喜呢。

唯一让我和男小黄感到方便的是,我们不需要躲到会议室下棋了。每天中午,我们吃完饭,直接就躲到办公室里,在楚河汉界摆开了战场。至于发生在企划处的故事,我们就是想关心,也关心不上了。偶尔的,我们会闻到楼下企划处那边飘过来的香味,至于风姿迷人的时装,更是经常打扰我们的眼睛。我不知道那里的战场,会不会比我们在棋盘上更为激烈。

我在树上,我想事

几天前就流传,我们学校要来一批实习老师了。同学们对这个消息都有些莫名的兴奋,特别是女生们,交头接耳说悄悄话的突然多了起来。据说林红还跟姐姐借了一条连衣裙,准备在实习老师正式上课的那天穿。她把连衣裙叠在枕头下边,把好朋友陶丽拉到家里炫耀一番。陶丽在跟葛萍萍说起林红的连衣裙时,不无讥讽地说,林红那个身材,要是穿裙子,光剩下屁股了。说完,和葛萍萍一起哈哈大笑。她俩的意思是说,林红屁股大,穿裙子并不漂亮。看来,林红、陶丽、葛萍萍那个小群体,并不是铁板一块,她们互相间的心事,就连最要好的朋友都捉摸不透。

五一节前一个星期天的下午,同学们都从四面八方返校。我在石门渡一下船就看到林红穿着大花的连衣裙东张西望。我没觉得林红穿花裙子有什么不好看。林红的屁股是大了点,可她别的部位也不小啊,这样看起来,林红其实还是很匀称的。林红裙子上的花是好几朵碗口大的向日葵,金黄色的葵花开在一片蓝天上,有一朵,正好开在林红的胸脯上,林红丰满的胸脯顿时光辉而灿烂,好像那朵葵花正在开放。

学校的高音喇叭里传来"我们的生活充满阳光",这是那时候最流行的抒情歌曲,我们都被于淑珍的歌声而感动了。许多人听到这支歌，都会不情不自禁地跟唱。林红的嘴里虽然也在跟唱，但是显然的，她的心事没有全用在唱歌上。她东张西望的样子，在我看来，有些鬼鬼祟祟的味道。

她在等人。

莫非实习老师们也是坐船来的？可这条河并不通城里啊？

我没有去理会林红。虽然我很想在她的花裙子上多看几眼，但是我怕林红发现我的心事。我走在通往学校的砂石公路上，心里还想着林红身上盛开的向日葵。

在邮电所门口我碰到了我们班的许大马棒，其实他叫许虎，因为块头大，鼻子也出奇地大，同学们就给他起了这个绰号。

许大马棒也看到我了，他兴奋地带着浓重的鼻音喊道，江春华，过来。

我站着没动，说，什么事。

许大马棒跑来了，他说，太搞笑了，你看没看到林红？她像掉了魂一样。她跑到汽车站，又跑到火车站，刚刚又往码头跑了。你知道林红跑来跑去干什么的吗？摇头了吧，猜你也不知道，她是去接实习老师的。林红听说牛老师和陶丽他们去接实习老师了，可把她急死了，她就像热锅上的蚂蚁。

许大马棒说完，还学着蚂蚁在原地笨拙地转了一圈。

我们都知道许大马棒嘴大，他在我们八班是有名的大嘴巴，比女同学还能盘话，就是在东湖中学整个高一年级，他的名气也不小，和爱穿花衣裳并曾偷偷抹过口红的林红不差上下。因此我们班的男同学都不想跟他说话，连走路都离他远远的，生怕被女同学冠以碎嘴的名声。碎嘴，和大嘴巴异曲同工，可不是什么好名声啊。

你怎么不说话。许大马棒疑惑地看着我。

我一眼就看穿了许大马棒的心思。我说，我在石门渡看到林红了。林红在石门渡，你要去石门渡你就去，跟我绕什么花花肠子！

许大马棒的脸腾地红了,他怎么会想到我是他肚里的蛔虫呢?其实,不光是许大马棒在悄悄喜欢林红,据我观察,我们班至少有十五个男生喜欢她,就连班主任牛老师,也对林红另眼相看。这不光是因为林红的父亲是东湖镇的财政所所长(葛萍萍的父亲是供销社主任,陶丽的父亲还是副镇长哩),主要还是林红已经像个成熟的大姑娘了。

1980年暮春的东湖镇邮电所门口,我同班同学许大马棒脸红脖子粗地站在瑞丽的阳光里,不知该不该去石门渡。他看着我头都不回地走在通往东湖中学的路上,心里一定恨死了我。

林红后来特别开心,因为让牛老师和陶丽、葛萍萍他们接来的实习老师,没有一个男的,清一色五个女老师,还一个比一个漂亮。一向消息灵通的林红没有和牛老师他们一起去接实习的老师们,一直是我心里的一个疑团。不过不久之后,这个疑团就消散了。原来他们不过是迎前了一站,在大槐树那里拦住了城里开来的客车,然后和实习老师一起,步行穿过一片蜂蝶飞舞的金灿灿的油菜地,沿着碧波荡漾的东湖边散步走回学校的。这显然是一次事先策划的非常浪漫的接站。我能想像出来,牛老师和班上的五六个女同学,簇拥着来自城里师范学校的青春而欢跃的老师们,该是多么的惬意,心里一定也像油菜花一样金灿灿的。

许大马棒在跟我说这个事的时候,流露出的是羡慕和神往的样子。他说,我那天差一点跟牛老师一起去,我来迟了,我要是早到半小时,不,二十分钟,我就能赶上他们了。

与失望之极的许大马棒相比,林红看起来要愉快的多,她避免了帮实习老师们拿大捆大捆的行李。她跟陶丽说,是你帮陈老师拿那只红色旅行箱的吗?我看过她箱子了,全是好看的衣裳。林红表面上是关心陈老师,实际上是庆幸自己没有出力还能跟陈老师好。

不过陶丽的话也厉害，她说，我没帮陈老师拿箱子，陈老师的箱子是牛老师扛着的，我帮陈老师背手风琴了。

陶丽的话充满暗示，意思是说，牛老师已经喜欢上陈老师了。

林红显然也听懂了陶丽的话，她指向不明地撇一下嘴，满脸的不屑和不在乎。

后来，两个看起来最要好的女生，一起去找陈老师了。

陈老师现在教我们班的音乐，使用的乐器就是她从师范学校带来的手风琴。陈老师是个小巧而秀丽的女老师，一双毛眼睛始终惊惊诧诧的，美中不足的是，嘴唇略略上翻，嘴也阔而大。好在她会抿着嘴唇笑，她一笑人就单纯了，好像还是没有长大的小丫头，好像是我们班某个女生的小妹妹。陈老师一来就让我喜欢上了。我曾悄悄喜欢过林红，有一阵觉得陶丽也不错，后来我知道我们班许多同学（包括牛老师）都喜欢林红后，我就只喜欢陶丽了。但是，陈老师一来，就动摇了我的信念。我喜欢陈老师上课，我们都喜欢陈老师的音乐课，因为我看出来，每到音乐课的那天，好多男生都格外的兴奋。典型的就数许大马棒，他会在课前直着大嗓门，高唱"我们的心儿……"

其实，我的心也早就飞向了远方，也憧憬起模糊的远在天边的理想来。

陈老师有无数件好看的小花衫，她在抱着手风琴拉琴的时候，会露出一小截白肚皮，那截小肚皮最让我激动了（也可能激动其他男生）。可是音乐课一周只有一节，这让我非常的不安，我想像着，要是天天都有音乐课多好啊。

我那时是班里的劳动委员，长一脸青春痘。文娱委员是林红。牛老师让林红干文娱委员的时候，林红不想干，她对牛老师说，我唱歌难听死了，我跟江春华对调一下吧。可牛老师看我一眼，似在征求我的意见。牛老师看我没有吭声，说，就这么定了。

现在，我真的后悔了。如果我当初点一下头，我就是文娱委员，我就能冠冕堂皇地和现在的林红一样，没事就朝陈老师的宿舍跑了。

有一天下午最后一节课外活动课，不少男同学抱着篮球往操场上跑。我留心一眼林红，她果然和陶丽、葛萍萍还有别的女生一起往陈老师的宿舍去了。让我感到奇怪的是，我们班主任牛老师也从语文办公室那边走过来，和林红她们汇合到一起，然后，一起走上了那幢老楼。那是一幢二层小楼，又老又旧，以前是老师们办公的地方，后来学校新建了办公楼，老楼就作为后勤仓库来堆放一些杂物了，再后来，又把楼底腾出来给新来的老师做宿舍。我们的班主任牛老师就住在楼底。陈老师她们五个实习的女老师，竟占据了楼上的五间房。这也是许大马棒首先对我说的。她们一人一间，太舒服了，许大马棒说，我们什么时候要是住上单身宿舍，我保证能考上北京大学！许大马棒的话显然是吹牛，他想住单身宿舍，无非是想搞什么阴谋诡计，没有人比我更知道许大马棒了，因为我也曾幻想着自己拥有一间宿舍。我们学生真是命苦，五张上下床，睡十个人，连插脚的空都没有，要是自己能有一间……不说这个了，因为我看到许大马棒，他假装无所事事的样子走到老楼前的花坛边，和许大马棒一起走到花坛边的是和我一个村的江锦洲，这家伙不知道为什么死心塌地地跟许大马棒好。

老楼的花坛是一个不大的小花坛，原来还能看到中间那根插旗的石柱，现在，石柱已经被那丛没人管的紫萝覆盖了，疯长的紫萝经过一个春天的雨水和阳光，已经从花坛里漫溢了出来，许大马棒和江锦洲对着花坛指指点点。我一看就知道他俩是假马假驴。他们表面上是在看紫萝，实际上，心思早跑到老楼的二楼，跑到陈老师的宿舍了。

陈老师的宿舍里果然飘出了悠扬而美妙的手风琴的旋律。

我站在操场的单杠边，远远地看着老楼，我也在想像着陈老师的宿舍，那儿还不知有多么热闹了，陈老师临窗站着或坐在椅子上（也有可能坐在床上），抱着她心爱的手风琴，优雅而忘情地拉着琴，在她周围，是我们班的女生……还有那个讨厌的牛老师……要是能有我就好了。

我没有去跟许大马棒打招呼。本来我也可以到花坛边的。可许大马棒先去了。许大马棒去，我就不去。我怎么能让许大马棒看出我的心事呢？我要是想看陈老师拉琴，我要是想听陈老师的琴声，我可以爬到那棵松树上。老楼的前边有一排松树，靠近陈老师宿舍的那棵最高。我想着想着，不由得就爬到树上了。我看到了陈老师，她娇小的身体正倚窗而立，旁边的床上放着手风琴。让我非常紧张的是，陈老师也看到了我。她好像知道我要爬到树上似的，眼睛始终望向窗外，望向她窗前的松树。她的眼睛一下就逮住了我。我以为陈老师会大发雷霆的，谁知道她抿着嘴笑了……

我被我的白日梦吓了一跳。我就像做了什么见不得人的丑事一样，就好像是人们传说的小流氓那样。我四下里打量一眼，还好，没有人注意我，满操场的同学们都在三三两两地散步或看书，稍远一点的篮球场上，许多人在拼抢一只篮球。

我在单杠上假假翻了一下，还是忍不住望向陈老师的宿舍。

在正对陈老师宿舍的窗口，是那棵高大而茂密的松树树冠。是啊，如果爬到树上，如果躲在树冠里，不是既能隐蔽自己，又能清晰地看到拉琴的陈老师吗？不是比在花坛边好多了吗？

我不敢爬到树上，决定先给陈老师写信。

陈老师她们五人在我们学校只实习八周，到六月二十日，她们就回城里的师范学校继续读书了。我要在陈老师返校之前，给她写一封信。可是怎么写，写什么内容，让我犯愁了，我既要告诉陈老师，我喜欢她，又不能让她知道我是谁。可不让她知道我是谁，写这封信又有什么意义呢？可要是让她知道我是谁，她把信交给校长或者牛老师，那我就死定了，我就是百分之百的小流氓了。算了，还是不写吧。

我心里想着不写，可还是写了。当陈老师那天穿一条白色的连衣裙，于黄昏时分和实习老师们一起上食堂吃饭的时候，我被她的美丽惊呆了。她安静的面庞和飘然的裙裾，就像想像中的仙女（虽然我没见过仙女），让周围的实习老师们黯然失色，也让树木和花卉不再鲜艳，就连天上的霞光，也收敛了，不敢张扬了。那天，我从陈老师身边和她擦身而过时，有些慌不择路。但是，我的游移和胆怯的目光还是和陈老师的目光接触了一下。陈老师似乎浅浅地一笑，似乎认出我是她班上的学生，似乎要跟我打招呼。但是这些"似乎"，都没有结果，因为我的目光在中途被陈老师清亮而温情的目光弹了回来。

回到宿舍，在别的同学都去上晚自习的时候，我给陈老师写了一封信。这是一封真诚的非常肉麻的信，信里诉说了我第一次看到陈老师的感受，还说如何的喜欢她的歌，如何的喜欢她洁白的连衣裙，如何喜欢她拉琴的姿态。话都是些空洞的话。信上没有署我的名，也没有说是哪个班的学生，为了防止核对笔迹，我还故意把我一手漂亮的钢笔字写得歪瓜裂枣，中间有一段，我甚至用左手写。但是我想陈老师能够看出来，写信的一定是她班上的学生。我还想，只要陈老师收到我的信，她一定会有所反应的。我可以根据她的反应，再决定是否让她知道我。如果她收到信的时候哭了，我就装着什么事都没有做。如果她收到信之后非常快乐，那我再给她写一封信，暗示我是谁，或者再以别的什么办法现出原形。

我是在第二天上午课间操的时候，跑到邮电所把信投进邮箱的。

让我不知所措的是，一连几天，我没有看出陈老师有什么异常的变化，她既没有我想像中的哭泣，也没有显出特别的开心。陈老师还和以前一样,安静地出现在校园里,从教室到办公室,从宿舍到水房,从操场到食堂……她在给我们上课的时候,依然先把手风琴背进教室,然后把手风琴放在讲台上,简单讲几句本节课的内容,就把手风琴的两根带子拷到瘦削的肩膀上,拉着琴教我们唱歌了。

　　有一天,晚自习下课了,我在教室里补写作业,一直到学校熄灯了,我才回宿舍。我在回宿舍的路上,耳边隐约飘荡着琴声。我不由得就拐到了那幢老楼前,我看到陈老师的宿舍里果然亮着灯。我是没有胆量到陈老师的门口侦察一下的,如果顺着楼底的这棵松树,爬到树上,从窗户里偷窥,看看陈老师在干些什么,还是完全有可能的。但是这棵树生长的太不是地方了,它居然就在牛老师的门口。牛老师的门窗贴着一层报纸,屋里即使亮着灯,我也看不出牛老师在干什么。但是,牛老师的威严,还是把我给镇住了。

　　我站在花坛边上,就是那天许大马棒和江锦洲站立的地方。茂密的紫萝挡在我的面前,清甜的香味扑进我的鼻息,紫萝下的草丛和湿润的泥土里,蚯蚓和许多不知名的虫子在和声合唱。单身教师宿舍楼里的灯光照不到花坛这儿,我可以很安全地仰望陈老师的宿舍,也可以提防被牛老师发觉,即便有同学路过这儿,只要我不吭声,他们也不会发觉我。但是,不知为什么,我还是很紧张,我的耳朵里,除了虫鸣,还有一种声音,那是手风琴愉快、欢乐的旋律。是的,陈老师的宿舍里,响起了音乐。我突然的有些激动,我觉得这是陈老师专门为我演奏的。

　　不知什么时候,牛老师出现在他的门口了。他怎么会突然到门口呢?我并没有看到他开门出来啊?莫非他根本就不在宿舍?莫非他有什么法术?牛老师屋里的微弱的灯光把他的脸照得一边黑一边白。牛老师正在点一支烟,我看到他嘴上的火星一闪一闪。

　　牛老师仰着脸,吐着烟圈。他也在听琴吗?这是显而易见的。牛老师一定也是被琴声引出来的。牛老师犹豫着,咳嗽一声,像是给自己壮胆,然后,含着烟往花坛这边走来了。莫非他发现了我?我不由得缩下身子。我缩下身子,心却没有跟着缩下来,而是一直蹦到了嗓子眼……就在我要坚持不住的时候,奇怪的事情发生了,从花坛里突然跳出来一个影子,把夜色划开一条黑线,风一样消失在黑暗里,只留下一串沙沙沙的脚步声。突如其来的黑影让我措不及防,也把牛老师吓呆了——他站在原地,半天才回过身去——他改变初衷,不往花坛这边走了,而是径直走回了宿舍。

我怕花坛里再冒出一个人,再把我吓得半死。我在牛老师进门时,赶快向黑影消失的另一个方向狂奔而去。

此后我一直在想,躲在花坛里的那个人是谁呢?是我们班的同学?还是别的班的学生?很可能就是许大马棒,或者江锦洲,或者别的男生。不管是谁,他一定是冲着陈老师而去的。那么他是不是被牛老师发现?牛老师又是如何发现他的呢?我真是百思不得其解。

有一天晚上,发生了一起让牛老师特别生气的事。这就是,我们班有接近三分之一的学生没有上晚自习——逃学了,原因是镇上的露天电影院放电影了。要是放别的电影,也许同学们不会去看。那天晚上的电影,就是陈老师在音乐课上多次提及的《小花》,她还把《小花》里的两首插曲都教会了我们,一首是《妹妹找哥泪花流》,另一首是《绒花》。这可是两支非常好听的歌啊,我们就是不去看电影,冲着这两首歌,也要去!

第二天早自习课上,我们年轻的牛老师铁青着脸,走进教室。牛老师的眼睛像一把刀,在每个同学的脸上割了一刀后,厉声地说,昨晚看电影的,站起来!

没有一个同学站起来。

原来你们就这点胆量啊,有本事敢作敢当!牛老师冷笑着说,不站起来我就不知道啊?我这里有名单,不要烂红眼照镜子,自找难看，自觉站起来！

没想到第一个站起来的是陶丽。

紧跟着，葛萍萍站起来了，江锦洲也站了起来。别的同学都站了起来，当然，我也站了起来。

牛老师用眼睛默数一下，说，还有呢？

站起来的同学互相望望，没有人说话。

明明是十九人，你们自己数数，才十七个，另两位，请自觉。牛老师胸有成竹地说，许虎，你昨天晚上干什么去啦？

我没看电影。许大马棒说，但他还是极不情愿地站了起来。

林红，你也站起来！牛老师恨铁不成钢地说，林红啊，我以为你会自觉遵守纪律的，没想到你也如此散漫。我们班，就数你和江春华有希望上大学，你们怎么这样不争气呢？

已经站起来的林红嗫嚅着说，我……我没看电影。

你没看电影？那你干什么去啦？你晚自习还没上一半，人就不见了，你以为我不知道？还有许虎，你也说你也没看电影，那你说说看，你不会说你在学习吧？

我是在学习，许大马棒说，我不知道他们都看电影去了，我在宿舍里自学。

许大马棒显然是在撒谎，所以引起教室里一片笑声。

林红主动说，我昨天晚自习身体不好，我跟李志翠说了，我就先回家了。

牛老师说，李志翠，你怎么没跟我说？

李志翠说，我……我忘了。

李志翠也在撒谎，我想。

牛老师没有让林红坐下，他并没有因为李志翠做伪证而原谅林红，他又看一眼我们站着的同学，脸又重新绷紧了。牛老师说，你看看你们，一个个横高竖大，站着跟躺着一样长，你们的家长还以为你们来念书的，你们却跑去看电影，你们想想，你们对得起自己吗？你们对得起父母吗？我看你们也不能念书了，你们……嗨……算了，我心也气嘴也说干了，你们都不要念书了，你们都给我出去，滚出去，回家写检查，让家长签字，不签字就不要来了！

我不过以为牛老师在说气话。可林红第一个出去了，林红哭着走出了教室。别的同学也都一个跟着一个走了出去。

东湖中学门口有一座古老的石桥，一排同学坐在桥栏杆上，除了家住镇上的几个同学而外，我们都没有回家。男同学都坐在桥栏杆上，女同学就聚在桥的那一头，在那棵高大的橡树下一声不响。但是我只看到陶丽和葛萍萍，我没有看到林红。林红昨天晚上确实没有去看电影，我在那堆女同学中间没有看到她。我以为实习老师也会看电影的，可我在整个露天电影院都没有发现陈老师她们的影子。至于许大马棒，我想不起来了，昨天晚上他没有放在我的心上，而且我们男同学也并不是一伙子，而是三五一群，分成了好几拨。

许大马棒，你没去看电影你干什么去啦？江锦洲说。

我干什么要你管啦？你滚一边去！许大马棒的腿在桥栏上荡来荡去。

我没有心思跟他们说话，别的同学也是忧心忡忡的样子。我看一眼不远处的陶丽，她也在左顾右盼。她穿一条碎花的裙子，一件洁白的衬衫。她并没有像实习的女老师那样，把衬衫掖在裙子里。她也没有像家住镇上的男同学那样回家，她和另外五六个呆呆的女生站在一起，各怀心事。这是上午第二节课刚刚开始的时候，还有两节多课加上一个课间操的时间才到中午，我们总不能在校门口发呆啊，可我们真的不知道有什么办法。牛老师是很厉害的老师，我们都怕他。他不让我们上课，我们只好不上课，可他让我们回家写检查，然后让我们的父母签字，这一招就不是厉害，而是太阴毒了。我卖狗肉的父亲要是知道我逃学，一定也像剥狗皮一样把我吊在枣树上,然后,一刀一刀剥了我的皮。我不能上课,也不敢回家。我只能不时地看一眼陶丽。有那么两三次,陶丽也在看我。她看到我在看她,眼睛又惊慌地望向别处了。她一定也和我一样,既紧张又害怕。我说陶丽,咱们不在这里晒太阳了,咱们到东湖里去游泳吧?陶丽跟我点点头。然后我们往东湖跑去了,东湖边上的浅滩里到处都是芦苇,还有很多螃蟹,一只鳌上生满绿毛的大螃蟹,咬住了陶丽的手……这时候,我看到了陈老师。陈老师的突然出现,让我顾不得陶丽了,我知道陶丽不会跟我去游泳,她就是被螃蟹咬住手,我也救不了她了——我的白日梦也太离奇了。我看到陈老师走到那堆女生跟前,然后跟我们拍拍手,招呼我们过去。

陈老师说,我跟牛老师检讨了,是我教你们唱《妹妹找哥泪花流》和《绒花》的,要是我不教你们电影插曲,你们也不会去看电影是吧?你们不用回家签字了,不过检查还是要写的,你们每人写一份态度诚恳的检查交给牛老师就行了。

陈老师好像做了对不起我们的事,她红着脸继续柔声地说,好了,你们都去上课吧,现在就去上课,没事了,上课去吧。

我们都说陈老师真是个好老师。

她要不是实习的老师就更好了,陶丽说,她可以一天到晚教我们唱歌,我们就是犯错误,她也会为我们护短。

但是林红却不这样想,她说,狗屁!林红说粗话一点也不脸红,我不要她包庇,我根本就不怕她(他)。

我不知道林红说不怕他,是指牛老师,还是指陈老师。

林红的粗话让陶丽脸红。

陶丽走开了。

许大马棒却凑过来说,再有几个月,我们就是高二的学生了,谁还有时间唱歌啊。

林红对许大马棒拍马屁的话一点也不领情,她说,东边人说话西边驴插嘴!

同学们的话开始集中到音乐上来,有的甚至还哼起了歌,因为课外活动之后,紧接着就是音乐课了。我更是期待着早点响起上课的铃声。我仿佛着了魔一样,期待着见到陈老师,听她唱歌,听她琴声,看她美丽的衣裳,看她拉琴的样子。就是在上别的课的时候,只要听到邻班响起合唱声,我的心就动起来,就立即飞出了教室。可以说,我天天处在恍惚的状态。另外,我还牵挂着那封信。陈老师为什么毫无反应呢?

可是,当上课铃声响起之后,走进教室的,并不是我期待的陈老师,而是让人失望的牛老师。更让我失望的是,牛老师宣布了一个坏的决定,他说,从现在开始,音乐课取消了。这节课,我们写一篇作文……

牛老师说什么,我是一句都没有听进去。当然,作文我也没写。

后来,我倒是在晚上的自习课上,写了一篇小说,题目叫《消失的音乐》。我在写小说的时候,坐在我前一排的陶丽不时地回过头来,问我写什么。我没有告诉她,也没有让她看到一个字——陶丽有些多管闲事了。她还反常地对我说,下雨了,江春华你写什么啊?外边下雨了,我没带雨具,我怎么回去啊?我没有去理会陶丽,我要让消失的音乐永远响在我的心里,如果有一天我成为一名小说家,我会说,我第一篇小说,是写陈老师的。

晚自习下课了,雨也停了。我的小说还没有写完,我继续在教室里写。当我写到主人公爬在树上偷窥他的老师时,熄灯铃响了。五分钟以后,灯熄了,我写不下去了。但是,小说的情节提醒了我。是啊,我为什么不能像小说主人公那样,爬到树上去呢?夜渐渐深了,又刚下过雨,不,雨又下了,淅淅沥沥的小雨,让校园变得十分安静。除了我,谁会在雨夜去看他的老师呢?

陈老师睡觉一直很晚，因为她宿舍里的灯光一直亮着（老师是不受熄灯限制的）。我多次从老楼前路过，看陈老师宿舍的灯光，也会顺便看看花坛的紫萝旁边有无偷窥者——从那次深夜惊魂后，我就再也没有见过偷窥者。当然，就是有人躲在紫萝里，我又怎么能知道呢？

我有意在漆黑的教室多呆一会儿，才神不知鬼不觉地潜进雨夜。

陈老师宿舍的灯光是橘黄色的。看到灯光我有些百感交集。然而，让我万万没有想到的是，老楼前那棵高大的松树上，在茂密的松针里，映现着一团更黑的黑影——那是一个人。松树上蹲着一个人，这是我事先没有想到的，也同时把我吓呆了。我没有立即跑开是因为我突然意识到，树上的家伙一定比我更紧张，我为什么要跑开呢？我倒是要看看你在雨中的树上能呆多久，我倒是要看看你能看到陈老师什么……

我再一次见到陈老师已经是二十多年后的2005年了。

事隔二十多年后我再一次见到陈老师让我始料未及。现在，我已经是一家晚报的副总编了。我们晚报发展了八千多名小记者，遍布在市区的各个中小学。这年的年底，在表彰优秀小记者先进集体时，我见到了陈老师。我一眼就认出了她。很可惜，陈老师没有认出我来。她大约也早就忘记她这个曾经的学生了。我不无惊喜地说，你是陈老师吧？

小记者部的王主任介绍说，她是云海路小学的陈校长。

我说陈校长你好，你还记得东湖中学高一（8）班吗？

当年的陈老师惊喜异常地说，东湖中学？记得记得，我十八岁那年在东湖中学实习过，你是……哎呀，我记不得江总编是……是啊，我教高一年级十个班的音乐，你是高一（8）班的？

陈老师的脸红了——她还是那个爱红脸的陈老师，她还是一直惊惊诧诧地眨眼睛。除了岁月的痕迹印在陈老师的脸上,二十多年来,她好像白过了。我们兴致很浓地回忆她在东湖中学的短暂的实习生活,奇怪的是,她叫不出我们班一个同学的名字了,我说许虎许大马棒,她摇摇头,我说林红,她摇摇头,我说陶丽,说葛萍萍,说李志翠,说江锦洲,她都摇摇头。当我说到牛老师的时候,她终于说,记得。又说,他啊……没话了。我当即建议,把当年高一(8)班的同学找来聚聚。陈老师说好啊,见面说不定全认得。我说你别吹了,那你怎么不认得我?陈老师说是啊是啊……那时候,太年轻了。

我费了很多周折,才找了二十多个高一(8)班的同学。好在我特想见的几个同学都来了。

当年的东湖镇,已经扩展为市区了,成了东湖区。许多同学都还生活在那块地方,我在这里简单介绍一下他们的概况,林红在1982年考上了一所工业大学,毕业后分配在车厢厂工作,企业改制以后,下岗,现在是一家驴友俱乐部的终身会员,经常云游祖国的山山水水。陶丽高中毕业后虚报了年龄,很快嫁给了东湖镇党委书记的儿子,她于1991年离婚,如今女儿已经上了大学。葛萍萍高中毕业后进了服装厂,下岗后自己创业,现在是一家玩具厂的厂长,生意不好不坏,或者时好时坏,目前正在考察新项目。江锦洲做了几年养鹅专业户,后来到科威特打工,现在在一建筑工地开搅拌机。许大马棒自然是身大力不亏,先是跟着表姐夫学瓦工,后来和人合伙买一台挖掘机,出了车祸后被截肢,如今在街头修锁。最安定的是李翠翠,高中毕业后就做豆腐,如今还做豆腐。

我在云上层大酒店摆了三桌,款待我二十多年前的高中同学,他们见面后都唏嘘不已,有很多话急于表白。而我只对三件事感兴趣,一是那天晚上看电影《小花》,许大马棒和林红到底干什么去了;其次是躲在花坛紫萝丛里的究竟是谁;最后就是那个爬在树上的家伙了。但是，这些话我都没有说，我几次话到嘴边又咽了回去。多少年了，我们都经历过许多酸甜和苦辣，说这些话还有什么意义呢？只是想起我当年对陈老师的感受（不知道感受一词是否准确），内心总是有种隐隐的伤感。我在敬酒的时候，小声问陈老师，在东湖中学实习时，是否收到过一封匿名信？陈老师听罢，眼睛直直地望着我，渐渐地，她的眼睛湿润了。陈老师哽咽着说，我……很高兴……没有收到。陈老师说没有收到。她说没有收到。我一下子觉得陈老师比我成熟多了。

我和陈老师的"缠缠绵绵"引起了江锦洲的注意，他从邻桌绕过来，说，陈老师，我向你检举，江春华当年爬在你窗前的松树上偷偷看你……

陈老师照例还是脸红，她声音柔和地说，是吗？我……有那么好看吗？

我嗫嚅着，半天才说，喝酒喝酒……

看来发现树上有人的还不止我一个。我如今的不置可否，等于我默认了江锦洲的话。同时我发现，结在江锦洲心里二十多年的一个疙瘩解开了。江锦洲开心地又去招呼别人喝酒了。而陈老师的脸上泅上一层潮红。

这次聚会的高潮，是我们同声唱起了《小花》里的两首插曲。令人遗憾的是，陈老师没有把手风琴带来。只是我不知道，她那架手风琴还在吗？那架手风琴还能响起动人的旋律吗？

我至今不知道陈老师叫什么名字。她永远是我记忆里的陈老师。难道不是吗？每个人的内心都有一段美好而难忘的记忆，仿佛阳光普照的草地，翠绿而温馨，我们小心地呵护它，让它翠绿长青。

花生地

丁老师不是体育老师,他教我们物理。但是他非常喜欢体育运动。他能在单杠上做双臂大回环;他能把铁饼投出去五十多米;他还是学校教师篮球队的主力前锋。我们东湖中学学校篮球队,在和当地驻军那场惊心动魄的篮球大战上,丁老师作为主力前锋打满了全场,并独得了四十分。那场比赛,让丁老师成为了英雄,并且在很长一段时间里,都让同学们津津乐道,特别是在女生当中,更是传为美谈。

那天我们高二(15)班全体女生,在体育课代表张平的带领下,坐在操场的前排,为东湖中学篮球队呐喊助威。

那天张平穿了一身运动衣。坐在一群衣着乡里乡气的女生当中,她就像绿叶中的花朵,鲜艳而美丽。我们男生隔着篮球场,站在她们对面。我们都看到张平振臂为丁老师喝彩的样子。丁老师每投进一个球,张平都要鼓掌。如果丁老师站好了位,而持球人又没有把球传给他,张平也会焦急地大声喊叫。张平那天显然太活跃了,她时而站起来,时而鼓掌,时而大叫,时而遗憾,她的表情丰富多彩。可以说,那天球场上的明星是丁老师,而球场下,就是美丽而活泼的张平了。

站在我身边的刘华不知是欣赏张平还是欣赏篮球,他用膝盖顶我一下屁股，说，你看。

刘华是个藏不住话的家伙，过了一会儿，他又顶我一下屁股，说，你看。

一直到篮球赛结束了，他还说，陈巴乔你看没看到？

我们都知道，张平是学校田径队的标枪运动员，还兼铁饼和铅球。这样说来，你就知道了，张平是个力量型选手，但是她并不胖。她一米七的身高也不显得太高大，相反，她的体形非常协调，柔韧性非常好。她就要参加全县重点中学秋季运动会了。她经常在操场上训练。她在操场上训练时的矫健的身影，经常吸引许多男生的目光。我就看到过刘华站在单杠下边，朝操场的另一边痴痴望去的样子。我还听到刘华的同桌王一民说，刘华，看什么啊？刘华说，我在看风景。

刘华说他在看风景，王一民这个笨蛋居然相信了。王一民也走到单杠下边。王一民在单杠上做了一个引体向上的动作，他说，我们学校的风景真不错。说着，他也顺着刘华刚才的目光望去。

刘华的话能迷惑住王一民这样的笨蛋并不奇怪，因为我们学校的风景确实非常美丽。就在王一民望去的方向，是宽阔的操场，操场的另一边是两排高大的白杨，隔着操场和屏障一样的白杨树，就是我们学校实验田里大片大片的花生地了。美丽的风光更是在花生地另一边，也就是墙头的外面。那里的数百亩芦苇荡里，野鸭和水鸡自由出没，更远处，就是水天浩渺的东湖了。实际上，我们东湖中学，就坐落在东湖边上。

但是王一民接下去的一句话，就让我忍俊不禁了。王一民说，你还看风景，你看什么鸟风景，你去骗鬼吧！

我和刘华住在相邻的两个村子里。星期六我们结伴回家，星期天下午他从我们村路过，我又和他结伴上学。我们走了十多里路才走到东湖镇。中途我们搭过两次船，还游过三条河。大约一个小时后，我们走在东湖镇热闹的街道上。东湖镇的街道短而窄，店铺连着店铺，不少人在街道上东游西逛。在这些混杂着外乡人的潮湿的街道上，我们看到了身穿裙子的张平和同样身穿裙子的陆小霞。张平肩膀上扛着标枪，手里拎着一个网袋，网袋里的衣服显然是她训练时穿的运动衣。陆小霞手里拿着一本书，另一只手里拿着一瓶饮料。陆小霞很瘦，比张平要矮半个头。她走在张平的左侧，就像是张平的小妹妹。别看陆小霞弱不禁风的样子，她却是我们15班的劳动课代表。我们都知道，让她当劳动课代表，不是因为她热爱劳动，而是因为她父亲是镇上的粮管所主任。就像张平的体育课代表，是因为她父亲是东湖镇的副镇长。但是，略有不同的是，张平的体育确实厉害，而陆小霞的劳动课代表就不能服众了。我们班的大部分同学来自农村，或者是渔民的后代，论劳动，哪个都是一把好手。但是陆小霞也有她的优势，这就是她学习好。要是让她当学习课代表，应该是名副其实吧。但是学习课代表让学习更好的供销社主任的女儿高红当了。高红还兼任班上的团支部书记。至于班长，则是校长的女儿侍红梅。你知道，我们班的班干部，只有一个物理课代表是男生，其余都是女生。其实这也说明不了什么，只能说明，从班干部的人事安排上，你大致就知道，我们班主任丁老师是一个很会做事情（或者说圆滑）的老师。难道不是吗？我们班这些班干部的父亲都是镇子上的要人。丁老师是司马昭之心，路人皆知了。

张平和陆小霞也看到刘华和我了。不知道为什么，张平跟陆小霞笑一下，然后就急步向学校的方向走去了。她们的花裙子，在小腿上欢呼雀跃，那些花朵仿佛向四周飞散。

刘华说，你看。

刘华又叫我看了，我不知道他让我看什么，是看张平裹在裙子里的丰满的屁股呢？还是让我看她扭来扭去的腰？

你知道张平和陆小霞干什么去吗？刘华又说了。

我说，不知道。

刘华说，我知道，张平是去练标枪的，你没看她拎着运动衣？

我说，那陆小霞呢？

刘华想了一下，说，陆小霞也去练标枪的，要不，她就是去看书的。对了，她是去看书的，她手里拿着一本书，你看没看到？

受刘华"你看"的影响，我也看着陆小霞。我发现陆小霞不像张平那样穿一双运动鞋，她穿一双半高跟的皮鞋。陆小霞走路轻盈，有一种小心翼翼的感觉。

就这样，我们跟在张平和陆小霞的身后，来到学校。我们走上了通往宿舍区的林荫道，而张平和陆小霞向操场方向走去了。

后来，刘华要去偷花生吃。刘华说试验田里的花生可以吃了。他说他上午在家就吃了一盆水煮花生。我不想去。我躺在床上，我上午在家帮姐姐晒鱼干，累了，我想休息一下。王一民突然说，我去，我今年还没吃过花生呢。王一民什么时候已经来了，我和刘华都没有看见，他睡在墙角那儿的上铺，躲在蚊帐子里不知在干什么。他一向都是鬼鬼祟祟的，偷花生的勾当，正好对王一民的胃口。可不知为什么，刘华又不想去了。

我突然想起来，刘华并不是要去偷花生吃的，他是想去看看张平练标枪的。

刘华一个人悄悄溜出宿舍了。

刘华站在单杠下边，他没有看到我和王一民。我们准备到学校试验田里去偷花生吃。我是在刘华走后，被王一民左说右说，才决定和他一起去偷花生的。

王一民想把刘华也拉上。刘华还是说不去。

我们看到操场的另一边，张平正在练标枪。张平举着标枪，助跑，挥臂，投掷，整套动作一气呵成，标枪在空中飞行的轨迹也很优美。在标枪飞去的方向，我们没有看到预料中的陆小霞，而是班主任丁老师。丁老师捡起落地的标枪，向后退几步，也是助跑，挥臂，投掷，标枪又向张平飞行而去。

我们没有去偷花生。我们和刘华一起，看张平和丁老师练标枪了。他们一来一往投掷标枪的身影十分矫健。

但是我没有捕捉到陆小霞。没有看到陆小霞让我一时奇怪，我细心地搜索着。我还是很容易就找到陆小霞了，陆小霞没有看张平和丁老师练标枪，而是躲在白杨树下，坐在一块翠绿的草地上，背着操场在看书。

我们周围又来了一些同学。操场上的学生也渐渐多起来。星期天的下午，住校的学生都回校了，他们三三两两地走在校园里，还有的在操场上运动。另一边的好几个篮球场上，都有打篮球的学生。我和刘华、王一民没有加入到运动的学生当中。我们只是站在操场边上没边没际地聊天。

星期三下午的劳动课，让我们内心里暗自高兴。因为丁老师已经宣布，劳动课是到户外去，到试验田为花生地除草。丁老师还专门强调了纪律，不许偷吃花生。但是有许多同学已经跃跃欲试了，不偷花生吃是不可能的。不偷花生吃，还叫学生吗？不偷花生吃，还叫劳动课吗？丁老师责成劳动课代表陆小霞，要负起责任来。丁老师的言下之意是，既要把花生地的杂草拔干净，又不能让花生有丝毫的损失。这个任务对陆小霞来说，过于艰巨了。好在，丁老师同时又对所有的班干部作了强调，要他们配合陆小霞的工作，让这堂劳动课生动活泼、保质保量地完成。最后，丁老师又老奸巨猾地给我们戴了高帽子，他说，同学们即将是九十年代的中学生了，希望大家能够遵守纪律，上好劳动课，为我们15班争光。

干活时，同学们开始还能按部就班，一人一垄，有序地向前推进,但只一会儿就乱了,许多男生开始到处乱蹿,嬉笑着,打闹着,高喊着,谁谁谁偷花生了,或哇花生真好吃,或我也吃一个,等等。他们有的是虚张声势,有的嘴里吧嗒吧嗒,也不知是真吃还是假吃。陆小霞已经不干活了,她一双亮亮的小眼睛警觉地四处观望。我的目光还和她的目光在半空中弹了一下。我觉得有的同学也过分了。我内心里已经自觉地维护陆小霞的工作了。我对王一民更是多有防范。但是王一民的影子一度从我视线中消失了。当王一民再次出现在我身边的时候,这家伙拍拍他的夹克衫口袋。我看到他的口袋里鼓鼓的,不是花生又是什么呢?我真想把他揪出来,交给陆小霞。让我感到欣慰的是,陆小霞也看到王一民拍口袋的动作了。我看到陆小霞的脸红了。陆小霞显然也想揪出王一民,但是她没敢。她只是气愤地盯着王一民。王一民就得意地跑了。

　　王一民不知从哪里得到消息,说湖心洲上放电影了。他告诉我的时候,声音并不大。如果这家伙不偷花生,我对这条消息还是很感兴趣的。我喜欢看电影,我经常晚自习不上,偷偷跑到镇上的电影院看场电影。可这家伙偷花生了,而陆小霞拿他又没有办法。我就不爱去理他了。王一民说,陈巴乔,你知道湖心洲上放什么电影吗?我猜你也不知道,《自古英雄出少年》。怎么样,今晚去看?

　　《自古英雄出少年》已经不是新片子了,但这部电影我没有看过,听说武打场面比《少林寺》还精彩。我就不由自主地向湖心洲望去。湖心洲被东湖包围着,我只看到一片绿色,和绿色中白墙红瓦的小楼。王一民又说,怎么样?我说,就我们两人啊?王一民说,还有孟文加。我说,刘华去不去。我的意思是说,把我们宿舍多拉几个去,人多势众,即便将来被处罚,还有几个垫背的。王一民说,刘华呢?他跑哪去啦?我没跟他说。

　　我们的目光开始搜索刘华。真没想到刘华正在痴痴地看着操场的方向。我也看到了,张平正在操场上练标枪。张平助跑的身影被白杨树割碎，有一种迷幻的感觉。在操场边上，站着丁老师和体育老师。他们交头接耳，对张平的动作指指点点。我们都知道，丁老师也不止说过一次，说张平是我们学校的王牌，在全县重点中学秋季运动会上，是唯一一个能够争一争金牌的运动员。学校和丁老师都对她寄予厚望，希望她能够为学校争光，为我们 15 班争光。还对她语重心长地说，人生能有几回搏。所以丁老师特批她利用一切可以利用的时间，比如音乐课啊，自习课啊，还有课外活动什么的，让她抓紧训练，只要她自己觉得什么时候想练了，就什么时候练。丁老师还特意对她说，如果能拿到名次，评上一级运动员，高考可以加分。所以，像劳动课这样无关紧要的课，丁老师当然要让张平好好利用了。

　　刘华还在看张平。刘华傻傻的样子引起了许多同学的注意。
　　我们都对刘华的行为感到好笑。
　　王一民大叫一声，刘华。

　　丁老师脸色铁青。
　　丁老师说，昨天晚上，逃学看电影的学生，站起来。
　　王一民先站起来了。我和孟文加几乎同时站起来。
　　丁老师说，还有没有？
　　没有人站起来。
　　可丁老师很有把握地说，还有没有，请自觉。
　　还是没有人站起来。
　　丁老师脸色更难看了。他说，刘华，你昨晚干什么去了？
　　刘华也站了起来。刘华说，我没去看电影。
　　丁老师说，你没去看电影？你没去看电影？你以为我会相信你鬼话吗？
　　刘华不吭声了。

丁老师说，你们胆量不小啊，一千多米宽的湖，一两丈深的湖，划着船就过去啦？你们不怕翻船啊？深更半夜的，要是翻船了怎么办？淹不死你们啊？

王一民说，我们会游泳。

丁老师更是愤怒了。丁老师说，湖里淹死的，都是会游泳的人！你以为不会游泳会淹死啊？不会游泳连水都不敢沾。淹死的，都是会游泳的！好啦，你们哪里弄来的船，是不是偷的，偷多大的船，谁偷的船，谁划的船，还有，是谁出得主意，都跟我讲来……算啦，算啦，算啦，我也不听你们讲啦，你们也不要上课啦，我给你们放半天假，你们回家把家长叫来，我要问问你们家长，看你们还能不能念书。要是不能念，赶快给我滚！

刘华说，我没看电影。

刘华这个笨蛋，还在强调他没看电影。

丁老师恨铁不成钢地说，刘华，我以为你学习还不错的，你连承认错误的勇气都没有，你还算什么学生！那么你说，你没去看电影，你干什么去了，你为什么不上晚自习？为什么全班就缺你们四个人？而且，你们四个人，有三个人还是一个宿舍的。

刘华说不出来了。

刘华去没去看电影，我们也不知道，反正他没跟我们一起去。我和王一民、孟文加三个人偷了一条单桨小船。他没有上我们贼船。这一点我们可以证明。但证明他没上我们的船，并不能证明他没去看电影。

丁老师显然不想理睬刘华了。丁老师说，这里，我还要批评一个同学，我要对陆小霞特别提出批评。陆小霞，你知道你犯了一个多么严重的错误吗（陆小霞坐在前排，我看不到她此时的神情）？你明明知道陈巴乔他们密谋要去看电影，你早上不是对我说过吗，不是说听到他们密谋的吗？那么你为什么不及时跟我汇报？你是班干部，要对班里的同学负起责任，也要对老师、对学校负起责任。要是翻船了，出了事怎么办？你想没想过这个问题？学校能负得起这个责任吗？而我们是完全有可能制止这起事件的，如果你及时向我汇报的话。可是你没有，你犯了一个极其严重的错误，从某种意义上来说，你所犯的错误比他们更为严重。陆小霞，你真辜负了老师对你的一片期望。所以，你要写检查，要写一份深刻的检查。

丁老师的话更加证实了平时同学们的议论。同学们议论的话题是，丁老师究竟是喜欢张平，还是喜欢陆小霞，还是喜欢高红，还是喜欢侍红梅。我们班这四位女生号称四大金刚，但是她们不属于同一个群体。张平和陆小霞显然更亲近一些，而高红和侍红梅又非常密切。

但是，谁都没有想到，丁老师会抓住陆小霞这个不是错误的错误不放。至少，在我看来，陆小霞所犯的错误，和我们所犯的错误不能相提并论。我觉得，丁老师在对待陆小霞的问题上，有点小题大做了。

好吧，丁老师又说话了，现在，你们五个人，出去吧。陆小霞回家写检查，你们四个人回家把家长叫来。

我没有动。我是看到刘华没有动才不动的。王一民和孟文加也都没有动。

没想到最先离开教室的，是陆小霞。

陆小霞拎着书包走出教室了。紧跟着是王一民、孟文加和我。跟在我后边的，是刘华。

我们四个人谁都没说话。

我坐在学校门口的石桥上。我把手放在石狮子的脑袋上。王一民很不在乎地唱着歌。孟文加先是没唱，后来也跟着唱了。刘华开始的时候，还在我们三个人周围晃动，他还问王一民《自古英雄出少年》好看不好看。王一民说当然好看。孟文加就问他昨天晚上干什么去了。刘华说，我哪里都没去。我头疼。我在宿舍里睡觉了。刘华的话是真是假，我们都没去追究。我们昨晚回来得太晚了。我们回来时，小船找不到靠岸的码头，费了好长时间才靠上岸。我们是从墙头爬进来的。我们回到宿舍就睡下了，连灯都没开。刘华当时在不在宿舍，我们也不知道。不过一般情况下，他是在宿舍的，要不，他还能上哪儿？

刘华在我们周围晃动了一会儿，很快就不知去向了。他不会回家吧？王一民说，陈巴乔，你真要回去叫你爸啊？我没说话，没说去也没说不去。我问孟文加，你呢？孟文加说，我到芦苇荡去扣野鸭。王一民说，我也去。但是我们三个人谁都没动。这个时候，我们谁都不敢，就是再借一个胆子都不敢。后来，孟文加走了，他可能回宿舍。再后来，王一民也不见了踪影。我在石桥上也显得无聊。远远的，我看到陆小霞从操场上走来了。我觉得陆小霞冤枉了，同时我还觉得，陆小霞写检查是受了我们的拖累。

陆小霞走到大门口的时候，她也犹豫了。

你知道，陆小霞是个瘦瘦的女生，喜欢看课外书，她的作文还在学校的黑板报上发表过。说到看课外书，她还借过我的一本小说。是上个学期的末尾吧。后来她把书还给我时，书里多了一张书签，是用银杏叶做的书签，金黄色的，很好看。我把书签还给她了。在把书签还给她以前，我还对书签产生过幻想，这要是爱情的信物该多好啊。如果她再跟我借书，书里再多一个书签，我就不还她了。可后来她没有再跟我借书。

陆小霞在大门口东张西望了一会儿，走到我跟前了，她说，你怎么在这儿？

我也不知道。

陆小霞没有穿裙子（我想到她那天穿裙子的样子，她腿很长，小腿肚子把裙子打起来了，裙子欢呼雀跃的），她和我们一样穿着校服。我看到陆小霞脸上有种冷漠的表情。我就知道她生我们气了。但是她还没有走开。我也没有地方可去。我说我们到芦苇荡去扣野鸭吧？她就跟我走了。开始她不高兴，后来就高兴了。我们下了好多扣子，我们扣到了好多野鸭。她在芦苇荡里跑前跑后，在水塘边上摔倒了，我去拉她的手。我把她拉起来了。她脸上红红的，我离她很近，我都闻到她嘴里呼出的气息了。我伸开双臂，去抚摸她的肩膀。她推开我。她骂我，不要脸！

事实上我并没有带她到芦苇荡。我只是一瞬间这么想的。

我看到陆小霞很为难的样子。我说，你真还要写检查啊。

我也不想写，可不写怕不行吧？陆小霞都要哭了。

我想说，写什么写啊，干脆找个地方聊天算了。可我没敢说。

陆小霞在学校门口又徘徊了一会儿，她还是没有回家。她重新回学校了。我看着她的背影，心里有点空。我想追上去。可我只用眼睛追了她一会儿，她就被一些建筑物挡住了。

上午第三节课和第四节课，有许多班级上体育课。我知道我们班今天没有体育课，但是我看到张平在操场上练标枪了。她标枪没有投出去，只是练助跑、挥臂这些动作。她助跑的前半程很有节奏感，然后逐渐加速，然后冲刺，然后发力，整个动作非常优美，也很协调。和她一起练的，还有别的一些同学，男生女生都有，铅球、铁饼、标枪什么的。还有两三个体育老师在辅导。我知道了，这就是东湖中学的田径代表队了。我们学校就要靠这帮人去争金夺银了。这帮菜鸟！

王一民从什么地方冒出来了。

你看。王一民说。

看什么？我说

那不是张平？

怎么啦？

没什么，她在练标枪。

我看看王一民。我说，那就让她练呗。你看你兴奋的，张平练标枪，关你什么事啊。

你还说我，王一民诡秘地笑了，他说，我看到你和陆小霞说话了，就刚才。

我说，我才没跟她说话了，是她跟我说话的。

王一民说，好啊，都说些什么话啊？

我说，没说什么话。

王一民说，后来呢？

我说，什么后来啊？后来她就走了啊！

王一民说，你就让她走啦？你没去追她？你应该帮她写检查。你知道她现在在哪里吗？你摇头说明你现在不知道是吧？你这个笨蛋，你应该去找她。多好的机会啊。

王一民的话提醒了我。

我在东湖边上没有找到陆小霞。我在综合教学楼后面的草坪上也没有找到陆小霞。我在我们劳动过的花生地里找到陆小霞了。陆小霞趴在田埂上写检查。她都写满一张五百个格子的稿纸了。我坐在她身边。她也不写检查了。她也坐在了田埂上。她两只手把膝盖抱在胸前，把下巴放在膝盖上。她说她小时候的事。说她外婆。说她外婆的外婆。说她外婆的外婆年轻时也懂点风月什么的。说邻居那个小男生。她细声细语地说着这些事情，还文静地笑笑。我们后来还去看了电影。我们后来还划船了，摘了许多菱角。

我真后悔没去找她。我只能想象着这样的场景。当时王一民又说别的话了。说他小时候被老师罚站，尿都尿到了裤裆里。说他和村里的男孩子打架，一锅铲把男孩子头给拍扁了。

直到多少天后我还后悔——我如果找陆小霞了，真的和她坐在田埂上说话了，她说不定就能避免如此的厄运了。

陆小霞是被张平投出去的标枪击中的。张平投出去的标枪，飞过那排白杨树林，击中了在花生地里写检查的陆小霞。标枪扎进了陆小霞的后脑瓜里（有的说是后脖颈里，大同小异）。我们知道花生地里出事了。我们看到许多人都向花生地跑去，把花生地里围了一个人圈。我和王一民也向那儿飞奔而去。半道上，我们就看到体育老师抱着陆小霞往学校医务室跑。

有人后来分析，张平的标枪为什么长了眼睛直奔陆小霞而去。是因为当时操场上有许多学生在上体育课，张平的标枪不敢在操场上投，怕误伤了上体育课的学生。因此，张平就憋足了劲，把标枪投进了花生地。后来王一民又补充说，张平想借捡标枪的时候，顺便偷点花生吃。当然，前者的分析很快就得到了证实，而后者，直到十五年后我见到张平的时候，才得到证实。

陆小霞并没有死。她不但活过来了，学习成绩还突飞猛进，一年后考上了重点大学。陆小霞大学毕业后分配到报社当一名记者。若干年后，她在报纸中缝里免费登了一条启事，号召当年高三（15）班的同学搞一次聚会。这次同学聚会在陆小霞的周旋下虽几经周折还是如期举行了。那天只缺席了三个同学，我不好意思在这里公开点名批评他们。我这里想简单介绍一下几个同学的近况。孟文加高中毕业后在一家镇办企业做一名锅炉工。高红大学毕业当了一名税务干部，又在步行街开了一家鞋店。侍红梅当了老师。张平大专毕业后一直没有正经工作。刘华高中毕业后去科威特打工，三年后回国，在东湖镇搞一家电器厂，专门生产启动器。王一民是一家民营食品厂的调味师。丁老师还当老师，大约还有十年才退休。至于我，你们都知道了，住在城里用电脑写小说。

在这次聚会上,只有一件事情得到了同学们的特别关注,这就是,在我和王一民、孟文加翻过学校墙头,偷了一条单桨小船去湖心洲看电影的时候,刘华究竟干了什么。刘华在十五年后的这次聚会作了如实交代——他和张平约会了,就在花生地里。我们都恍然大悟。当时张平由于天天训练,享受一种特权——晚自习爱来不来,所以没有人注意张平那天也没来上晚自习。

喝酒的时候,有人找张平核实此事。张平含糊其辞地说,隔了这些年,记不得了。

小街口

她叫王金艳。街口人都叫她金艳,叫起来顺口,也好听。金艳不像她名字那样光彩照人,不过也还耐看,关键是丰满。大脸盘上油光光的,胸脯沉甸甸的,屁股像笆斗一样肥圆,衣服总是仿佛小了一号,紧绷在身上。

此时正是中午,小街上罕有人迹,偶尔有一辆小货车经过,带起一阵干燥的灰尘,烟雾一样久久不散。

金艳在小街口摆一个修车摊,她来有大半年了,身份总是可疑——从前干什么的,是否正式婚嫁,或者有个一儿半女什么的。

这儿是城乡结合部,这条小马路从城区一条宽广的大街插过来,一直通到城外的田野里。田野里有几座村庄,小马路和村庄串成一支糖葫芦。在这样的地方,有谁去在乎一个外乡女人的身份呢,何况她不过是一个修车的,靠手艺吃饭。只有马路对面开小卖店的顾奶对她身份提出过质疑,不过也只局限于和邻居何婶。你管她呢。何婶的一句话,顾奶也就从此闭了嘴。

一天中最热的晌午时光,也没有让金艳闲着,她刚给一辆自行车换了全套的钢条,手上油乌乌的,浑身都被汗浸透了,正想擦把脸洗洗手清爽清爽。

金艳往马路对面瞟一眼,嘴角翘起一丝调皮的笑。金艳看一眼自己的油手，晃着又肥又宽的屁股，横穿马路，来到一棵面枣树下。这时候，豁唇郑伟躺在面枣树下的竹榻上睡着了，他脸上盖着一把芭蕉扇，穿一件廉价的文化衫，一条格子大花裤头，裆部那地方支了起来，这个姿势暴露了郑伟的年龄和生理特征。金艳站在竹榻边，在郑伟的身上看一眼，脸上少女一样地飞起了红晕。金艳突然狡黠地笑起来，兔子一样跳一步——这个动作和她的年龄不太相符，她毕竟有三十五岁开外了（确切的年龄不得而知）。金艳这一步，离郑伟更近了，圆鼓鼓的小肚子都要贴到郑伟身上了。她一把掀开郑伟脸上的芭蕉扇，伸出巴掌，在他脸上带劲地抹一把，然后捂着肚子，咯咯笑了。郑伟一个挺身，坐起来，他睡眼朦胧地说，谁呀？金姐你要死了，我正做梦……你还我好梦！金艳对小皮匠喊她金姐，心里很美气。金艳曾问过小皮匠多大。小皮匠说他十八，虚岁。小皮匠又问金艳多大，金艳说，不管多大，你叫金姐没错！此时，小皮匠这一声金姐，让金艳心里很亮敞，她说，我就是闹你睡觉，就是要闹你好梦。梦到谁啦？啊？一天睡那么多，人都睡没了精神。郑伟揉着眼睛，说，我不睡更没有精神。我刚刚还看你编辐条的，一眨眼你就飞过来啦，你扎翅膀啊？金艳看到郑伟揉眼睛的时候，把脸上的油灰揉成了一片乌云，更是哈哈大笑了。笑什么啊金姐，金光闪闪的，吃糖鸡屎啦！郑伟说话间，看到自己手上的油灰了，这才知道适才被金艳抹了个大花脸。郑伟说，你就欺负我。金艳不笑了，金艳不笑时脸上还遗留着笑意，她说，你都睡多长时间啦小皮匠，醒醒，好干活啦！郑伟撩起塑料桶里的水洗脸，哗啦哗啦的。站在一边的金艳，捡起地上的芭蕉扇，在肩膀上摇几下，又拍打一下郑伟的屁股。她从不叫他郑伟，都叫他小皮匠，快点小皮匠，我也要洗洗手。郑伟直起腰，甩甩手，说，你就是来洗手的，你那边的水，成酱油了，你就像个卖酱油的。金艳说，说的对，赶有时间，你帮我拎一桶。

小皮匠其实就是鞋匠，其实就是修鞋的。顾奶、何婶，周围的人，都叫他小皮匠，不叫他修鞋匠。金艳也叫他小皮匠。金艳开始叫的时候还笑他，还跟他开玩笑，说你也不做皮肉生意，叫什么皮匠啊。郑伟就有些不好意思。郑伟不好意思脸也不红，就是把头一抑，很有点高傲的意思。不过郑伟高傲不起来，他有严重缺陷——豁唇。他那个豁唇是后天的，就是鼻子底下有一道褐色疤痕，嘴唇也缩上了一块，像一条蚂蟥吸在那里。金艳问他是怎么回事。他说小时候调皮，磕倒磕在三尖石上了，把嘴唇给磕烂了。郑伟的父母都在城市里打工，离婚后又分别成了家，没人管他，医治的不太好，就破了相。十多年过来，他自己也到城里来混了。他跟表哥学了几天修鞋的手艺，买了一套工具，就到这里摆摊了。这儿的住户稀落，又没有多少流动人口，修鞋的生意不太好，不过，总归还是能维持的。郑伟人缘好，不急不躁的，有事就干活，没事就睡觉，不多说话，也不管闲事。早上背着鞋箱，一手拎着马扎，一手拎着折叠的破竹榻，晃悠悠地出门，晚上原样回家——他就住这一带——顾奶家后边，一条小巷拐进去，一个杂乱的院子，最后一排，一间车库。金艳看到过他从那条巷子里出来，问过他，你住巷子里？他说，对，我就住那里。金艳还问他一天能苦多少钱。他说，能苦多少？苦不了多少，够吃就行。

金艳的修车摊，位置看起来比小皮匠要好。她常常隔着马路看过来，看小皮匠做生意，看小皮匠在竹榻上睡觉，也常扯着嗓子，撩他两句。不过她看到的，都是小皮匠没有生意的时候，都是他睡大觉的时候。金艳就在心里同情小皮匠了，觉得他苦不了多少钱，弄不好还饿肚子。其实这也是她的错觉，郑伟还是有生意的。比如他帮一个进城的妇女修了三双鞋，都是小孩的鞋。只不过，修三双鞋的工夫，也就二十分钟不到。而这二十分钟里，金艳正在给一辆自行车补胎。这样说来，金艳也不是每时每刻都看着小皮匠的。小皮匠就是太贪睡了，就连吃午饭的时间都在睡觉。金艳就会在这时候，送一块煎饼给他。煎饼是赣榆煎饼，薄，火候好，咬起来有劲道。金艳看起来也像赣榆人，吃煎饼长大的，腮帮子肌肉发达，嘴型很有力道。她在煎饼里裹上虾酱豆或红辣椒炒小鱼干，也是典型的赣榆吃法。小皮匠对她的煎饼似乎兴趣不大，总嫌她的煎饼太辣，不合胃口。金艳拿手指戳他一下腮帮，你嘴贱！说归说，金艳再带煎饼，包在煎饼里的菜，就不放辣椒了。可小皮匠还是挑三拣四的，说耳朵都拽疼了，吃不动。金艳拧住他的耳朵，说，我看看，哪里疼啦？你是不敢拽，怕把豁唇拽成三瓣子了对吧！不过，没口福的小皮匠，还是经常吃到金艳带来的吃食，还是经常被动地接受金艳的打情骂俏。

金艳和小鞋匠之间的打情骂俏，没有逃过小卖店顾奶的眼睛。也只有顾奶对金艳与小皮匠的关系有所察觉，甚至，就连金艳自己，也对这场不恰当的恋情浑然不觉，就更不要说脸上还充满稚气的小皮匠了。

再说小皮匠的午觉被金艳闹了之后，情绪上不来，坐在竹榻上还是犯迷顿。金艳又要去拧他耳朵。他头一摇，躲过她的手，你不要揪我耳朵好不好？金姐！小皮匠哈欠连天，没精打采。金艳看着她，说，我刚才说什么啦？小皮匠说，你让我干什么的，我没听清。金艳说，还能干什么？你还能干什么？我是让你去帮我拎桶水。不管情愿不情愿，小皮匠还是软塌塌地横过马路，去帮金艳拎水了。金艳就在他的竹榻上躺下来。金艳伸了伸腿，伸了伸胳膊，伸了伸腰，感觉身上酸酸的，很舒服。这小鬼，从哪里弄来这张破竹榻，样子不好看，躺着怪好受。金艳就又拉拉身体，把自己全部舒展开来，也顺手捞起地上的扇子，盖在脸上。小皮匠在马路那边大喊，修车了。金艳爬起来，她没有小皮匠灵敏，把竹榻挤得吱吱乱叫。金艳快乐地嘟囔道，这个豁唇，连破竹榻都护着。

这年的夏天台风多,刚走了"妙玉",又来了"德兰",听说"罗莎"也在东海形成了,各级政府早就做好了防台防汛工作,可落实到基本的一个人,就不那么重视了。中午天气还好好的,两三点钟就起了风,而且乌云也跟着风来。风越来越大,乌云也跑得快。小皮匠的芭蕉扇给风刮跑了,他没去追扇子,而是看到金艳的大竹伞被风刮倒在地,正往路中心滚。金艳去拽竹伞,拽不动,人和伞在马路上相互摔打,几经较量,金艳终于拖回了已经支离破碎的大竹伞,把伞捆到了树上。小皮匠没有伞,他三下五除二就收拾好鞋摊,瞥一眼飞在天上红红绿绿的塑料袋,大声说,金姐,收啊?金艳说,夏天的风,一阵一阵的,过去这一阵,就没有了。小皮匠说,看样子要下雨。金艳老道地说,下雨不刮风,刮风不下雨,这是风云,没有雨。胆小鬼,摆你离家近啊?不许走,陪陪我!小皮匠不愿意地坐在鞋箱上,他怕鞋箱被刮跑了。风渐渐狂妄起来。路上已经没有了行人和车辆。金姐,收啊,天不对呀。小皮匠看金艳的衣服都被刮得没了型,紫色的裙子肆无忌惮卷了起来,露出肥白的大腿和红色的内裤、半截肥白的腰一颤一颤的。小皮匠担心风会把她脱光,大声说,等会儿就走不及了。金艳听不到他说什么,风声不是呼呼的了,而是轰轰的。金艳也后怕,天也一下子黑了。她刚才不想收摊,是离住的地方太远,也以为大风没什么可怕的,刮过就停了,未曾想,这天,变本加厉,全不像天了。轰——又一阵风,一道闪电,跟着一声炸雷,雨就倒下来了。雨是横着下来的,像鞭子一样抽在在马路上,瞬间就惊起了雨雾。小皮匠在下雨的同时,背起鞋箱就跑。他跑了没两步,下意识地转头看金艳,金艳也向他冲来了。金艳跑不动,她是迎着风跑的,她被风撕扯的扭曲了,雨抽在她身上,听到啪啪声。小皮匠回身迎上她,拉起她的手。你摊子遭雨了。小皮匠说。金艳听不清,大声地说,啊?

小皮匠和金艳被风雨推搡着。他们也互相推搡着,来到小皮匠的出租屋。这是一间车库，只有六平方左右，此时，这里已经是非常安全的避风港了。小皮匠喘着气，抖着身上的水，说，你摊子不要啦？金艳也抖着，什么天啊，真要命。豁唇，听我话，你把衣服换了，担心受凉。小皮匠说，我不换……你怎么办？小皮匠说话时，看到金艳全不像个人了，头变小，脸变大，脸上水淋淋的，身上也水淋淋的，裙子贴在身上，皮肉都露了出来。小皮匠没见过这样的水人，像一口吃猛了被噎住一样，喉咙突然鲠住了，气不知从哪里喘，感到小肚子一阵痉挛，一阵胀疼，脸色全变了。金艳抱着胸，继续抖着，她被小皮匠的眼神吓呆了三秒钟，或者不到三秒钟。金艳哈地笑了，看什么？看，看，有什么好看的！看吧看吧。金艳挺着胸，撞在小皮匠身上。小皮匠被她撞得后退一步，又后退一步，小皮匠没有地方退了，也撞她一下，却被她弹倒在床上……

屋外风雨交加。屋内也风雨交加。

金艳在小皮匠屋里躲雨这回事，没有人知道，就连小卖店的顾奶也蒙在鼓里。但是金艳再和小皮匠打交道时，就不自在了。她以为小皮匠是个毛孩子，什么不懂。没想到小皮匠呼风唤雨，什么都懂。金艳的不自在，是自己一直小看了他。她一个三十七八岁的女人了，反而没有一个毛头孩子沉得住气。

台风来了就走。但情感和台风不一样，来了就很难走脱。七月大热天的中午，街上的车流、行人很少，金艳没有生意，就跟小皮匠要了钥匙去睡觉。小皮匠依旧睡在竹榻上。小皮匠睡在竹榻上，破旧的竹榻就不像从前那么安静，就吱吱咯咯地叫起来。小皮匠到小卖店去买冷饮。小皮匠舍不得花钱买好冷饮。小皮匠只买一块钱一支的脆皮雪糕。小皮匠买了三支脆皮雪糕。顾奶说，小皮匠你不要吃这么多，当心吃坏了肚子。小皮匠说，一人一支呢。顾奶不傻，什么一人一支，你们就两个人。但顾奶没有揭露小皮匠这点小把戏。老不问少事。何况又不是顾奶家的事，她多卖一支雪糕，还多赚四毛钱哩。

七月将尽，十几天没有下雨了，小街上更是灰尘滚滚。一天清早，金艳从什么地方把铁皮车推出来，铺开一张破旧的洒满油渍的帆布，摆上修车的工具，三只打气筒整齐地摆在一起。金艳坐在马扎上，香喷喷地吃着带来的煎饼卷小鱼，看对面的小皮匠背着鞋箱提着竹榻来了。金艳的车上，还有一块煎饼，煎饼里也卷着小鱼，那是她为小皮匠准备的。这时候，毫无预兆的，开来一辆小型面包车，小面包像是一夜没睡，车上披着夜间的露水，厚厚的灰尘粘在车身上，几乎看不清车身的颜色。小面包小心谨慎地停在金艳的车摊前，从车上下来一个中等个子的男人。细心的人一眼就能看出来，这个男人少了一只耳朵。秃耳男人走到金艳身边，拘谨而小心地跟金艳说着什么。金艳起初不听，把脸别过去，继续吃着煎饼。秃耳男人绕到金艳的正面，继续喋喋不休，还伴着幅度不大的手势。金艳的煎饼终于吃完了。她仿佛没听见对方的话。但是，突然的，金艳勃然大怒，腾地站起来，指着秃耳男人的鼻子破口大骂。秃耳男人显然早有心理准备，他退一步，一声不吭地听她大嚷大叫。金艳操一口地道的赣榆口音，说什么骂什么，仅隔着一条马路的小皮匠一句也听不懂。金艳嚷一阵骂一阵，又号啕大哭起来。但她只哭一声，最多两声，她的哭声就戛然而止了。金艳挥起胳膊，向秃耳男人打去。秃耳男人只是招架，没有还手。金艳越打越起劲，拳脚一起上，把秃耳男人打得绕着修车摊转。他因为要不停地躲闪腾挪，铁皮车经常被他撞得东倒西歪，哗哗乱响。金艳追打一气，觉得还不过瘾，操起地上的打气筒，对着秃耳男人就砸过来。秃耳男人身体还算灵活和矫健，或者早已习惯了这样的追打，连续躲过了金艳的扫、劈、挂、砸，但他没有躲过她最后一招——刺。打气筒总算替金艳争了口气，准确而有力地刺中了秃耳男人的胸窝，秃耳男人一个趔趄，被面包车上下来的两个男人架住了。金艳还想乘胜追击。

面包车上又下来两个男人逮住了金艳的两条胳膊。然后，五个男人一起，把金艳连拖带拽地拉到面包车上。面包车嘀嘀两声，扬起灰尘，开跑了。

小皮匠起初没有想到事情会这么严重。他看到金艳追打一个男人时，还在马路对面没有过来，还觉得金艳有些过分了，别得理不饶人啊。后来围观的人越来越多，挡住了他的视线，他才跑过来。等他再看到金艳时，已经是金艳被拖拽上面包车的最后时刻了。金艳的鞋子掉了，头发散乱着，人们把她当成一条透滑的鲢鱼，掐上了车。

小皮匠在那一刻愣住了。脑子里是没什么有序或完整的思维。等他发觉金艳被一伙人劫持而去时，修车摊前早已恢复了往常的秩序。

小皮匠孤零零地站在路边，看着面包车开去的方向，那儿是路的尽头，路边的平房低矮而破败，门口有水沟，有乡间常见的杂树。小皮匠回过目光，向相反方向望去，他看到了一幢幢考究的楼房，听到了嘈杂的喇叭声。一边是城市，一边是乡村。小皮匠没弄明白事情是怎么回事，那些人是什么人，他们为什么劫走金艳。恍惚间，小皮匠看到一块煎饼，散落在地上，油亮亮的爆炒小鱼干散落一地，上面有无数个脚踏的痕迹。小皮匠鼻子一酸，眼泪差点滚下来。

金艳一直到晚上都没有出现。

小皮匠把金艳的修车摊收了，把她的工具车子推到了自己家（出租屋）门口。

一连几天，金艳都杳无音信。小皮匠的心便飞了起来。

和小皮匠一样关心金艳的，还有顾奶。在小皮匠买方便面的时候，顾奶问过他，金艳呢？怎么没了消息？小皮匠知道了，顾奶也不知道金艳的下落。小街上，形单影只的小皮匠有些心猿意马，他经常的左顾右盼，给人鬼鬼祟祟的印象。

又过几天，顾奶神神秘秘地对小皮匠说，金艳不会回来了。金艳让她丈夫找回家了。金艳是逃家。小皮匠第一次听说"逃家"这个词。小皮匠念书时经常逃学。逃学对小皮匠来说，已经是家常便饭了。可是，逃家，是个什么概念呢？小皮匠想了好久，也想不出来。逃家，就应该是离家出走吧。可金艳，为什么要逃家呢？那个被她追打的男人是谁？难道就是她丈夫？金艳那么有本事，那么能干，会修车，会做小鱼煎饼，又能打男人，有必要逃家吗？再说了，顾奶又怎么会知道？顾奶仿佛看出了小皮匠的疑惑，她说，是何婶听来的。何婶在路边跟一个鱼贩子买虾酱，这个外乡女人是个话唠子，她一边做生意一边说着听来的趣闻轶事，她讲的一个怪事和小街口发生的金艳失踪（或者被劫）几乎如出一辙。

不管是真是假，总算有一个消息了。

小皮匠每天还是照常出摊，照常做他冷清的修鞋生意。只是，他经意不经意地再往对面望去时，已望不到那个熟悉的修车摊了。小皮匠再在竹榻上午睡，也不再有人闹他了。

对面的街口又摆上一个摊子。不是修车的，而是修鞋的。一个头发花白的老人，颤颤抖抖地摆好了修鞋的摊子，然后坐下来，吸着烟，看着小皮匠。好像在说，对不起了小鬼，我要分走你的生意了。这时候的小皮匠，已经准备离开这里了。这个老人来的恰是时候，给他的离开，找了一个很好的借口。

小皮匠是在某天早上突然消失的，这是八月将尽的时候，风中已经有了一丝秋意。是顾奶发现小皮匠没有出摊的，她对何婶说，那孩子，是不是好几天没有出摊啦？何婶想了想，说，好像是吧？何婶又说，可是，那个工具车还在，铁皮箱子上挂着破轮胎和生了锈的零件。顾奶噢一声，说，那是金艳的。顾奶说着，向街口望去。

顾奶的小卖店，一直充当着小街风云变幻的见证人。此时的小街上，依旧人迹稀少，有摩托车和自行车经过，也有小型货车卷起路上的灰尘。

街口的故事，还会继续。但那已经是别人的故事了。

夏天的爱情

1

郑冬是街道铸造厂的翻砂工人,在初中念书时有个外号叫棉铃虫。

郑冬坐在中华小吃街的一间小吃部里吃饭和喝酒。一盘三鲜水饺和一瓶啤酒是他的老节目,又解渴又压饿,他每次都很滋润地吃光喝光。如果运气好时,老板还会送一碗饺子汤给他。老板是外地女人,三十多岁,长一张能说会道的嘴。

郑冬边吃水饺边想小林。小林是他在天鹅舞厅里认识的一个女孩,高高的,直直的,他觉得小林很自然很亲切。他就是这样认为的。

郑冬吃完最后一个水饺喝光最后一口啤酒。郑冬说,老板,水饺少一个,才二十四个。

好的,小兄弟,少一补三。女老板麻利地从锅里捞出三个水饺补到盘子里。

郑冬有些不好意思,说,我说着玩玩的,要补……一个就行了。

郑冬把三个水饺又吃了,觉得很饱了。郑冬付了钱,走出小吃部。

中华小吃街灯光明亮如同白昼,有一个高高的男孩,唇上生着绒绒的胡须(确切地说,那还算不上胡须),留着膨膨松松的中分头,花格衬衫是扎在腰带里的。他就是郑冬,河西街道铸造厂的翻砂工人。

郑冬今天领了第二季度的奖金,他觉得这笔不多的奖金应该用在刀刃上。他就想到了天鹅舞厅,想到了小林。小林的美丽像宇宙一样深不可测。那天,他就是用这样的语言告诉好朋友刘帆的。

郑冬知道,走过这条小吃街,往右拐上大连路,走上大约十分钟,就看到天鹅舞厅了。大连路上的舞厅特别多,天鹅舞厅显然是一只丑小鸭。但是,天鹅舞厅里有小林,这就够了。

郑冬在即将走过小街的时候,参与扑灭了一场火灾。小吃街有一家小吃部的厨房里突然起火了,浓烟一下子就灌满了小小的空间。郑冬恰巧路过这儿,他毫不犹豫地操起一只塑料桶,拎一桶水就冲上去。

火很快扑灭了,所幸损失不大。郑冬觉得他干了一件了不起的事情,他拍拍手,准备离开。一个胖子就一个箭步冲过来,伸手揪住郑冬,怒吼道,想溜?放火还想溜!

郑冬说,你放开,你说谁?谁放火?

你!

你胡说,我帮你们救火……

我胡说?哈哈,我胡说,这么多人没来救火,就你来救火?哼,你风格高?你是雷锋?老板,这小子不承认,揍扁他!

郑冬的脸上重重地挨了一拳。

算了算了。女老板走过来,女老板很懂人情地说,看他年纪还小,赔点钱算了。

郑冬说,我没放火!

郑冬脸上又挨了一拳。

小兄弟,莫非我们师傅还能赖你不成,我请的这位师傅可是火眼金睛,不会搞错的,赔五十块钱得了。

不是我……

你还敢说!

人群中,有一个老人说,孩子,知错就改,改了就好,认个错,赔五十块钱,赶快回家吧,明天还要上学呢。

郑冬眼泪挂在脸上,他把五十块钱掏出来了。那可是他奖金的三分之二啊。

2

郑冬没有到天鹅舞厅,他剩下的钱不够请小林跳舞了。

郑冬回家躺在床上,腮帮还疼。他对小吃街突然充满了仇恨。

第二天午后,郑冬去找刘帆。刘帆在他父亲的公司里工作,他父亲搞一家装潢公司,很有钱,开一辆奔驰车。

郑冬走到工人文化宫门前时,看到他初中的女同学,她们现在在第六职中文秘班读书,还有一年就毕业了。郑冬不想见她们,她们虽然没升重点中学,但到底比他郑冬强,她们还在读书。而郑冬,工作都快两年了。

郑冬正准备躲开,被其中一个女同学发现了。她叫姚夏,姚夏第一个发现了郑冬,姚夏喊道,喂,棉铃虫,不想睬我们?

郑冬就朝她们走过去。

姚夏继续说,棉铃虫现在混得人模狗样了,请我们吃点什么?冰激凌每人来一份?

郑冬说,你们倒霉了,你们抹口红,我告诉你们老师。郑冬看到另两个女同学分别是胡丽丽和王乐。但是,郑冬不想跟胡丽丽和王乐说什么。郑冬和姚夏是仇人,他们初三时坐同桌。仇人就是坐同桌时结下的。究竟什么仇,谁知道呢?姚夏就是这样跟她好朋友王乐和胡丽丽说的。姚夏从来都是不理不睬郑冬的,可今天,姚夏居然主动跟郑冬说话了。

别忘了棉铃虫今天是星期天，抹口红怎么啦？谁怕谁？姚夏说，你要是不请就算了。

郑冬掏出十块钱，递给姚夏，说，买七份冰激凌。

姚夏又把钱递给胡丽丽说，狐狸精，你腿长，你去买。

郑冬把眼睛从姚夏脸上滑到王乐脸上又滑到胡丽丽脸上最后回到姚夏脸上定格了。郑冬觉得姚夏像个真正的女孩子一样漂亮了。不过，郑冬想，还是没有小林漂亮，不，小林是美丽。漂亮和美丽不是一回事。

他们站在工人文化宫门前吃冰激凌，三个女同学吃一份拿一份，而郑冬只吃一份。

郑冬说，念书烦死了，你们怎么还念？

姚夏说，哪像你，毕业就有工作，没工作毕业就没玩头，对不对乐队？

王乐叫乐队，我差点忘了你叫乐队，这下齐了，郑冬说，姚夏还叫知了？

没错，棉铃虫。姚夏说，棉铃虫，请我们看电影去？我们三人陪你。

小猪才爱看电影，我不看，我还有事，你们三人玩吧，改天再见。郑冬板着脸，很酷地跟她们挥手，走了。

郑冬来到刘帆家，刘帆家住在一幢公寓的二楼，是他父亲买的私房，三室两厅两卫，足有一百五十多个平米。郑冬按门铃，按了三次还没人开门。刘帆不在家？郑冬有些失望，郑冬踩着楼梯一步一步地朝下走。这时候，刘帆家的门开了，露出刘帆的半个头。我一猜就是你，刘帆说，进来啊你。

大热天，关在屋里干啥啊？我还以为你出去玩了。

出去才热了，家里有空调，刘帆诡秘地一笑，说，家里有客。

郑冬跟在刘帆的后面走进宽敞的客厅，看到沙发上坐着一个女孩，梳着短发，衣服穿得很经济，短裙短衫，脖颈又白又长，在手指间夹一根细细长长的褐色香烟。

我朋友。刘帆说。

郑冬朝她点点头，就坐到另一边的沙发上。郑冬见过她，在刘帆父亲的奔驰上。现在，她又和刘帆坐在一张沙发上。刘帆的手自然地搭着她的肩膀。

郑冬和刘帆有一句没一句地侃。刘帆的女朋友不时地插话，不时地笑。

他们一起吃了晚饭，在板浦饭庄的二楼小雅座，刘帆花了三百多块钱。

郑冬把刘帆叫到一边，向他借一百块钱。郑冬说，她可比你大不少岁数啊。

不管，刘帆在郑冬的腰上捣一拳，玩去吧小屁孩你懂什么！

3

郑冬在路边的电话亭打了小林的手机。电话没人接听。郑冬又打了一次，还是没有接听。过几分钟，小林打回来了。郑冬说，小林，我是郑冬。

郑冬？哪个郑冬？

就是上次和你在天鹅舞厅跳舞的郑冬啊？你没忘吧？你今晚到不到天鹅舞厅去？

我有个应酬，咱们明天再约吧，好吧，我挂啦。

郑冬觉得今天晚上很没趣了，他一个人在长街上溜达。路灯花花白白的，夜风从一条条小巷吹来，东奔西窜。郑冬脑子有些涨，一抬头，天鹅舞厅到了。

郑冬踟蹰了一会，还是走进了天鹅舞厅。

郑冬一眼就看到了小林,她正和四五个男的三四个女的走进一间包间。

郑冬没有请小姐跳舞,尽管他身上揣有一百块钱,他觉得小林该对他有话说。那天他和小林跳舞时,小林手上的语言很丰富,身体的扭摆、起伏和摇晃,也有许多暧昧的暗示。当时,郑冬的手也在小林的腰上滑来滑去。他惊奇地发现,小林的肌肤很凉,也很爽,虽然隔着一层薄薄的衣衫,他还是感受真切。

郑冬坐在大厅里,舞曲一支接一支地奏响,然后就人唱歌。郑冬没心思听歌,他心里想的,还是小林。

小林终于从包房出来了,她和另一个女孩一起朝洗手间走去。

郑冬就走到她们必经的通道上,两手插在裤兜里,装着很随便的样子,等着她回来。

小林回来了,她先看到了郑冬。

郑冬说,你好,小林。

小林说,你好。小林笑笑,说,这两个月,我要忙了。

可是,我想请你跳舞,今天要是不行,就明天,好吗?

怕是不行了,要不,这样,小林矜持地说,我现在跟你跳一个。

郑冬觉得现在跳不跳已经不重要了,她那么有事,她是在施舍。

我想明天约你跳。郑冬的意思,是想她明天专门陪他。

小林也知道郑冬的意思。小林说,真的不行,这两个月,我很忙,两个月以后,再说吧。小林说着,在郑冬的臂上拍一下,像对小弟弟一样。

郑冬走在夏夜的街道上,他觉得日子真他妈没劲,还不如当初好好念书,坐在课堂里,有老师管着。可是,小林,她能有什么事那么忙?

有三个和郑冬年龄差不多的男孩从一条小巷跑出来,从郑冬身边跑过去。

郑冬踢着路上的一只果宝盒，从路灯那儿踢到另一只路灯那儿。那三个男孩又跑回来了，他们在郑冬面前站住了，喘着气，把郑冬踢的那只果宝盒踢飞起来。一个说，朋友，给支烟抽。

郑冬说，没有烟，我不抽烟。

借几块钱买一包也行。

郑冬知道不好了，郑冬说，都是哥们，抽包烟小意思。郑冬掏出十几块零钱。

他们接过钱，说，不够一包金南京的，再借点吧，别他妈小气巴拉的没出息。

三个男孩呈三角形把郑冬围着。

郑冬赶快拿出那张一百的。郑冬说，都是朋友，没说的。

等三个男孩走远了，郑冬觉得身上出了不少汗。郑冬想找一只果宝盒在路上踢着走，他一直没有找到。郑冬很沮丧。

4

郑冬隔三差五到天鹅舞厅去坐坐，有时看到小林，有时没看到小林。看到小林那几次，郑冬心里就一阵激动，一阵心疼。没看到小林时，心里就一阵焦躁。有一天，刘帆和他女友一起到天鹅舞厅去玩，看到郑冬，要给郑冬请个舞伴。郑冬没要。刘帆就笑他说，又在想小林啦。

郑冬发现，小林陪跳舞的那位，矮个，脸上有不少肉疙瘩，屁股上面插着手机，腰上还有一个手机。郑冬的手机丢了，新买的小灵通也丢了。郑冬很想把肉疙瘩的手机砸了。

自从郑冬在中华小吃街救火被人讹了后，郑冬再也没去那儿吃饭，而是转移到工人文化宫门前的大排档上。有一天，是夏天里最热的一天，郑冬在文化宫前门的大排档上吃了一盘炒香螺，喝了一瓶啤酒，半路又遇到刘帆和他女朋友，他们二人也去吃饭了，郑冬又陪他们喝了三瓶啤酒。郑冬平时不胜酒力，四瓶啤酒就感到头大了。

本来，郑冬可以回家睡觉，可是，他来到了天鹅舞厅。他那双腿好像不自觉地走到了天鹅舞厅。天鹅舞厅是临街的一家中型舞厅，设备、环境不是顶好。因为是在天鹅舞厅和小林认识的，又因为小林经常到天鹅舞厅来，郑冬觉得天鹅舞厅的魅力和小林一样，让他不可抗拒。

郑冬坐在天鹅舞厅的沙发上，肚里的啤酒咕咕地冒泡，脑门勺一阵一阵地疼，不知不觉就想睡觉了。郑冬在心里说，不能睡不能睡。郑冬站起来，摇摇摆摆地走出舞厅。郑冬看门口停着一辆白色轿车。郑冬认得这辆车，小林曾从这辆车里钻出来，开车的，就是喜欢把两部手机都绑在身上的肉疙瘩。郑冬又返身走回了天鹅舞厅，他想再看一看小林。

坏就坏在郑冬喝了口别人的茶叶水，那是一杯冷茶叶水，郑冬喝下去后，就开始打啤酒嗝，不停地打嗝。郑冬觉得这样不好，何况，他没看到小林。郑冬觉得这回真该回家了。

郑冬再次走出天鹅舞厅，看那辆白色轿车还在。郑冬举目四望，眼前其他景物都很模糊，只有那辆轿车，是那么清晰。风吹来，灯光照来，郑冬接连打几个啤酒嗝。

郑冬感觉有人高喊着从舞厅冲出来，郑冬听到他们喊抓小偷。这年头小偷真不少，可是郑冬头疼，不想帮他们抓小偷了。何况，还有救火那次教训呢。

但是，那伙人朝郑冬冲来了。一个大汉，劈面一拳，郑冬的脑门差不多被砸开了，一个趔趄，肚子上又重重地挨了一脚，郑冬摇晃两下，脸上和背部同时又挨了几下，终于不情愿地趴到地上。

郑冬被打倒了，他的后颈又挨了一脚。郑冬不知道哪里疼。他听见人在说话，是人，不是狗。郑冬知道自己还没事。

这是个小偷，他偷了好几个人的钱包。

郑冬说我没偷。郑冬狂叫着说我没偷！

可是，别人听不到他说话，其实他什么话也没说出来。郑冬想向他们进一步解释。郑冬咬着牙，坚持着抬起头，他看到他们朝郑冬指手画脚，有几个女的，朝郑冬吐唾沫。郑冬说，你们不要吐我，我不是小偷。

他好像在说话，一个女的说，这小偷在说话，再踹他几脚。

于是，郑冬的头就被踩在地上，那只脚怎么也不肯离去。郑冬脸贴在地上，地上是水泥方砖，脸的另一侧是坚硬的皮革，郑冬的耳朵被踩翻了。郑冬在心里喊，轻点啊轻点啊！

那只脚终于拿下来了。郑冬说，我不是小偷！郑冬费力地抬抬头，他看到小林，刚才是小林的脚。郑冬很不好意思。郑冬说，小林，你怎么才来呢？我不是小偷，你别听他们的。

有人讥笑他，这小偷嘟嘟囔囔到底说些什么啊，瞧他，满脸的血，满脸的小偷样！

郑冬说，你们错了，我不是小偷，小林，别听他们的。可是，郑冬看到一个保安在听小林说话。小林说，这小偷掏了我的包，手就是这样掏的。他现在满身的酒气，他是假装醉酒的，其实他一点没醉，他偷了我，又去偷别人。他脸上的血也是假的，是红墨水浇上去的。

保安说，你们发现小偷，为什么不抓住他？

我们当时……怎么没抓住？这不是抓住了嘛。我们知道他跑不了。肉疙瘩说。

屁话！郑冬想揍他，可是郑冬一点力气也没有。

保安说，你们有几个人挨偷啦？

我挨偷了。一个说。

我挨偷了。另一个说。

他要是想偷,我们大家都能挨偷,这是小林的话。

保安看看他们,又看看郑冬。保安自责地说,我一个疏忽,就出这么大的事,这样吧,没你们的事了,找辆出租车,先送他去医院,人死在我这儿可不好,瞧他。

他们说话期间,郑冬一直注视着小林,小林今晚很美丽,好像是穿一身黑色的长裙。可是,小林你怎么会被偷呢?你怎么能说我只要想偷就能把大家都偷了呢?我可不是小偷啊小林,我也没浇红墨水啊小林,我脸上火突突的……

5

郑冬门牙掉了两颗,左胳膊骨折了,身上多处软组织受伤。

郑冬不是小偷,后来经派出所核查,郑冬没偷任何人东西。那个真正的小偷没有跑出来,他躲在舞厅的洗手间里,后来又去掏别的女孩子的包,被保安现场抓获。

郑冬脖子上吊一根白色纱布,把左胳膊吊在胸前。

已经是暑假中期了,不少人天天泡在海滨浴场,不泡浴场的,就躲在家里。郑冬找不到人玩,就在街上慢慢走走。郑冬在街上慢慢走走的时候,再次想到小林,郑冬觉得,等伤好了,跟小林好好解释,他不是小偷。他要是小偷,还能这么快就出来?说不定被判刑了。

郑冬在文化宫门前看到姚夏,她骑着一辆自行车,车篮里放着饭盒。姚夏在郑冬面前跳下自行车。姚夏说,棉铃虫,还吊膀啊?快好了吧?

姚夏记得,在暑假一开始的时候,郑冬请她吃过冰激凌。后来又碰到过几次,都没怎么说话。前次碰到,郑冬说胳膊是跟人打架弄伤的，没提小偷的事。

郑冬说，干什么去？

我送饭给我妈，你呢，就一人玩？

要不干什么？对了，你不是要陪我看电影？我请你看场电影怎么样？

谁爱看电影啦！你要请就请，我可没说要陪你。姚夏歪了下脑袋，笑一笑，跳上自行车，说，趁我没后悔，要请我看电影就快啊……打我手机……

郑冬开心了，想吹口哨，门牙掉了，吹不响。郑冬看看电影院门口的海报，看看章子怡可爱的笑脸，心里头充满阳光。郑冬又看到姚夏骑车回来了。姚夏跳下车，脸上挂着妩媚的笑容。姚夏说，棉铃虫，走啊，请我看电影去。

你不是送饭给你妈吗？郑冬第一次发现姚夏笑的时候挺动人的，他觉得姚夏不仅漂亮，也很美丽，和小林一样可爱。可是，他有些怀疑，小林是不是可爱？

送去啦。姚夏又一笑，有两颗小虎牙，郑冬也是第一次发现。

那好，我去买票。郑冬朝文化宫剧场售票口走去。没走到售票口又折回来了，郑冬难为情地说，对不起知了，咱们看不成电影了，我没钱，我忘了带钱了，我改天请你看一百场电影。

姚夏抿着唇笑。姚夏说你没钱充什么款哥。姚夏笑了一阵，说，那我请你看，你帮我看好车，我去买票。

姚夏走了几步，又回过头说，你要是饿了，就吃饭盒里的饭，那是我的饭，我要减肥。

郑冬说不饿。郑冬说不饿时，肚子就真的饿了。

电影是三场连放。看电影的时候，郑冬没去想小林。

姚夏告诉他，暑假过后，她就到一家工厂实习了。

郑冬问到哪里实习，有空他要找她玩去。

姚夏说，暂时保密。

郑冬说，你一定要告诉我的。

电影实在没意思，空调好像不制冷一样，姚夏说，不看了。

他们在工人文化宫后门的石阶上坐下，有一句没一句地聊天。姚夏买几支冰棒来，姚夏说，真热啊，吃这个解渴。郑冬说，我就喜欢吃冰棒，我一次最多吃三十根。

姚夏说，才吃三十根，没水平。我吃橘子，一口气吃过八斤，吃话梅，吃过六十袋，吃口香糖，吃二十包，不吐碴，嚼吧嚼吧全咽了。

郑冬说，我吃过蚊子，有巴掌大的蚊子，我吃一百只。

我吃苍蝇，水牛大的苍蝇，你知道我吃多少？说出来吓死你！不许你再吹了，天上一头牛在飞，牛为什么在飞？因为咱们俩在地上吹。你还吃过什么？你再吃也没有我厉害，这支冰棒再慰劳你。

姚夏后来不知告没告诉郑冬在哪里实习，不过他俩经常约会这是事实。

有一天，就是在郑冬的胳膊好了以后，他们一起到了天鹅舞厅。那是姚夏提议去天鹅舞厅的。那天郑冬想到了小林。也在舞厅看到了小林，小林看起来和从前一样。郑冬觉得小林最多算是漂亮。可郑冬心头略略有些奇怪，小林漂亮，看起来，却没有姚夏舒服。

小林也看到郑冬了。郑冬心里通通地跳，他想跟小林解释一下，他不是小偷。

小偷？没有人说你是小偷啊，你这样的人，怎么会是小偷呢？小林后来笑着跟郑冬说，你多想了，真的没有人这样认为，你不会说我说的吧。这是谁？你女朋友？

郑冬不好说是，也不好说不是。郑冬有些不好意思。

你真诚实，小林说，咱们跳舞去吧，你叫什么来着？

我叫郑冬。郑冬说，他望一眼姚夏。姚夏微笑着跟他点着头。

郑冬就和小林在舞池里跳舞了。小林的舞姿非常优美。小林问他，她是谁？

郑冬说，你不是说了嘛，她叫姚夏，我女朋友。

后来，郑冬还是忍不住问，你那天……没看到我？

哪天？哎呀，我都好久没看到你了，你也不给我打电话。小林说，昨天，他们抓到一个小偷，真的很像你，我还真以为是你。我坚决不让他们打你，后来才知道不是你。

是昨天吗？

是啊，哦，是今天，过了夜里十二点，应该算今天了。那不是你吧？

肯定不是我，我不是小偷，我也没在我脸上浇红墨水。

谁浇红墨水？昨天，啊不，是今天，那个小偷满脸是血，真的像是红墨水。

郑冬不知道她是在顾左右而言他，还是真记不得那天的事了。郑冬觉得，她那天是看到他的，也应该认出他来。可她好像没一点印象了。不知为什么，郑冬有些失望。他后悔不该跟她提小偷的事。

6

郑冬后来和姚夏双双离开舞厅。郑冬和姚夏离开时，小林没有送他们，连再见都没说，他们就像陌生人一样。

姚夏说，今天不太热。

郑冬说，我喜欢今年的夏天。

姚夏说，我也喜欢。我还记得，你外号叫棉铃虫……

郑冬说，我也记得你，你外号叫知了……

郑冬拉一下姚夏的手，姚夏就靠到郑冬的肩膀上了。

郑冬和姚夏并肩走在一条行人稀少的小街，在一个巷口，传出一个女孩大声的喊叫,别动……救命啊……

郑冬像脱兔一样对着小巷冲去。郑冬一边跑一边喊,抓住他,抓住他……

小巷里传出女孩的惊叫声,还有几声说不清道不明的噼啪声,然后是一个中气很足的陌生男人的声音,找打你啊,滚……

郑冬垂头丧气地出来了。

姚夏说,怎么啦郑冬?

郑冬把手从眼上拿下来,郑冬的眼上戴了一副黑边眼镜……

姚夏吁着气,伸手抚摸着他肿胀的眼眶,说,怎么把你打成这样?

郑冬说,郁闷,干什么也喊救命,没谈过恋爱啊,要叫回家去叫!

郑冬差不多要哭了。郑冬说,我怎么这么倒霉啊我。

姚夏摇摇他胳膊,不知如何安慰他。

小福的心事

1

小福的眼稍有些塌,白眼珠似乎多了一些,嘴角往里收,鼻子也往嘴上挤,整个五官,搭配很累,什么时候都像没睡醒一样。

正在盘点的祁主任说,这孩子怎么天天有心事啊,哪来这么多心事啊。

祁主任说话声音细密,像唱一样。她苍白的手指掠着齐耳的短发,忧心忡忡地从后窗里看着小福骑着三轮车出门。

老解听到祁主任的话,也听到她叹息声。老解说,你别管他。

祁主任想,不是我不管他,他心事那么多,看着让人累。这孩子,和他父亲真是大不一样。

祁主任在窗户下边那张老式写字台上打着算盘。祁主任打算盘的声音和她说话声一样,清爽而有节奏。

这是四月末的一天早上。

三和兴酱菜店的三名营业员各忙各的事,小福被祁主任派去拉酱油了,祁主任自己要月末盘点,老解呢,因为早上刚开门,还没上生意,他在木质柜台的后边唪唪着,他在哼歌,唪——唪唪——唪。老解一边哼歌,一边往老街对面望。白铁铺里的罗锅三还没露头。罗锅三要是露头了,老解吆喝一声,罗锅三,过来。罗锅三就端着头号搪瓷茶缸,过来和老解杀两盘了。

三和兴酱菜店,坐落在老街和胡家巷交叉口,店面是曲尺形的,正面面向老街,侧面又面向胡家巷,带着一个不大的后院,在后河底一带,也算是大店面了。附近的居民,都喜欢到酱菜店里称盐打酒,买大头咸菜、豆腐乳、古巴糖这些日常用品。

市声渐渐嘈杂了,小福从酱油厂回来了。

小福把酱油从三轮车上往下搬的时候,老解和罗锅三正在下棋,而祁主任则背向着柜台,她还在盘点算账。

小福把两桶酱油搬下车,在柜台后边放好,就过来看老解下棋了。

小福暂时还看不懂,不过小福还是喜欢看。小福对自己说,要不了多久,我就会下了,看人下棋一百盘,不会下棋也会走,这是老解说的。不过老解也说,你爸不看下棋。你爸那个老狐狸,心思都花在别的上了。小福看不懂老解下棋,也听不懂老解的话。

一盘棋很快就结束了,小福不知道谁输谁赢。小福看看老解。老解正在点烟;小福看看罗锅三,罗锅三把茶喝得滋滋响。从他俩的表情看,真看不出谁赢谁输。小福就把眼睛望向老街。阳光很新鲜地照在老街的石板路上,对面白铁铺的招牌下边,挂着一串晃眼的水舀和铁勺。小福又透过另一边的窗户,看这边的胡家巷。每次,小福都能一眼看到蓝底白字的"胡家巷"三个字。小福喜欢胡家巷,喜欢老街,多半因为他父亲。小福的父亲姓胡,小福当然也姓胡。小福的父亲就是从酱菜店退休的。老胡从来不说三和兴酱菜店,也不说老街的酱菜店,而喜欢说胡家巷酱菜店。从前小福不理解。现在理解了,胡家巷,好像和小福家有着什么牵连似的。

小福的父亲老胡,当年给三和兴老板打小工,公私合营时,他就留下来做一名集体工人了。转眼到了一九七八年,社会上流行退休顶班的风潮。政策说变就变,老胡担心他唯一的儿子小福顶不了班，还不到五十岁的老胡就张罗着要退休。后来搞了个假证明，又把小福的年龄虚报了一岁，总算退了，总算让小福进城做一名营业员了。小福的两个姐姐，还有一个妹妹，都不愿意看着小福人五人六地进城当工人。但是，她们都没有办法改变父亲的决定。小福呢，十七岁，懂事情还不是很多，老胡不放心，跟祁主任说，多照看一下小福。祁主任说你放心老胡，你十四岁不就当学徒了嘛，何况现在是新社会，何况小福还是初中生，你就放心吧。老胡不放心，又请老解多关心关心小福。多少年了，老解对老胡一直嘴和心不和，他心不在焉地说，你家小福，一看就是出息的孩子。

小福出息不出息，谁都没看出来，干活倒是本分，叫干什么就干什么，闷声不响的，一棍砸不出一个屁来。

祁主任把本月的账扎了，拿着账单，过来核对商品。店里也陆续来了客人。老解的棋也不下了，招呼客人去了。小福就把棋往棋盒里收。小福喜欢干这个事，每次老解和罗锅三下完棋，都是小福收的棋。这天小福正在收棋时，就有人把后窗棂上的铁皮网拍得啪啪响了。

小福，过来。

小福看是楼上的唐慧。唐慧的脸，被锈铁皮网"格"成好几块，睁圆了眼望着小福。小福跑过去，说，什么？

因为隔着玻璃，小福声音很大。

窗户外边的唐慧说，我上班去了，要是下雨，你帮我收衣服。

小福点头答应了。

唐慧又不放心地叮一句，别忘啦。

小福再点点头。

小福转过脸来的时候，祁主任看到小福的脸是红的。祁主任很快就想到，怪不得，这孩子心事这么大，原来……原来……

2

天不像要下雨的样子。一会儿阴，一会儿晴。阳光一会儿落在后院的青石板上，一会儿又像捉迷藏一样躲起来了。风像调皮的麻雀，从窗户外面扑一下，突然消失。不下雨，就收不了衣服。小福透过窗户望二楼伸过来的晾衣绳，上面晾着唐慧的衣服。大大小小的衣服，有一件风衣，红色的，小福还没看过唐慧穿过这件红色风衣。小福想象一下，唐慧穿红风衣是什么样子，可他想象不出来，他只想像出他二姐穿过的一件红毛衣。

祁主任拧着脖子，说，小福，你急什么，没下雨。

小福的心事像是被人看到了，脸上不由得又火突突的。

小福就到柜台边站着了。

有人来买三毛钱大头咸菜，小福摸起杆秤，要称咸菜给顾客。祁主任一把抢过秤了。祁主任怕小福手生，把不住秤，头高头低的。

祁主任还是关心小福的，她说，小福啊，下午你休息，准备到哪里玩啊？

小福还没有想好。到哪里玩呢？小福想到百货大楼看看，他上班一个多月了，还没去过百货大楼。他想到百货大楼去看看唐慧，那里的营业员，一定都像唐慧那样，洋气，也像唐慧那样，高高大大的。

小福说，我到文化宫看电影。

就一个人啊？

小福脸上又出火了，仿佛被人发现了心里的秘密。

小福在杂品公司食堂吃过中午饭，回到三和兴酱菜店的后院。小福住在三和兴酱菜店的二楼，楼梯口旁边，靠近杂物仓库边上的那一间。那里也是原先他父亲的宿舍。在小福宿舍的北面，临着胡家巷的，是唐慧家。三间房都被唐慧占着了。南面，拐过弯过去，临向老街的，是祁主任家。祁主任的房子要阔气一些，早年三和兴的老板，就是住祁主任现在的大房子。

　　小福在楼底望着唐慧晾晒的衣服。小福本来不准备回来的，准备吃过午饭就到百货大楼玩的。小福怕下雨，觉得，还是帮唐慧收了衣服，再去玩。

　　木质的楼梯躲在廊檐下边，因为年久失修，走上去就发出吱吱的响声。小福吱吱嘎嘎走上楼来，伸手收衣服。唐慧的衣服，除了那件红色风衣，还有一件红格子外套，一条米色裤子，一粉一花两件衬衣和黄色套头羊绒衫。在收内裤和胸罩时，小福的心咚咚乱跳，他警惕地看一眼酱菜店的后窗，他不知道窗户里的祁主任看没看到他。小福收最后一双袜子时，不小心把一只袜子掉在水池里，小福伸手去捡，还好，袜子并没有脏。这是祁主任、唐慧，当然还有小福——三家共用的水池，因为平时大家都注意卫生，水池比较干净。

　　小福捡了袜子，像做贼一样，抱着花花绿绿的衣服，躲进了自己的宿舍。

　　然后，小福便出门了。

　　小福刚走到大街上，天就落下了雨滴。小福庆幸自己有未卜先知的本领，不然还要跑回去收衣服。就是跑回去收了衣服，衣服也会被淋湿的。

　　小福来到百货大楼门前广场，广场上的人都被渐渐下大的雨淋得四散逃跑，那些红红绿绿的彩旗还在风雨中飘舞，许多只气球也在半空中随风摇曳。小福对广场上的热闹不太留心，何况他也没带雨具。

　　小福一头钻进百货大楼。小福被百货大楼的阵势吓晕了。百货大楼太大了，是三和兴酱菜店无法相比的。而且柜台都是玻璃柜台，闪闪发光，一尘不染。柜台后边的营业员，也和三和兴的不一样，她们都站在柜台里,脸上都有一种持久的、温和的微笑。小福不知道唐慧在哪一层哪一个柜台。

小福在百货大楼里转了好一会儿,没有看到唐慧。等他走到百货大楼门口时,他发现雨下大了,有人在雨里飞跑,小福是不怕雨的,他在雨里放过鹅,也在雨里割过草,还在雨里摔过鱼。雨是斜着下的,风还不小,广场上彩旗横七竖八地倒了一地,气球也拖在绳子上东一头西一头地乱撞。有一只气球,红色的,刮到小福的脚下,让小福逮住了。小福腰一猫,冲进雨里去了。

小福带着这只红气球,像落汤鸡一样跑回了家。

楼底的酱菜店大约是关门了。小福在屋里,听到楼梯的嘎吱声。小福听出来,那是祁主任的脚步声。祁主任的脚步声一向是小心的,谨慎的,她不像唐慧,咚咚咚的,木楼板都在颤动。祁主任的脚步声响到回廊上时,都要停顿一下。但是,这回,祁主任停顿的时间长了些。小福屏住呼吸,等着脚步声再度响起。

祁主任是个老姑娘,人很瘦,脸色苍白中透着灰暗。据说她十七岁时差点结婚,快要举行婚礼时,那个中央军营长在淮海战役的炮声中,随着黄伯韬东进徐州,在碾庄圩被打死了。当然,营长的死讯,她是后来推测到的。如今,祁主任四十多岁了,人还像年轻时一样漂亮。只是,腿脚不比年轻时轻盈了。小福不知道祁主任的身世和故事,他父亲老胡从没跟他说过。他对祁主任的印象不好,也说不上为什么,祁主任的眼神,老是充满疑问,也好像处处防着他。除了在柜台里,不得已要见面,其他时间,他是能躲就躲。

雨声很急,像鞭子抽下来。小福仔细地听,回廊上的脚步声迟迟没有响起。回廊上的脚步声没有响起,小福就不敢动,连喘气都要憋着。小福把气球拿在手里,突然的,他担心气球会爆炸,惊了回廊上的那个人。

又过好久了,小福听到的,还是如鞭的雨声。小福感到奇怪,就把气球放到床上，小心地走到窗口，透着线一样的缝隙，向回廊上望。小福什么都没有望到。

小福把门悄悄打开，把脑袋伸出去。走廊上空空的，小福望向祁主任家，他看到祁主任家挂着白丝绒窗帘的屋里亮着灯——祁主任已经到家了。

小福松一口气，看着大雨，胡思乱想着。要是在乡下，他肯定和三巴、屁孩他们，顶着塑料布，捉癞蛤蟆去了。城里的中药厂收购癞蛤蟆，二分钱一只。下雨天，他们能捉更多的癞蛤蟆。他大姐肯定又到村里的团支部书记家玩去了。他二姐很讨厌大姐去找那个疤眼的团支部书记。他二姐哪里都不去。他二姐在家绣鞋垫，一只上绣着心心相印，另一只上绣着鸳鸯成双。小福不知道二姐的鞋垫是绣给谁的。二姐的箱子里，已经绣了十几双鞋垫了。妹妹还小，她什么都玩，对了，有一年，妹妹不知从哪里找到一只气球，乳白色的气球。气球不小心放到了雨里。小福的母亲追回了那只气球，还把妹妹揍了一顿。其实那不是气球，那是一只避孕套，妹妹在母亲的巴掌下，一会儿说是从抽屉里找到的，一会儿说是从床席下找到的，但是，不管从哪里找出来的，妹妹把它吹成气球显然是不对了。这事情没有别人知道，就连大姐和二姐，都没有发现，只有小福知道。小福那时候，已经知道避孕套是干什么的了，三巴的父亲是乡计生办主任，三巴经常吹那样的气球，三巴也送给小福吹过。不过，后来，母亲把妹妹拿避孕套当气球吹的故事讲给老胡听时，老胡哈哈大笑了。母亲说，你还笑，下次不许你带这东西回来了。你们单位也真是的，什么不好发，发这玩意儿，还不如发二斤酱菜了。

现在，小福看着躺在床上的红色气球，产生了一些联想。

3

　　门被拍响了。唐慧在回廊上喊，小福，小福！

　　小福说，来啦。

　　小福打开门，看到唐慧手里拎着伞，伞上滴着水，站在小福的门口。回廊里的灯亮着，灯光把唐慧的大脸盘照得煞白。唐慧说，天都黑了，你怎么不开灯？我差点从楼梯上滑下去，我要是滑下去，有你好看的！这个鬼天，好好的，下什么雨！哎呀，我冻死了，你让我先进去，我钥匙找不到了。

　　唐慧走进小福的屋里。小福的屋里顿时散发出一股香味，还有一股水气。唐慧说，把我衣服收啦？哎呀天啦，你怎么把我衣服放在你床上啊，脏死了脏死了。

　　唐慧把伞丢在地板上的脸盆里，冲到小福的床边。唐慧脸上惊诧着，把衣服一件一件拿起来。在拿红色风衣时，唐慧说，风衣怎么还是潮的呀？是不是淋雨啦？

　　没，小福说，下雨前就收了。

　　你别骗我了，你拭拭，湿漉漉的，肯定是淋雨了。你别拭了，你手脏死了，一股咸菜味，别脏了我的衣服。

　　小福有些委屈，明明是下雨之前收的衣服么。

　　你咕嘟什么嘴啊，还冤枉你啦？算啦，我也不怪你，毛手毛脚的，我又不是不知道，淋雨就淋雨吧，我再拿在屋里晾晾就干了。唐慧把衣服都抱在怀里了，又说，小福我让你修水池你修啦？没有修吧，我知道你要说什么，你说你来的时候水池就这样了，半堵不堵的，是不是啊？你不要跟我翻白眼，谁让你是男子汉啊，老胡要是在，他早就修了——真该让老胡修好了水池再退休。小福你一点都不像你爸。

小福心里想，我哪里翻白眼啦。

小福目送着唐慧走出去了。

小福心里说，我怎么修啊，水池的下水道堵了，又不是我弄堵的，再说了，不是还没全堵么，不是还能下去一点点水么，你就将就用吧。

小福，过来，帮我一把。

唐慧又喊了。

小福跑出去。

唐慧说，帮我开门——我找到钥匙了，钥匙在我口袋里。

小福说，你自己开。

你没看到啊？我哪有手啊？

唐慧把胯送过来，她丰满的屁股也送过来了。小福看到被绷紧的裤子上有一只口袋，小福知道钥匙就在那只口袋里，但是小福下不了手。

快呀。

小福的手伸进了唐慧的口袋里，掏出了钥匙，替唐慧开了门。

小福转回身，一抬头，看到祁主任家窗帘后边，站着一个人影，那是祁主任的影子，祁主任拿手拨开窗帘，正看着小福。小福仿佛看到那双阴郁的眼睛。小福心里战栗着，他被吓了一跳。

但是小福还是假装若无其事地到水池去洗手了。其实他手上也没有什么，只是他掏过唐慧的口袋了。也不知是唐慧的裤子太瘦，还是她太胖，小福的手是拥挤着才伸进去的，他感到她肌肤结实、柔软而又温热。小福把水龙头拧大了，哗哗淌水声盖住了雨声。

唐慧在屋里又大声喊了，小福，干什么开这么大水啊，跟你说过多少遍了，不能这样洗手，拿盆接水用，这要浪费多少水啊。这个月的水费你要摊一半！

小福把水关了。小福本来也没想洗手，连他自己都不知道怎么会突然想起来洗手。水池里聚半池水了。下水道下水很慢，不知道什么东西堵的。小福感觉祁主任还在窗帘后边看他。小祁的头皮一阵阵发凉。

小福回到屋里，关紧了门。

走廊上时常响起唐慧的脚步声，还有打水声。唐慧的脚步声，一向都是咚咚的，不像祁主任，祁主任的脚步声，不是犹疑不定，就是鬼鬼祟祟。

小福躺在床上，望着天花板出神。小福从乡下进城有一个多月了，他经常这样出神。小福在没顶班之前，想着，上班一定好玩，一定比在乡下捉癞蛤蟆好玩，可上班了，感觉还没有乡下好玩。乡下还有三巴，还有屁孩，还有张家兄弟，还有姐姐和妹妹，可城里有什么啊？只有老解和罗锅三下棋还有趣。祁主任天天冷着脸。唐慧虽然不错，也是大惊小怪的，不是叫他做这个，就是让他做那个。唐慧多大啦？他不知道，他大姐二十一了，他二姐十九了，唐慧大约比他大姐还要大吧？谁知道呢，唐慧怎么会一个人住这里呢？听话听音，唐慧好像住这里已经好久了，她常说老胡什么什么的，或者说，你爸什么什么的。小福没听过父亲说起过唐慧。小福小时候常听父亲说起老唐，还常把他焐的小鱼干带到城里，分给祁主任和老唐吃。这唐慧，大约就是老唐的女儿吧？前几天不是听唐慧说，她也是顶班才分配到百货大楼的吗？她说她家在新区还有一套房子，她父母和弟弟就住在那里。唐慧那么胖，胸脯那么大……

小福听到有人敲门。小福仔细听，又没有声音了。

小福刚想睡，敲门声又响了，笃，笃，笃。小福这回是听清了。敲门声照例是鬼鬼祟祟的。小福悄悄下床，对着门帘说，谁？

门外没有回答，敲门声似乎更小了。

小福掀起门后边的布帘，他看到一个人影贴门而立，灯光照在一张苍白的脸上。那是祁主任的脸。

小福打开门。

祁主任说，我给你送两只大饺子，豆角和虾皮包的，很好吃。

小福说，我不饿，我吃过了。

祁主任说，拿去吧，吃过了，明早吃。

小福就把一只碗接过来了。

祁主任说是两只大饺，小福看是三只大饺。小福真不知道，祁主任送大饺给他吃，为什么像做贼一样。难道这也是什么见不得人的事？

4

第二天，雨停了，阳光真是不错，照着潮湿的老街，以及老街粉墙上的苔藓。新的蛛网在屋山的气窗上挂出来了，黛瓦的水槽里也长出更绿的青草，仔细看看老街，到处都是新鲜的样子。小福趴在柜台上，看着罗锅三在砸白铁舀。罗锅三人不起眼，干起活来很卖力，连头都不抬一下。小福想，他怎么不过来下棋呢。酱菜店生意不忙，老解踮着腿，唧唧唧地唱着，鬼知道他唱什么。老解对小福不冷不热，不理不睬，不说小福好，也不说小福不好。小福对他虽然另眼相看却心怀警觉，但小福还是觉得他比祁主任好，这样一想，有意无意的，他就朝老解身边靠。早上祁主任一上班就问他，大饺子好不好吃？小福说好吃。小福是实话实说，祁主任包的大饺子确实好吃，绿菜馅子，白米虾皮一个是一个。老解听了小福的话，背着祁主任跟小福哈地一笑。老解没有哈出声来，他不过是做了个哈的嘴形。小福看到了，他不知道老解为什么有这种滑稽的表情。

老解唧唧了一会，跟小福说，下盘棋小福？

小福不知道老解的话是真是假，他盯着老解看，摇摇头，说，我不会下。

老解说你狗日的跟你爸老胡一样，棋都不会下，还有什么用……还有什么用吧。

祁主任在这时候出去了一趟。小福知道每天上午十点左右，祁主任都要上一趟厕所。祁主任不在，小福胆子就大了，他试探着说，你教我。

老解说我不教你，你不会下正好，我要是教你，祁主任会怪我的。

她不在，她出去了。

老解说那我也不教你，你不下棋就对了，祁主任不喜欢你爸下棋，她也不喜欢你下棋。

老解说完，摸一下小福的脑袋，诡秘地笑了。

为什么啊？小福不解地问。

下棋多耽误事啊。老解说，又摸一下小福的脑袋。

老解冲老街对面的白铁铺大声说，罗锅三，小福狗日的叫我教他下棋。

罗锅三就哈哈大笑了。

小福不知道这有什么好笑的。

罗锅三放下手里的活，撅着屁股过来了。老解把棋搬了出来。罗锅三看祁主任不在，正经地对小福说，小孩子不能下棋。

老解也板着脸说，小福你要是下棋，你就没有大饺子吃了。

老解又对罗锅三说，小福早上吃了祁主任的大饺子，你猜小福说什么？小福说很好吃。

罗锅三正经的脸上，还是忍不住笑了。罗锅三说，大饺子算什么啊，小福，祁主任还有好东西等着你去吃，你小子口福不浅啊，赶得上你爸了哈哈……

祁主任进来的时候，罗锅三已经架起了当头炮。

小福听不懂老解和罗锅三这些模棱两可似是而非的话，他也分不清这些是好话还是坏话，总之，是和祁主任有关。祁主任今天穿一件红外套,收腰的那种,衬衫是白底碎花的。祁主任高高的脖颈上,戴着一根金项链。祁主任的身条保持不错,走路有些婀娜,胸脯虽然不像唐慧那样硕大丰满,但是却也一走一动,马虎颤颤巍巍,别有风致。小福当然不去注意祁主任身上细微之处的,就连她刚戴上的金项链,小福都没有注意。

祁主任走到后窗下,给自己倒一杯水,又给小福倒一杯。祁主任说,小福,我给你倒一杯水,别忘了喝水,我知道你早上没吃稀饭。小福我说话你听没听到?

小福说听到了,我不渴,我从来不喝水。

祁主任真不知道这孩子天天怎么这样心事茫茫,她两手端着茶杯,几乎是把茶杯抱在怀里。祁主任静静地看着小福那张无精打采的脸。

后窗的铁皮窗棂又被拍响了,唐慧在外面喊道,小福,小福。

小福跑过去,说,什么事?

上来。

你没看见我上班啦?

你在看下棋,我看到了,你一点也不忙。祁主任你让小福来一下,帮帮我通通下水道。

祁主任知道下水道再不通,大家都不方便,说不定什么时候就不能用水了。祁主任也要用水池,她对小福说,去吧。

小福很不情愿地走了。

唐慧穿一件粉红色睡衣,宽松,束腰,领子开口太低,乳房隆起的坡度很险峻。可能是睡太久了吧,她软软塌塌,一副懒散的样子。她上午没上班,在屋里眍着眼做白日梦,突然想起来下水道问题,脸都没洗,就跑下来喊小福了。唐慧在院子里等小福。她看到小福很不高兴的样子,就像大姐姐一样推他一下,说,你别苦着脸,你以为我想弄这下水道啊,天天用水烦死了,你不感到别扭啊!哪天要是堵死了，我看你能不洗脸不刷牙？夏天说到就到了，大家都要用水。你闲着也是闲着，望呆也是望，来干干活，没有坏处。

小福说，我又没说不弄。我天天都琢磨着，哪里堵的呢？不像是在上边，很可能是在底下。

我看也是。

从二楼水池上通下来一根下水管，水管通到阴沟里。阴沟上盖着一层水泥板，一队蚂蚁在水泥板的缝隙里爬来爬去。

唐慧说，你把这水泥板掀了，我去找个衣钩来，让你勾勾看。

唐慧跑去拿衣钩了，小福费了很大劲才掀起来一块水泥板。阴沟里一股水臭味直冲鼻息。小福拧着鼻子，歪着脑袋看。从上边水池里通下来的下水管道的出口处，没有堵塞物。

这条铁管已经锈得不成样子了，藏在阴沟里的一部分已经锈坏。小福端详了一会儿，看出来不是这里堵，那么一定是这根管子的中间部分堵了。小福对唐慧喊道，你放水看看。

唐慧答应着，拧了水龙头。上面哗哗淌，下面只是细细地往下流。小福说，是这条管子堵了，你把衣钩拿下来。

唐慧咚咚咚又跑下来，把衣钩给了小福，衣钩长了，又别劲，捅不进去。

祁主任在酱菜店的窗户里喊，仓库里有铁丝，拿铁丝勾。

祁主任也过来了。

祁主任亲自从仓库里拿来了铁丝。

不消说，小福只用铁丝轻轻勾勾就疏通了下水管道。让祁主任、唐慧和小福特别惊异的是，堵塞下水管道的物件，不是别的什么司空见惯的东西，而是许多只避孕套。

小福从下水管道里，勾出了一只只避孕套。小福起初还感到不好意思。当他看到唐慧和祁主任都是脸红脖子粗时，他就坦然多了。祁主任的脸先是像朝霞一样红一下，接着就呈青灰色了，而且越来越灰，最后连喘息都困难了。而唐慧的脸腾地红了以后，越发地红了，一直红到了脖子里，红到了胸脯上。

5

小福一个人在柜台上摆棋。这已经是五月中旬的某天了。小福上班整整两个月了。小福的实习期是半年。才两个月，离半年还早了。

老解休息了，罗锅三是不会过来下棋了。对面的白铁铺里，响起乒乒乓乓声。

但是，罗锅三还是过来了。

老解呢？罗锅三说。

休息了。祁主任说。

小福你一个人摆棋啊？

祁主任笑眯眯地说，现在小福不得了了，常常一个人下棋，是不是小福？

小福不知道自己一个人躲在家里，照着棋书一个人摆棋，祁主任是怎么知道的。小福笑笑。小福很开心，小福干净、清爽地笑着。

祁主任说，小福，敢不敢跟罗锅三摆一盘？

祁主任话音才落，小福的棋已经摆好了。

罗锅三吃惊地说，真的呀，乖乖，比老胡出息多了。那个老胡，一辈子连棋都不会下。小福，你比你爸有出息！

祁主任脸冷一下，随即说，你提老胡干什么……你提老胡……老胡那个人啊。

后边便没话了，意味深长的。

罗锅三和小胡只走几步棋，罗锅三就思考了。罗锅三嘴里念念有词，这棋走的，这棋走的，厉害呀小福！

后院响起一阵吆喝声，罗锅三望过去，小福也望过去。罗锅三问，谁呀，干什么呀？

祁主任说，唐慧搬家了。

搬了啊？跳马。

祁主任说，早该搬了。这是我们三和兴酱菜店的房子，她爸退休了，房子也有，唐慧又不是我们系统的职工，上级规定，这种情况，不许多占房产，唐慧应该搬。其实她早该搬了，我真不该让她住了两三年。

罗锅三像是懂了一样，嘴上哦着，眼睛盯着棋。罗锅三说，沉底炮，将军！哈哈，小福你还是不行，垫车给我吃吧，少了一个车，你还不认输！

祁主任说，你欺负人家小福啊，小福你再跟老解练练，把罗锅三杀败，还狂了你！

祁主任说着，眼睛瞟着后窗。

后窗外，后院里，身穿红色风衣的唐慧快乐地大声说，走啦走啦……

唐慧跑到三和兴酱菜店的后窗上，拍着铁皮窗帘，小福，我搬走啦，我写给你的地址别忘啦，就在工人电影院后边……小福，常去玩啊……

小福棋又摆好了。小福说，老罗，再杀一盘！

在都市里晃荡

1

我们学习班有五十多号人,全部来至全省各市县专业剧团或艺术单位。

我们在地方院团都是各个艺术门类的骨干。

到了学习班,我们又都成了一名听话的学生了。不到几天,我们互相间就混得烂熟,就像烤地瓜一样烂熟。人一旦烂熟到一丝不挂,相处就格外容易了。比如有些人,要把钱存到银行里,而另有一些人要把精神存到别人的世界里。

小妖就是这样一个女孩。她的活蹦乱跳和甜嘴甜舌,仿佛忧愁远离她十万八千里。她常挂在嘴边的一句话是,你是天才。她叫谁都是天才。天才,她说,看戏去。其实,领导已经安排了,今晚要去看《烟壶》,不去是不行的,明天还要交一篇戏评或者人物分析。她把你拉上,无非想让你掏钱打车。她还有事没事地和你讨论莫扎特,或者贝多芬,或者大小施特劳斯。如果她和你并肩往食堂或者教室走路时,突然冒出一句,爱因斯坦说,死亡就是意味着再也听不到莫扎特的音乐啦!你一点也不要奇怪,因为她脑子里其时正飘荡着莫扎特的灵魂。她不无忧伤地说,莫扎特的音乐是一块绝妙的明矾,是宁静,是神圣,是哲学,是诗,是美,是……她把光洁的脑袋略略偏着,明媚的眼睛望着你,饱满的永远是红润的嘴唇夸张地上翘着,仿佛"是"字让她咬了一半。

这么说来,你大致已经知道了,小妖是个讨喜的女孩。就是说,她有点像我的前女友海荣。海荣对音乐兴趣不大,她不过一个唱淮海戏的小旦,音乐这个东西她还比较排斥,她只对服装感兴趣。她那点有限的工资全部买一些可有可无的劣质时装了。海荣喜欢穿,这在我们剧团是有名的。我和她谈恋爱那两年,我的钞票也让她穿去了一半,简单地说,海荣的时装有三分之一是我为她买来的。不过,海荣的许多时装,穿在身上总有点形迹可疑,我不是诋毁她,应该说,海荣离开我,我还真的割舍不下,但是她去意已定,我也只能空悲一场。来这个学习班之前,我才知道,海荣和一个包工头经常出入各种高级时装商店,那个包工头当然是不能和我这个小编剧类比的,他的钱包永远是鼓鼓的,他也有大把时间陪海荣逛商店,这在海荣来说是求之不得的。海荣就像一条欢乐的蚂蟥,和包工头形影不离了。

小妖的欢乐和海荣的欢乐是不一样的,海荣仅仅是对服装感兴趣,或者说她仅仅是一条欢乐的蚂蟥,而小妖的欢乐是全面的。谁都想和小妖成为朋友,但是小妖在大部分课余时间里能和我一起逛街或吃饭或喝茶,主要是我能听得进她喋喋不休的说话,能听得进她对音乐的乐此不疲的评价。比如在说到巴赫的时候,她说,这个德国人是个音乐鬼怪,你很难相信他的一座座音乐巨厦只不过是用一些简单的元素构建起来的,像《马太受难曲》《法国组曲》,还有《勃兰登堡协奏曲》,这些音乐并不都是涉及宗教,但让你不由自主必须带着宗教的情感去聆听他的音乐。他的那些带有新教精神的音乐作品,把人对上帝的敬仰,对尘世的眷恋,对生命的热爱融为了一体,从而建立了古典音乐的第一个里程碑。小妖在说这些话的时候，你一点也不觉得她是在夸夸其谈。实际上，她就像在商店挑选一件过时服装一样随便。这并不说明小妖就和音乐有着什么千丝万缕的瓜葛，事实是，无论你提到什么，她都有一套现成的理论，就是说，没有小妖不精通的东西。

可以毫不夸张地认为，在我们这个为期三个月的戏剧编创及戏剧表演培训班上，小妖是唯一与时尚，与流行，与新新人类有关的学员。这从她的服饰，从她的言谈和举止中可以找到肯定的答案。如果说她是我们班的另类也不为过。

但是，小妖有一天"另类"的太出格了。她的一番言谈让我为她捏了一把汗，我也真的有点为她难堪。

2

在叙述这件难堪事之前，我得承认，我是喜欢上小妖了。把小妖和我的前女友相比是我这段时间常想的事，这你都知道，我就不在这里细说了。

那天我们坐在一家叫半坡村的茶社里。除了我和小妖，还有我的另一个朋友，他叫王火，是一家剧本月刊的编辑，写了不少实验话剧在北京的舞台上演出，曾好好轰动过一阵子。和王火同来的那个小伙子，是王火的作者兼朋友，专攻戏剧理论，是个学有所成的青年批评家。王火叫他老K。这位老兄相貌虽不算英俊，却长一张能说会道的好嘴。那天我们每人要了一壶菊花茶，正一边慢慢品茶，一边喁喁小谈。我们由戏剧谈到影视，由影视谈到小说。我们对当下的小说都不屑一顾，就好像小说家对舞台剧不屑一顾一样。但是，说到小说，大家显然都很兴奋，我们把中国当代小说家统统点评一番，特别是那些走红的新新小说家们，我们得出一个统一的共识就是新新小说家们的语言太脏，描写太脏，是上不得台面的。令人可气的是，他（她）们的那种脏太霸权，以为别人都不懂。其实，那种形式上的脏和语言上的脏，应该是我们这些戏剧人的专利。可我们不想这样搞，因为我们婆婆太多。这是题外话，不说了。也许是一时的心血来潮吧，王火提议，每人讲一段小说里面的有趣故事。王火的提议得到了众口一词的响应。因为我们都觉得，小说家的故事比戏剧家的故事毕竟要差一截，能记住小说里面的故事或某一个情节，说明这篇小说非同一般。但是小妖手舞足蹈的赞成还是让我始料未及。她甚至兴奋地说了一句好。她说，好！她几乎都要开讲了。不过王火是首倡者，当然由王火先讲。王火也不推辞。王火讲了某女作家小说里的一个情节，可能太一般，没有引起我们的共鸣。王火的朋友老K说他不想讲小说，他讲一个小说家的故事吧。猜猜他讲谁？对了，他就讲那个女作家。不是有一个广告吗，老K说，做女人"挺"好，女作家告诉我们，做男人也"挺"好，而且在某某肾宝广告里，那位太太还进一步强调指出，他好，我也好！这下达到效果了，引起大家哄堂大笑，幸亏大家都是文明人，才没有把茶社的楼板震破。不过由于老K把故事讲得露骨，让我觉得有点难为情，倒不是为老K，是为小妖。小妖毕竟是一个红粉女孩，对此类故事至少在形式上也要表示点羞涩。但是，我错了。小妖脸色酡红，迫不及待地要说话。其实，按照顺序，应该轮到我讲。小妖既然请战在先，我也不好说什么。小妖说话的语气是这样的，她把声音压低一点，似乎要保守某一个秘密，叽叽话语就从她的舌尖经过红唇滚落出来。她说，有这么一家三口，男的是某长，工作忙，女的做外贸，工作也忙，儿子还小，请一个小保姆在家。有一天休息，难得一家团聚，小保姆和儿子在一边玩气球，男的和女的在沙发上调情，女的正抱怨男的啤酒肚越来越大了。这时候儿子拿着气球，跑过来说，妈妈妈妈，我告诉你，爸爸肚子为什么越来越大。女的好奇地问，为什么？儿子说，是保姆阿姨吹大的，我常看到阿姨咬着爸爸的嘴吹，就跟吹气球一样。小妖得意地讲完了，可我们都没有笑。我们一时都不知说什么好，这个故事不但笨拙，也不幽默，就像穿上一件不合时宜的衣服。我真难相信小妖怎么会讲这个故事，我感到难过，更感到羞愧。可小妖仍做出根本不在乎的样子，痴痴地笑着，等着我们叫好，可我们一时都忘了叫好，大家把脸上的笑容做得极其勉强。小妖只好说，你们让音乐给迷住了吧？哇，你们听这是谁的音乐？是伟大的舒伯特。小妖显然是个聪明女孩，她也感觉到自己有伤大雅的故事了。她试图以转移话题来掩饰自己的穿帮。她说，你们听，只有舒伯特才能写出这样的音乐，充满了忧郁和悲伤，充满了青春的美丽和无边无际的梦幻，充满了大自然的庄严和纯粹的理想主义倾向。我们说是的是的。老K也煞有介事地说，我很赞同小妖对舒伯特的理解，舒伯特和他的音乐一起成为了青春和浪漫的化身，其实他的音乐更具有诗人的气质，并且以任性放纵的态度自发地挖掘了情感的所有微妙之处和生动之处。老K不愧是做理论的，他的高论一下就调整了现场的气氛。因此，我们自然地就把话题转移到音乐上来。对于音乐，我和王火显然是个外行，小妖和老K说了一连串我们倍感生疏的名字，什么勃拉姆斯，西贝柳斯，柏辽兹，威尔第，巴托克等等等等。而我们呢，只知道一点刘什么德华，而刘什么德华量级太轻，根本不能和那一串名字相提并论。由此，谈话就变成了小妖和老K的两人游戏。小妖毕竟是小妖，她用音乐把我们一个一个都收拾了，包括似乎还懂一点音乐的老K。

然而谁也没有想到接下来的故事却向另一个方向飞速发展。由于小妖和老K谈得投机，小妖激动之下要给老K介绍女朋友了，目标都定了下来，是省音乐电视台的节目主持人，叫王南。该女和小妖是浙广（浙江广播电视学院）的同学，也是一个十足的音乐迷。

那天夜里，小妖还做出一个惊人之举——她和我争着要买单。并说，我今天做媒婆了！

不过最后买单的，不是我，不是小妖，也不是老K，而是王火。本来八竿子也打不着王火，是因为老K看我和小妖争执不下，出来圆场说，应该由我买单，我请媒人吃顿饭，难道还不应该吗？我和小妖都觉得他说得有理，就把这个机会让给了他。谁知这位老兄身无分文，只好由王火收拾残局。

你是天才！我听到小妖由衷地夸了老K一句。小妖接着说，为天才做媒真是我的荣幸。

我觉得，小妖的后一句话太媚了。她很可能还没走出她刚才的尴尬境地。就是说，她的所有话都是在为失态而遮掩。我从内心里有点怜惜小妖，同时，我也觉得小妖还是天真的，也是可爱的。我再一次把她和我的前女友海荣相比，海荣的不足就是她也做假，而她做假你根本看不出来。这就可怕了。

3

小妖逃课还是第一次。

一上午的课，我有点魂不守舍，眼睛老是不由自主地盯着那张空课桌。那里曾经有小妖俏丽的后背和背上柔媚的长发。现在，那张座位空着了，我的心也跟着空了一大截。她是到哪里了呢？是去逛街还是去听音乐？她不会去找老K吧？我实在不愿意把她和老K联系在一起。因为没有比男人更了解男人了。像老K那样的男人我很清楚，小妖给她做媒婆，简直是自投罗网。而事实是，小妖恰恰就和老K扎成了一对——他们逛了一上午莫愁湖。

我是在中午时证实她和老K在一起的，并知道他们逛了著名的莫愁湖。当时我在电梯里。我们居住的宾馆是紧挨戏校的一家部队招待所，电梯已经老的不成体统了，隆隆作响的噪音我们还能忍受，关键是在每一层停车时的抖动，真让人担惊受怕。所以每次乘电梯，我们都要担心它会不会掉下来。每次乘电梯，也都希望它中途不要停车。这样的想法无疑是自私的，也是不切实际的。当时我从十一楼下来，到七楼时，小妖进来了。小妖耳朵上塞着耳机，或许是正在听音乐，或许她习惯目空一切，她居然没有看到我。我跟她挥一下手，她才惊喜地笑了。她取下耳机，吃惊地说，怎么就你一个人？我说，我一个人你都看不到，要是人多，恐怕我就被淹没了。小妖妩媚地笑着，脑袋略略偏着，她说，我在听音乐嘛？你说话怎么有点酸不溜溜的？小妖继续说，我可没有得罪你。对你说噢，上午我逃课了，没人查我吧？谁爱查我？我帮老K介绍女朋友了。老K真有意思，他还紧张，专门请我到莫愁湖逛了一上午，还请我吃了肯德基。哎——哟——，这鬼电梯，真能害死人。

　　我们走出电梯，小妖还在喋喋不休地说，下午我不能逃课了，我喜欢下午的课，《西方艺术与西方美学》，老师讲得也棒！我比较欣赏他关于西方音乐的大段概述，他说肖邦是月光，说舒伯特是漂泊不定的灵魂，说什么叫艺术？艺术就是在司空见惯中发现不寻常的东西，艺术就是真理，艺术就是谎言，艺术是倾向于想听到或想看到的东西而不是已经听到或看到的东西。老陈，你还没见过王南吧？就是我要介绍给老K的那个女孩？

　　瞧瞧，小妖说话就是这样，密不透风。我终于可以说话了。我说，你又不是介绍给我，我怎么认识？

　　小妖说，你真笨，你晚上看看江苏卫视音乐频道，你就知道了。王南太可爱了。我看我这媒婆能做成。你说呢老陈？我担心老K不帅，不过打扮一下也还行，他才华横溢，又长一张好嘴。你说呢？

　　我说我怎么知道，老K是王火的朋友又不是我的朋友，王南是你的同学又不是我的同学。

　　老陈你今天有毛病啊，说话老是酸不溜溜的，怎么一点也不潇洒？老陈你也算是聪明人，也算一个天才，脑瓜子怎么锈死啦！不过你说得也对，要不这样，晚上老K请我喝茶，王南也去，你去做回电灯泡怎么样？小妖没等我回话，就替我说了，好吧好吧就这么说好了，我要去给王南打电话。

小妖跟我挥挥手，跑了，屁股蛋扭动得像迪斯科音乐。我就更担心了，小妖啊小妖，你脑瓜子有问题啊！你不要叫老K给耍了！

其实，小妖说得不错，我心里的确酸不溜溜的。就是说，对于小妖热心给老K介绍女朋友，我一点也不感兴趣，相反，还从内心里反对。我总觉得这里有什么阴谋，不是出在老K身上就是出在小妖身上，总之事情有点蹊跷。你可以想一想，小妖为什么要给老K介绍女朋友？老K不过是一个戏剧理论家，说白了，就是一个靠说谎混饭吃的家伙，小妖完全没有必要巴结他。小妖是搞舞美设计的，兼做音乐，而老K算个鸟！这年头谁还信你满口胡话？但是应该说老K还是有点魅力的，主要体现在他内在的气质和语言的不凡上，这是显而易见的。初次接触，我们就能感受到老K不愧是研究生出身，讲话旁征博引、逻辑严密、讽趣幽默，关键是，并不给人感觉他在卖弄学问。我猜想，小妖给老K介绍女朋友不过是一个幌子，无非是想跟老K多接触接触，说不定她想把自己介绍给老K。你说，我能不酸不溜溜的吗？小妖毕竟是我们集体中的一员，是我们的人。常言说，肥水不流外人田，凭我的观察，我们班对小妖感兴趣的小伙子还不少，当然包括我在内。那么好了，既然小妖邀请我去做电灯泡，出于战略上的考虑，那我也就不客气了。

4

王南可不像小妖那样疯，这是我没有料到的。我以为物以类聚，没想到王南是个腼腆而矜持的女孩，她说话一字一字的，匀称而有节奏，属于字正腔圆的那一类。王南圆脸圆鼻子圆眼睛，你说她漂亮吗？显然不对，说她美丽也不恰当，只能说她好看。

我们喝茶的地方依然是半坡村茶社，依然是那样的灯光，依然是一首接一首的世界名曲。我们刚一落座，王南就送一个盒带给小妖。小妖短促地怪叫一声，哇——普罗科菲耶夫，妙极了！

我们四人要了三壶茶。这是小妖的主意。我和老K各是一壶龙井，王南要了菊花茶，小妖加杯。小妖还一本正经地和服务员砍价，龙井二十块钱一壶，菊花十五，加一个杯十块，共六十五块钱，小妖偏要说六十块钱。服务员是个穿一身红色制服的小伙子，他说小姐我们这里不还价，给你打九折，共五十八块五。服务员走后，小妖自以为讨了大便宜，还说服务员是个整脑壳子，让我们白赚了一块五。小妖说，老K我为你又省了一笔开销噢。老K绅士一样地抿着茶，说，记住了，有你喜面吃。小妖就开心地笑了。然后，小妖就和王南开始了第一轮的说话。

我们说话的次序是这样的，第一轮，小妖和王南，我和老K。第二轮，我和王南，小妖和老K。第三轮，我和小妖，老K和王南。我们随便地聊，东一句西一句。我在和王南聊天的时候，有点心猿意马，因为我要注意老K和小妖在说些什么。说来有趣，我不知道我和王南在说什么，我却知道小妖和老K在说什么。人的功能有无特异，我以为是根据特定情境来决定的。难道不是嘛，我用嘴和王南在交谈，却用耳朵在听老K和小妖的谈话。猜猜他俩在说什么？他俩居然把刚才服务员不要六十块钱却偏要五十八块五的事又笑话一番。由此可见他俩谈资的贫乏。我和小妖聊天的时候，我又去听老K和王南在说什么。他们在说电视台的节目。老K似乎有点不大知趣，他居然说，电视是无聊的艺术，确切地说电视不算艺术，充其量是供闲人消磨时光的玩具。好听一点地说，电视是一种大众情趣，是模块式组合，是通用配件构成的。比如说电视剧或连续剧，一分钱的故事暗藏在大众人的心中，这就是电视剧。比如说春节晚会或其他各种形式的晚会，看了以后等于什么没看。似看而非看，就是电视。老K用权威的语言总结道，一个水桶，能装多少水，只能由最短的那块木板来决定。

看出来，大家聊得都不很尽兴，原因不言自明，王南的羞涩影响了大家的发挥。我很难想像，一个电视台节目主持人居然像涉世未深的小姑娘，我想仅凭这一点就应该让老K高兴一阵，因为这个社会还知道羞涩和腼腆的女孩实在不多了。

我们离开茶社时还不到十点钟。

看来小妖是经过精心安排的。小妖在路灯下说，老K，你辛苦一下，送送王南，我们明天还要上课，就不陪你们了。

由老K送王南回家，正是我求之不得的。

半坡村茶社离我们宾馆仅一箭之遥，在回宾馆的路上，小妖开心地说，我看他们俩很能聊的。我说我没看出来。我看老K倒很别扭。小妖说第一次呀，难免呀。我说他还第一次呀？小妖就咻咻地笑。到了这时候我才发觉，小妖今天的笑才是不自然的。路灯下的小妖比往日安静了不少，脸上也做出淑女的样子。小妖说，老陈，我不要叫你老陈了，你看你也不脸红，多大点年纪，还老陈老陈，从现在开始，叫你小陈。小陈，你看老K今天怎么样？我不知道小妖是什么意思，老K今天怎么样呢？他不是已经逮住王南不放了吗？可小妖说，我看王南对他并不感兴趣。你没发觉王南正经的像个小家碧玉？算了，不提他们了，让他们发展去吧，我只让他们认识，能不能开花，能不能结果，就看他们缘分了。小妖继续说，时间还早啊老陈，我上午买盒好带子，是外国电影名曲，你知道《一路平安》吗？我最受不了那样伤感的旋律，每次听到的时候，我都会热泪盈眶。

我们说话间已经来到宾馆，小妖又拿出王南送她的带子，她快乐地说，今晚有音乐听了，我要听个够。老陈，我请你听音乐吧，到我房间来。

5

小妖邀请我到她房间去聊天，已经不是第一次了。和小妖共住一室的是南京电影厂的女导演，平时不来住。这当然让我有了可乘之机。不过每次来她的房间，我都心怀鬼胎。我这人意志不够坚定，却又没有胆量，只有非分之想不敢付之行动。我是到十一楼我的房间倒杯水才到七楼小妖的房间的。小妖已经打开她的小录音机了，而且还换一套裙子。小妖的小录音机质量不错，正在放一首我听不懂的钢琴协奏曲。小妖并没有像往常那样专心致志地听，而是在床上叠衣服。我刚到屋里电话就响了。小妖在电话里嚷道，你没把她送到家？你这家伙，你要犯错误啦！

小妖显然是在和老K说话。老K没有送王南回家。就是说，他们谈得并不融洽。小妖责备老K说你是怎么搞的，你把人家送回家又怎样？老K你一点也不够绅士，一点也不够风度。……算了，你也不用解释了，明天王南要是出什么差错，我可不能放过你。……我才不信王南不让你送她，我知道王南胆子比针眼还细，……算了算了，……你真能想出来，……好好，再说吧，我要睡了。

小妖丢下电话，说，老K完了！老K对王南有点不感兴趣。老K这家伙真是厚颜无耻，他还说得出口，要我给他再介绍一个。小妖话还没说完，电话又响了。小妖说我猜是王南的。小妖拿起电话，有点伤感地说，王南啊，……啊，啊，是这样啊……噢——老K其实挺不错的，……那就不说了……好吧，常来玩啊王南。小妖放下电话，笑了。小妖说老陈你说好不好玩？也是，婚姻是缘，我还相信一见钟情哩。是不是老陈？你们男人是如何看待一见钟情我不知道，我们女孩就是喜欢靓仔，喜欢帅哥，其次才是钱包。小妖把帅哥和钱包说得水淋淋的，就像新上市的红心萝卜。我告诉她，现在已经没有靓仔和帅哥了。小妖说你不要跟我耍油，你是说现在流行叫伟哥是不是？小妖说完，自己就笑了。小妖穿了件吊带裙，现在真的成了掉带裙，小妖一笑，肩上的裙带就滑到膀子上了。小妖的身上风光无限，能看到她的半个乳房。我就把目光从她身上移开。我就情不自禁地想起海荣，想起和海荣在一起的幸福的日子。想象着如果现在是海荣，我们该顺理成章地进入另一个境界了。可现在不是海荣，是小妖。对小妖，我心里总有一种异样的敬畏，或者说她就像一枚熟透了的草莓，我不是不敢吃，而是不忍心下手。尽管小妖大部分时间把自己打扮成另类，但我发现她骨子里还是一个地道的女孩。我不知道我判断是否准确，但我心里的确就是这样想的。

小妖的房里有一种女孩的气息，甜腻而馨香，让人心里潮起潮涌。

我没话找话地说，王南，其实挺不错的。

王南当然挺好，谁知道他俩就不能谈呢？

老K这家伙……

不是老K，是王南对她没感觉。王南也是的，假假马马谈两天啊，这样不给面子。小妖感叹道，呜呼，不是我不明白，这世界变得快！

小妖说话的语速又加快了，比如说爱情，过去讲究一见钟情，现在流行网络爱情，叫"一网深情"，或者叫爱情速配，连爱情也实现了数字化。真是奇谈怪论。过去谈恋爱是走着谈，现在流行躺着谈，也就是说，这爱，由谈，变成了做。你没见小说里是如何写女人的吗？过去小说里描写女人的美丽，离不开水汪汪的大眼睛，红扑扑的脸蛋，黑油油的头发，现在小说里的女人都是高高的胸部，丰满的臂，性感的唇。

小妖的话把我真的惹笑了。可我又不敢大笑。我发现小妖的话里不但幽默讽趣，还充满了哲理和智慧。我再看小妖时，她滑到裸露的膀子上的裙带子已经复归原位了。小妖说话时，脸上一脸单纯的样子，她的没有任何修饰的脸上显得清静而坦诚。她只是在说话，仅仅是说话而已，可以说是说话本身吸引了她。她的话也许就像自来水龙头一样，一旦拧开来，就哗哗流出来了。比如婚外恋，多么美丽的词汇，可同样一个词，从前叫什么？从前叫通奸，多难听，后来叫第三者插足，仍具有贬义色彩，而现在，婚，外，恋，听上去很美！

小妖正在发挥，电话又响了。小妖斜坐到床上，把手按住银灰色话机，看着我，说，过去叫皮包公司，现在叫手机公司，过去叫经理总裁，现在叫首席执行官，过去叫交流会展销会，现在叫论坛。小妖拿起电话，喂，噢——说吧。

小妖瞟了我一眼，接着就打了一个哈欠。小妖对着电话心猿意马地敷衍几句，就说，我晓得了。

小妖挂了电话，我们接下来又是闲聊，主要是小妖在说，我不过一个听众而已。我们说班上的一些同学，说他们的趣闻轶事。我们对苏州的那个瘦女人不约而同地反感，对徐州的那个小品演员又不约而同地喜欢。我们没有说音乐，实际上，小妖早就关了小录音机。我们自然说到老K，还顺便提到了王火。说到老K时，小妖说，看来我是躲不过去了，我再介绍他认识小毛，她是我高中的同学，是个自由撰稿人，酷得不得了，小说还得了什么网络文学大赛一等奖，在明孝陵附近租房子住。小妖还别有用心地说，我要让小毛搞死他！最后，当我们说到还有半个月就要毕业了的时候，小妖突然有点伤感起来。小妖说，我做一首诗，同窗共读情谊长，一哄而散走四方。下面不会写了，你是大编剧又兼大才子，你写。小妖的诗真是大俗大雅，大智大慧，我忍不住就要笑，可小妖一本正经的样子，我又把笑咽回去了。我略一沉思，摇头晃脑脱口而出，有朝一日重相见，须眉白发相对望。不好，小妖一本正经地说，不好，那要多少年，须眉白发，多没有情调，听我的，来年五月重相见，春风春雨润红装。小妖自己又摇头否定了。不好不好，还是你来吧。

我们又不三不四地续下去。不过我们都没有续出一首完整的好诗来。

6

说起来，临近毕业这几天，大家都有点不像话——逃课成了家常便饭。由于我们是成人进修班，老师也拉不下脸来管我们，我们也就心安理得乐得放松了。

要说逃课心得最深的还数小妖，别人都是半天一天地逃，她居然连续三四天不照面。我就有点惶恐，其实更多的是担心，或者妒嫉，她干什么了呢？我对我的不安深感焦虑，我从内心里觉得我是不是真的爱上她啦？也好，这也是对我的最好的考验，如果我对她视而不见，或者漠不关心，说明我们的时机并不成熟，我也就没必要为她牵肠挂肚了。但是明显的事实是，我对她的"失踪"不能忍受，就是说我已经在乎她的存在了。我曾给她房间打过几次电话，都没人接，她难道夜不归宿吗？这对一个女孩来说真是不可思议了。一天早上我又把电话打到她房间，响了好久她才拿起听筒，听到小妖的声音，我第一反应不是抱怨也不是愤怒，而是有点伤感。我几乎是哽咽着说小妖你这几天都上哪去啦？我听到小妖懒洋洋地说，干什么呀你呀，还叫不叫人睡觉，人家困死了。我迫不及待地说小妖你今天上不上课？老师要查人数了。小妖说我没空啊，我还有点事要办。我说你办什么事？你刚发的一本资料还在我手上呢。小妖说那你就给我保管着，我今天还真的有事。我说你都几天没上课啦……小妖说你怎么像领导似的，你以为你是什么好学生啊？我今天还看到你在新街口那儿晃荡的呢。小妖说得是事实，我今天的确在新街口晃荡的。可我为什么在新街口晃荡啊，我还不是去找你小妖？我还不是在心神不宁的情况下才到处闲逛的吗？可这些话我没对小妖说，小妖说她在新街口看到我，说明她也在新街口晃荡的。那么小妖在新街口干什么呢？她总不会去逛商店吧。她是去约会吗？完全有可能。可她又和谁去约会呢？和老K？肯定和老K了。一瞬间，我得出两种可能发生的故事。第一是小妖在把她另一个朋友小毛介绍老K时，不知什么原因又告失败，小妖过意不去只好以身相许。第二是小妖根本就没去介绍什么小毛，甚至压根就没有什么小毛，所谓的介绍女朋友只不过小妖的一个堂皇的借口罢了。她是在打老K的主意。到了这时候，我才意识到当初把王火把老K介绍给小妖认识实在是个美丽的错误。我在电话里已经无法跟小妖说清楚什么了。小妖还在她的梦乡里没有走出来。说不定她正对我的这个不合时宜的电话深感厌恶呢。我在决定挂了电话前，又告诉她另一件事。我说还有一个事。小妖说你说。小妖的口气显然是不耐烦了。我说我看到王火了，我看到王火和王南，他俩从半坡村茶社出来的。我没有把王南和王火手牵手的亲热样儿告诉小妖，我是真的不知道他俩怎么混到了一起的。谁知小妖竟一点也不感到奇怪。小妖平静地说，我晓得了，你这小笨瓜，你不晓得我这些天都在逃学啊？你还看到什么？你不好好学习到处乱跑什么啊，你也像我那么忙？算了，我想再睡一会儿，你让我再睡一会儿好不好？我都让你烦死了！

　　挂了电话，我想，我完了。本来我想问问小妖，问她帮老K介绍女朋友的事，然后探听一点她这几天逃课的内容。看来她最近有点烦，看来她什么也不想跟我说。

　　我懒在床上，看着白色的天花板，我想，我们的学习生活行将结束了，小妖给了我一个什么样的印象呢？应该说，小妖在我的印象中是越来越模糊了。我们的故事我们的情节将随着毕业的临近而淡漠。事实是我们并没有什么故事,所谓的故事只不过是我个人的虚构而已。是的,我虚构了我和小妖的爱情。很多时候,我是把小妖当着海荣的,难道小妖一点也没看出来我对她的情感?

电话响了。

没想到是小妖,她在电话里对我说,第二节课下课时到七楼来一下。

那么好了,我也不去上课了。既然小妖叫我到她房间去,我也该跟她摊摊牌。我得让她知道我爱她。

我在我的房间里等到十点。小妖就在我的楼下的七楼房间里睡觉。有好几次,我都想给她的房间再打一个电话。我没有打是因为我怕她不在她的房间而并不是怕打扰她的睡眠。我给我自己找一个安慰的借口。我还对自己说,我一定要知道她这些天都在干些什么。

准十点时,我去敲开她房间的门。小妖已经穿戴一新了。她的房间里正飘荡着悠扬的乐曲。在小妖的周围,那些音乐的小蝌蚪正得意地欢跳。小妖健康的容颜和明媚的笑脸就越发得楚楚动人了。一照面,小妖就朗朗地说,老陈你这几天到处乱跑什么呀。

气氛是如此之好,是我始料未及的。我便真诚地说,还不是到处找你!

小妖说你别逗了,找我干什么?我又不会丢啦,又不会被谁拐跑啦!

我说,那可说不准。

小妖见我说话认真,便说,你真的找我啦?

我没有说话,只是把眼睛看着她。我看到小妖的眼里闪着亮光。

于是,气氛就凝固了几分钟。接下来,我们照例说一些闲话。只是小妖的情绪有些闪烁不定,话语间也有些闪烁其词。她把小录音机音量放小一点,跟我忧伤地说,老陈,你说我应该怎么办啊?小妖又笑着说,我帮老K介绍的女孩子,她们都看不上老K。小妖说话时就坐到我的身边了。我能闻到她身上的气息,我甚至能听到她睫毛的眨动。小妖的手平放在床上,不安地滑来滑去。小妖滑动的手就滑到了我的手上。我听到我急促的心跳。我还听到另一颗跳动的心。小妖就小心地趴到到我的怀里了。小妖说,我不想见到老K了。

我不知是激动还是不安。我只能轻轻地抚摸她丰满的肩膀。我语不成句地问,老K……怎么啦?

小妖说,谁知道,我找他这些天都没有找到。我要告诉他,我不帮他介绍女孩子了。我还要告诉他,王南和王火谈朋友了。

可是,我说。我不知要说什么。我有点糊涂了。我觉得小妖好笨!好笨的小妖肩膀微微地抖动,她抽泣了。她呓语般地说,老陈老陈我爱你你真笨啊你真笨啊……小妖泪流满面。

不知为什么,我鼻子也一酸。我知道了,这些天来,小妖一直在做戏,或者叫作秀,那并不是她的意愿所为。她所表现出的另类并非发自内心。我这个观众真的也太笨了。不过仔细地想一想,生活不就是这样吗?不就是一直在戏中吗?只不过各人扮演了不同的角色而已。比如海荣,她乐此不疲地和那个包工头逛商店,难道不是也在演戏?难道不是也在扮演一个小角色?关键是我们期待的视野和切入的角度了。

从笼子里逃走

1

你可以想象一下，一只健壮威猛的雄性东北虎，大摇大摆地走在深夜的城市街道上，这会给我们的生活带来多少不便，会给我们带来多么现实而巨大的危险！

我们谁都没有想到，一向温文尔雅的黛卉，会把老虎从笼子里放出来。

黛卉已经一天没有笑了。她可是个爱笑的女孩。

公园里的游客寥寥无几，只是在假山附近还有三两个孩子，风车那边有一对年龄悬殊的男女。靠近湖边柳树下的那对小情人，样子有点像高中生。即便是高中生也不奇怪，黛卉这样想，瞧他们，多亲热。临近天黑时，公园里大多剩下这些人，黛卉觉得这个世界就应该是情人的世界，想想自己和吕明，不也是这样吗？天天沉湎于爱情的蜜汁中，饱饮蜂拥而来的幸福。然而黛卉对幸福的体验还没有开始就消失了。黛卉没有心情想这些事情。她这两天的霉运接连不断，真是糟糕透了。先是吕明不明不白地失踪，她实在不知道吕明为什么会被那个小妖精迷住，那个电台的节目主持人除了有一嘴白牙，不知道哪一点吸引了他。

吕明的失踪，只是她霉运的开始，接踵而至的是大鱼对她的调戏。

早上刚上班，黛卉就跟大鱼请假。她请假的目的是去寻找吕明，她猜想吕明现在一定和小白牙待在一起，说不定他们就躲在电台的播音室里。她甚至希望把吕明从小白牙的被窝里拉出来。可是大鱼竟然不准她的假。不准假也就罢了，大鱼还一本正经地在她胸脯上摸了一把。大鱼又不是青春少年，三十多岁的大巴掌就像风干的咸鱼，把黛卉的乳房弄疼了。你说，大鱼能有人味吗？没有人味的大鱼摸了也就摸了，可他摸完了还是不准假，黛卉就觉得上大当了。黛卉的眼泪叭嗒叭嗒就流了下来。

大鱼是公园动物园的主任。

黛卉对动物园没有恶感，相反，她还喜欢那些凶恶的虎啊狼啊什么的。即便是大鱼也像猫科类动物那样凶悍，黛卉还是能够接受大鱼的领导。如果今天大鱼能够顺顺当当地准她的假，如果她今天能够顺顺当当地找到吕明，那黛卉就不是现在的黛卉了，黛卉也就不会把笼子里的老虎放到大街上了。黛卉也不知道事情是从哪儿糟糕起来的，也许就是因为顾园园那一个顾盼生光辉的一笑吧。

现在，我们也说不清楚了。究竟是什么原因让黛卉把老虎放到了大街上。但是简单地一梳理，我们还是从中看出某种端倪的。你可以这样想，如果仅仅是男朋友吕明的意外失踪，如果仅仅是动物园主任大鱼不准她的假又摸了她一把，如果仅仅是女同事顾园园那不识时务的一笑，黛卉都不会盛怒之下一脚踢开老虎笼子的。如果细细追究起来，有一个细节应该引起我们的注意，那就是离下班还有十分钟时，大鱼和顾园园那次不识时务的调情。大鱼的宽大的巴掌温柔地抽打在顾园园的屁股上。不是打一下，而是打两下。然后，大鱼的巴掌就像鱿鱼的吸盘一样叮在顾园园的屁股上不动了。是的，那样的调情，给黛卉的心底深处带来某种触动，她的心尖尖上麻了一下，是那种痒酥酥的麻。接着，大面积的失望和悲伤就从黛卉的心底弥漫开来。她想象着吕明和小白牙在电台播音室里的亲热，想象着他们也在大庭广众之下旁若无人的调情，黛卉的愤怒就在心里剧烈地翻滚，仿佛火山爆发前的岩浆运动。

这么说，你就知道了，黛卉是多么爱吕明啊。他们的爱情就像一首歌里唱的那样"喝了啤酒，就喝不了咖啡，选择了清醒，怎能陶醉……想爱的完整，心就会碎……"

就在黛卉的心被爱情碾碎的时候，年轻而美丽的顾园园又从售票房里走出来了。

顾园园从她身边走过时，脸上的笑像雕刻一样的持久。她笑着走来，笑着走去，眼梢还瞟一下心乱如麻的黛卉，似乎在给黛卉做某种暗示。别把自己搞得那么累，爱情吗，挥挥手就来，挥挥手又去，太有所谓，就没有滋味，看到谁就爱谁。"太多情感，太多诺言，难免太虚伪……"顾园园用歌声进一步提示黛卉，同时她的细腰和丰臀也随着歌声做蛇样运动。这时候，黛卉还是理智的。当黛卉看着顾园园春光一样的屁股在花丛中摇动，当黛卉看到花丛另一端的大鱼心领神会地和顾园园抛媚眼时，黛卉的心终于被灼伤了，不是被顾园园，也不是被大鱼，而是爱情！黛卉把手中的链条锁狠狠地摔到地上，又朝铁栅栏上猛踹一脚。黛卉就无力地靠着围栏哭了。

黛卉的眼泪就像山涧的小溪一样奔流不息。她的眼泪是真实的，她的伤心也是真实的。她不知道生活为什么突然变成这样！她不知道吕明为什么不辞而别！

2

半个小时后，有人看到，在解放路东端的广电大楼前明亮的路灯下，一个高挑的女孩朝楼上的某个窗口仰望。她眼睛有点红肿，柔软的长发略显零乱，脸上的化妆也花了，只是一袭的白衣白裙，透出女孩的苗条和美丽。细心的人可以发现,她就是动物园饲养员黛卉。广电大楼的保安早就告诉了黛卉,没听说谁叫小白牙,更没见过什么吕明。至于进去找人,不报出被找人的姓甚名谁,根本连门都不让进,而黛卉压根就不知道小白牙的姓名。她只知道小白牙曾经采访过吕明,只知道小白牙脸上有两个小酒坑,只知道吕明曾说小酒坑如何如何的可爱,她还知道小白牙和吕明之间纠缠不休的电话。

黛卉不相信保安的话。黛卉坚信吕明就在小白牙的播音室里。但是可怜的黛卉只能在大楼下张望几眼了。没有人知道她的心思,没有人能理解她,更没有去安慰她。

黛卉漫无目的地走在城市的街道上,她的伤心真是无边无际啊。一度,黛卉还想到了死。她觉得这个世界真是没意思了!活着真是没意思了!死了算了!你知道,黛卉是个敏感而脆弱的女孩,死的念头一旦冒出来,她的心反而平静了。

黛卉不知不觉走到了市民广场。黛卉在广场一个角落里悄悄坐下。这是广场最好的地方。吕明曾对她这样说,瞧瞧,这么大的广场,数这儿最有情调。黛卉赞成吕明的话。往天的这个时候,她和吕明是经常到这儿坐坐的。广场上灯火通明,布局合理的花圃和草坪在灯光下暧昧地平躺着,那组彩色的喷泉也在按部就班地喷水,还有那些玉兰花,就像工厂一样不断送来扑鼻的花香。就连一对对情侣,似乎也是过去的老面孔,似乎也是那样的温馨和感人。

面对眼前熟悉的情景,黛卉真是百感交集。

黛卉感到脸上有条小虫虫在爬,用手一抹,竟是冰凉的泪水。黛卉不知道一天来流了几次泪了,她想任泪水尽情地流,但她还是悄悄地拭去了眼泪,因为有一对情侣正向她走来。黛卉莫名其妙地感到心虚,觉得一个人占了好地方真是不该。还好,那对情人在她不远处的石凳上坐下了。黛卉听到他们喁喁的谈话。黛卉并没有窥听癖，但是他们的谈话依然清晰地传来。那个男的说，看到那只老虎了吗？老虎都跑到大街上了，真有意思，老虎怎么能跑到大街上呢？女的说，那么大老虎，要装多少电池啊？男的说，你以为那是只假老虎啊？我看就是一只真虎，说不定刚从动物园里跑出来呢。女的说，我才不信你那鬼话了，动物园老虎怎么能跑到大街上？真是笑话！他们的谈话让黛卉感到好笑。他们也谈老虎，他们能配谈老虎吗？但他们的确是在谈老虎。男的继续说，那只老虎嘴上血淋淋的，说不定它刚吃了人！女的轻轻叫一声，一头埋进男的怀里。女的娇声地说，你别吓我了，照你说，苍梧桥上围的那些人，都是在看死人？被老虎咬死的人？男的肯定地说，没准就是这样，我要去瞧瞧，你硬是不让去，你还说有一股血腥味。女的说，你别逗了，或许是一起车祸。男的说，那是车祸吗？怎么没有肇事车？怎么没有警察？女的不依不饶地说，反正是一只假老虎，我看到的，我说是假老虎就是假老虎！

黛卉就是在这时候突然想起关老虎的铁栅门被她一脚踢开了。这对情人的谈话至此再也没让黛卉听进去，恐惧就像突然而来的寒流一下就包围了她。糟了，老虎跑到大街上了！老虎跑到大街上吃人来了！一只凶恶的老虎，跑到了大街上……轰然一声，黛卉脑门里被一团黑雾塞满了，又轰然一声，黛卉的脑子里被抽空了一切。

片刻之后，广场那边的超市前突然乱作一团，人们开始向一个方向奔逃而去，样子确实是在逃避一场无法抗拒的灾难。老虎来了！黛卉脑子里第一个意识就是老虎吃人来了。黛卉不由自主地站起来。黛卉没有看到老虎从超市里冲出来，她只看到那些卖水果卖玩具的小摊贩跑得很凶。

黛卉也朝超市跑去。黛卉想，老虎说不定能听我的话。黛卉确实就是这样想的。黛卉此时已经有了正常人的思维，她虽然不是马戏团的驯虎员，但她是老虎的饲养员，她喂了它三年，说不定它能认识她，说不定它能乖乖地跟她回去。

然而黛卉并没有见到老虎。

黛卉却见到了顾园园。顾园园和一个高大的男人像麻花一样地走在一起。黛卉听到自己心底响起一声恶毒的咒骂，恶心！黛卉说，老虎怎么没把你们给啃啦！黛卉真的十分愤怒了。

且慢，那个男的是谁？那个和顾园园走在一起的是……妈呀，他不是吕明吗？

黛卉这会儿真是晕了！

黛卉再找吕明和顾园园时，却不见了踪影。黛卉在广场上转了好几圈，吕明和顾园园也不知跑到哪里去了。黛卉的眼泪真切地流淌在脸上。黛卉的心被老虎咬伤了，被爱情咬伤了。

3

黛卉至此已经知道吕明为什么两天没有露面了。

那个小白牙只不过是一个烟幕弹，是吕明放出的一颗迷惑人的烟幕弹而已，他实际上是和顾园园勾搭上了。难怪那几天吕明常来公园找她，有时一天来好几趟，甜言蜜语好醉人。原来找她是假，勾引顾园园是真。黛卉怎么就没有想到呢？他们本来就是同学啊。说不定他们在中学里就爱得要死要活呢。好啊吕明，我找到你非把你生吞了不可！连同顾园园！

黛卉又一次来到吕明家。这是两天来第五次来吕明家。吕明那个患脑血栓后遗症的母亲依然用不清爽的口齿说，三天，三天没来家了。吕明母亲的目光充满关切，孩子，吕明没和你在一起？这孩子，真让我操碎心了。黛卉没有听老太太把话说完就走了。

黛卉知道吕明和顾园园这对狗男女在哪里，就在顾园园的售票房里。她太了解顾园园了，太知道顾园园是什么货色了，她也太解吕明的德性了,像吕明这样立场不坚定的男人,碰到顾园园还不立马化成水?别的不说,就说一表人才的大鱼,这个团市委书记的丈夫,还不是让她一勾就上手?没错,这对狗男女一定在那里,一定在动物园的售票房里。现在已经不好形容黛卉的心情和感受了。实际上,她也只希望赶快跑到售票房,痛痛快快地骂一顿吕明,然后把顾园园咬死!我要咬死她!咬死这个贱人!黛卉在心里反复说,咬死她!咬死这个贱人!

黛卉从吕明家那条黑暗的小巷出来,穿过人民路,又穿过解放路,拐上了南极中路,在途经青年桥时,桥上居然还围着许多人。在这寂静的夜晚,有谁还有心事看景致呢?但是,由于桥上围观的实际人数并不多,黛卉还是看见了桥上横陈的一具尸体。黛卉虽然只看清了那条腿和脚,但是从血肉模糊中她已经知道是怎么回事了。那一定是叫老虎咬死的吃了一半又扔掉的尸骨。黛卉在这盛夏的夜晚打了个寒战。她想上去看看,劝不明就里的人赶快回家,说不定老虎不知会从什么地方冲出来伤人。同时她还要向他们说声对不起,她已经没有时间也没有心事去寻找老虎为民除害了。她要去找吕明,找她的男友吕明。黛卉就是这样想的,吕明和老虎跑了,虽然不是在同一时间,但却同是从她笼子里逃走的。老虎就让它先在大街上转转吧。她知道老虎的习性,吃饱了的老虎会躲在某一个地方睡一觉的。黛卉发觉桥上围观的人群里有人向她望来。就在她一犹豫的时候,她听到远处呼啸而来的警笛声了。黛卉以她少有的敏捷躲进了路灯的阴影中。

黛卉迅速地几乎是逃一样地冲上了青年路。

不远处已经看到公园的围墙了。黛卉试图从青年路一头的公园小门进去。由此可见,黛卉已经糊涂了。那个小门是长期上锁的。

但是,黛卉在那个生锈的被爬山虎的藤蔓几乎吃光了的铁门前踟蹰良久,最后,她试着抓了抓铁栅,攀爬上去。爬山虎的绿叶弄得她脖颈痒痒的。

铁锈味很浓。

绿叶很鲜。

夜已很深了。

黛卉在跨越铁门时,连衣裙的下摆把她腿给裹住了,她只好把裙子朝上拎。但是连衣裙质地太滑,根本拎不上去。她试着再拎一次。就是在这时候,黛卉脚下一滑,从铁栅门上掉了下来。黛卉的屁股被地上的砖头垫破了,裙子也刮开一道长长的口子。黛卉在地上坐了半天才站起来。她站起来的第一件事是把裙子脱下来,围在腰上,重新爬上铁门。

黛卉一瘸一拐地来到动物园的售票房前。

售票房里传来一阵音乐。黛卉大为激动。这音乐正是她熟悉的,是吕明最爱听的《我依然爱你》,此时一个女人正哼唱这首歌。不用听,就是顾园园在唱,"我紧依你的身子紧握你的手,雨淋湿你头发淋湿你衣袖,如果你那时说爱我我不要你走,我孤孤单单留在回忆里好想陪你再淋一场雨,来不及说一声我爱你要世界为我停止呼吸……"

就让你停止呼吸吧!黛卉在售票房外把裙子穿上。她做了一下深呼吸,就啪啪地打门了。

售票房里突然没有声音了。

不开门?好,你们不开门,我就一直敲下去!黛卉连哭带叫地喊道。

门打开了。果然是顾园园。顾园园穿着大汗衫。顾园园吃惊地问,黛卉,你……

黛卉扑上去,哇呜就是一口。

可怜顾园园一声惨叫,还不知为什么,肩上就被黛卉咬掉一块肉。

顾园园的惨叫引来一个男人的声音,你怎么能这样!黛卉,你怎么能这样!

好啊,你终于出来啦!你……

黛卉惊呆了,顾园园身后的男人不是吕明,而是大鱼!

4

大鱼,你不知道,老虎跑大街上了!黛卉显然被眼前的事实弄得目顿口呆了。好在她很快就清醒了一半。她真不知道要说什么。售票房里飘荡着怪异的气味,头顶的电风扇呼呼转动,把那些怪异的气息和尘土,还有乱七八糟的颜色和光线搅得黏稠而又暧昧,空气里分别是一些细微的颗粒和灰色的绒毛以及还没有散尽的音符在上下翻飞。在这个黛卉熟悉而又陌生的环境里,在炫目的灯光下,是两张惊魂未定的面孔。

黛卉结巴着说,大鱼,老虎……老虎跑了,老虎跑到大街上吃人了。

老虎跑大街上你也不能咬人啊?啊!什么?老虎跑大街上啦?老虎怎么会跑到大街上?大鱼穿着大裤衩,光着肥嘟嘟的肚皮。大鱼话刚说完,眼睛就睁大了,嘴也张成了O形,不认识似的望着黛卉。大鱼在黛卉的身上看几眼,突然哈哈大笑起来。正在偷偷哭泣的顾园园也笑了,鼻涕喷了大鱼一肚皮。大鱼夸张地说,黛卉黛卉,你看你!你看你!大鱼用他肥大的手指指着黛卉,手指头就要碰到黛卉了。

黛卉说你不要笑我,我差点叫老虎吃了!你们还不快去找老虎!黛卉看看大鱼的手指,又看看自己,黛卉也哭笑不得了。黛卉白色连衣裙上脏得花花绿绿,脏得莫名其妙。黛卉知道那是铁锈和草汁以及花粉和露珠在她翻越铁栅门是留下的。黛卉对损失一件衣服并不心疼,她感到难为情的是她一只袖子撕到了领子口,耷搭拉下来，露出了半个乳房。

黛卉把耷拉的布角扯起来按住。黛卉说你们真不相信？老虎真的跑了，在大街上吃了好几个人！

大鱼说，你看到老虎吃人啦？

看到啦。

大鱼说，你头脑有问题吧？

大鱼用手去拭黛卉的脑门，被眼疾手快的顾园园一巴掌打下来。顾园园说，黛卉你怎么弄成这样？谁欺负你啦？说呀黛卉，你被强奸了吧？

谁强奸我呀！黛卉鼻子一酸，眼泪下来了。黛卉哭着说，吕明跑没了！

到底是吕明跑啦还是老虎跑啦？大鱼说。

哎呀黛卉你别哭嘛？你昨晚要迟走半小时就好了，你刚走，吕明就来找你了。顾园园说。

黛卉说，我不稀罕……啊，吕明来啦？

可不是，他说从上海刚回来。我和大鱼都见到他了。

人呢？

回家啦！

回家？我到他家找了，根本没回家。

嗨，人家到你家去啦！我瞧你脑子真有问题！

黛卉擦干眼泪，说，园园，大鱼，对不起，我不是故意的。

顾园园说，没事，我还怕谁？

那，那我就走啦！

黛卉走到门口，顾园园也跟出来，说，黛卉，今天这事……我是说，我和大鱼……顾园园又诡秘地说，大鱼早就想吃我小糖饼了。顾园园把小鼻梁皱起来，幸福地说，我本来不想跟他瞎胡闹的，他那死样，别的不行，就那个，真酷！

黛卉说，我……我……

顾园园说，不说了，不说了，你快回去吧，天就要亮了。

黛卉回头看一眼，灯光从售票房的门缝里挤出来一缕，如同一根脏布条，顾园园就在这样的灯光里，她的栗色的头发，她的裸露的膀臂和半个胸脯构成了一道美丽的景观，而她肩膀上流下的鲜红的血迹，又是这道景观的精彩的点缀。顾园园抬起手，跟黛卉摇两下，就像作别西天的云彩。

黛卉是踏着晨曦走上她和吕明租住房的楼梯的。她迫不及待打开门，果然闻到了吕明的气味。吕明的气味她是熟悉的。闻到吕明的气味她就像看到了吕明一样。但是吕明不在家。

吕明，吕明！黛卉喊。

屋里只有她的回声。黛卉心里像一拳打空似的失落。

吕明显然是回家了，沙发上扔着吕明的旅行包。黛卉走到卧室，看到床头柜上有一张纸条，上面是吕明龙飞凤舞的字：卉，你到哪里去啦？听说街上有老虎出没，不知是不是你饲养的那只虎，我出去找你了，如果你回家，就不要乱走。对了，前天，单位突然有事，我和主任去了趟上海，没能及时向你请假，对不起，下不为例。明。

黛卉拿着纸条愣住了。

他找我去了。黛卉痴痴地说，他找我去了，天啊，街头上有老虎出没，吕明不会被老虎吃掉吧？天啊天啊！黛卉眼前出现那条支离破碎的腿和血肉模糊的脚。黛卉悬着的心又被拎到半空，还被抖几下。黛卉拉开门，跑下楼梯。黛卉不知道要到哪里去找吕明。黛卉只好把哭声留给这个崭新的清晨。

5

吕明没有被老虎吃掉，这是谁都知道的。

黛卉也没有找到吕明。

他们俩最后在动物园里见面了。在动物园圈养老虎的铁栅栏旁见面了。那只雄性东北虎当然还在笼子里，它正安闲地闭着眼。此时已是上午八点半，有不少人围着栅栏看老虎。穿过老虎笼子的空间，黛卉看到对面的吕明。黛卉看到吕明时，神色竟是那样平静。是的，黛卉是在看到老虎很乖地卧在笼子里，心就开始平静的。看到吕明，她就看到了爱情。看到老虎，她就看到了安全。老虎和爱情，就这么怪异地挂了钩，真是滑稽。黛卉暗暗骂了自己，骂自己没出息。为此，黛卉从内心里小瞧了自己一回。显然，吕明也是来找她的。并且也看到了她。他们四目相对时，黛卉看到吕明眼里的疲倦。黛卉打一个长长的哈欠。黛卉想睡一觉，就现在。可现在是上班时间。黛卉看了一眼动物园门口的售票房，那儿还有许多人在排队购票。离售票房不远处就是主任办公室。黛卉知道顾园园和大鱼都在坚守自己的岗位，他们也许也很疲倦。只是，黛卉不能理解，大鱼还没有离婚，怎么就和顾园园粘到一起了呢？她甚至做了一个不切实际的设想，如果吕明是大鱼，或者吕明也像大鱼那样风流……她不去这样想了。她突然看到，电台播音员小白牙，正向吕明走来。小白牙灿烂地笑着，脚步轻盈而欢快，黑色短衫里的胸脯像揣了小兔一样在乱窜，小花裙也在腿上不停地跳跃。黛卉眼都看直了。她的心早就悬了起来。

编后记

这本集子里所收的小说是我的"金短篇"。

从事文学创作三十年了，短篇小说一直是我创作的"主打"项目，数量有一百余篇。除了二十篇更早的作品选进十五年前出版的《阳光影楼》外，还有一部分更短的篇什选在《一棵树的四季》《洁白的手帕》《倒立行走》《一路上》等集子中。在编选本书时，面对大量的作品有些无所适从，看看哪一篇都挺好的，哪一篇都不想遗漏。只好每篇再重读一遍，用了十几天时间，几经选择，才确定这些篇目。原则上，上世纪八十年代末和九十年代初的作品不在入选之列了。另外，细心的读者也会发现，收在这里的短篇小说，没有一篇是农村题材的。其实关于农村题材的短篇小说数量不少，特别是以"鱼烂沟村"为背景的短篇小说，也有二三十篇之多，因为这本集子的"体量"有限，只好"割爱"。

多年来，一直迷恋短篇小说的写作，《拉车人车小民的日常生活》《苹果熟了》《时间风景》等多篇还曾被《小说选刊》《小说月报》转载，有的短篇被介绍到国外译成英、法等文字。出版一本能"拿得出手"的短篇集子，一直是我的一大心愿。所以我毫不掩饰对这本集子的喜爱，说是"金短篇"可能太过夸张，也有些"吹牛"的嫌疑，但也说明这些短篇是我漫长创作旅途中的"在意"之作。

说到对短篇小说的认识,我一直坚持自己喜欢的形式,即不仅是单纯去讲一个好玩的故事,在一个故事中,会尽量岔开一些不为人知或出人意料的意味,激发读者更多的回想并能勾连起自己的人生经验来丰富自己的阅读情趣。因为我在阅读时就会有这样的经验,会把自己扮成多种身份走进故事中。我每一个短篇也这样努力了。

谢谢出版社接受这本集子的出版,也谢谢读者朋友们。

2014-10-28 于北京五里桥